EVA ALMSTÄDT

Grablichter

Weitere Titel der Autorin:

Kalter Grund
Engelsgrube
Blaues Gift
Grablichter
Tödliche Mitgift
Ostseeblut
Düsterbruch
Ostseefluch
Ostseesühne
Ostseefeuer
Ostseetod
Ostseejagd
Ostseerache
Ostseeangst
Ostseegruft
Ostseefalle
Ostseekreuz
Ostseenebel

Ostseemorde
Ostseelüge – mit MP3-CD Kalter Grund

Dornteufel

Akte Nord – Am dunklen Wasser
Akte Nord – Der Teufelshof

Über die Autorin:

Eva Almstädt absolvierte eine Ausbildung in den Fernsehproduktionsanstalten der Studio Hamburg GmbH und studierte Innenarchitektur in Hannover. Die Titel ihrer Ostseekrimireihe um die Lübecker Kommissarin Pia Korittki finden sich regelmäßig auf den Bestsellerlisten. AKTE NORDSEE – DER TEUFELSHOF ist der zweite Roman ihrer neuen Reihe um die Rechtsanwältin Fentje Jacobsen und den Journalisten Niklas John. Die Autorin lebt in Hamburg.

Eva Almstädt

GRABLICHTER

Pia Korittkis vierter Fall

Kriminalroman

Lübbe

NACHHALTIG PRODUZIERT

Die Bastei Lübbe AG verfolgt eine nachhaltige Buchproduktion. Wir verwenden Papiere aus nachhaltiger Forstwirtschaft und verzichten darauf, Bücher einzeln in Folie zu verpacken. Wir stellen unsere Bücher in Deutschland und Europa (EU) her und arbeiten mit den Druckereien kontinuierlich an einer positiven Ökobilanz.

FSC www.fsc.org MIX Papier | Fördert gute Waldnutzung FSC® C014496

Titelillustration: © Plainpicture/V.Diller-ElKhazrajy, Christin Wilhelm, www.grafic4u.de unter Verwendung von Motiven von ©shutterstock/Pitroviz; shutterstock/asphotographic; shutterstock/TreasureGalore
Umschlaggestaltung: ChristinWilhelm, www.grafic4u.de
Satz: hanseatenSatz-bremen, Bremen
Druck und Verarbeitung: GGP Media GmbH, Pößneck
Printed in Germany
ISBN 978-3-404-17173-6

13 12

Sie finden uns im Internet unter
luebbe.de
Bitte beachten Sie auch: lesejury.de

Prolog

Irgendetwas passiert heute – und zwar nichts Gutes, dachte Jan Dettendorf, als er aufwachte. Sein zweiter Gedanke war, dass er keine Vorahnung hatte, sondern einfach nur schlechte Laune. Er hasste es, wenn sich der Signalton von Lisannes Funkwecker schon vor dem Morgengrauen in seine Träume fraß.

Am liebsten hätte er sich das nervtötende Teil geschnappt, um es in seiner Faust zu zerquetschen. Splitternder Kunststoff, der befriedigend schmerzhaft in die Innenfläche seiner Hand schneiden würde, während der Wecker seinen provokativen Piepton aushauchte …

Doch Jan Dettendorf lag nur reglos da. Es fühlte sich so an, als wäre seine Daunendecke über Nacht mit Schlamm gefüllt worden. Acht Minuten Pause bis zum nächsten Alarm. Spätestens dann würde Lisanne aus dem Bett aufspringen, es sei denn … Hoffnungsvoll schob er eine Hand zu ihr hinüber. Seine Fingerspitzen ertasteten die warme Haut über ihrem Schlüsselbein. Er strich den Hals hoch zu ihrer Wange und fühlte das Haar, das über ihrem Gesicht lag.

Das Bettzeug raschelte. »Wie spät ist es?«, hörte er sie mit klarer Stimme fragen.

Er stöhnte. »Nicht einmal sechs. Es ist noch stockdunkel draußen.«

Die Matratze knarrte, als Lisanne sich aufsetzte. »Hörst du es auch? Es scheint mal wieder stürmisch zu sein«, sagte sie.

Die kahlen Zweige der Linde vor dem Haus scharrten an

den Lamellen der Außenjalousien. Es knackte im Gebälk des Dachstuhls, und die Temperaturen im Schlafzimmer erinnerten Jan Dettendorf an den Eiskeller seiner Großmutter. Er hatte die Fenster seines Hauses immer noch nicht erneuern lassen. Es pfiff durch alle Ritzen. »Absalom hasst Sturm«, sagte er, ohne sich große Hoffnung zu machen, Lisanne damit von ihrem Trainingsplan abbringen zu können.

Seit ein paar Wochen stand sie in aller Herrgottsfrühe auf, um noch vor der Arbeit mit ihrem Pferd trainieren zu können. Früher war sie abends geritten, doch seit der Umstellung auf die Winterzeit war es dann bereits zu dunkel. Deshalb hatte Lisanne beschlossen, ihr Training im Gelände in die frühen Morgenstunden zu verlegen, pünktlich zum Sonnenaufgang.

Er hörte, wie Lisanne die Decke zurückschlug, und griff nach ihrem Handgelenk. »Lass das Reiten heute ausfallen. Bei dem schlechten Wetter!«

»Was hast du denn auf einmal? Wir haben das alles doch schon ausgiebig besprochen.«

Die Besprechung hatte so ausgesehen, dass sie ihm ihre Pläne dargelegt hatte, er seine Einwände äußern durfte und dann alles so geschehen war, wie sie es gewollt hatte.

»Ich hatte einen blöden Traum … Er hatte mit dir zu tun, draußen im Wald …« Mit einem Mal erinnerte Dettendorf sich wieder. Und besser noch: Er wusste, dass Lisanne diese Art von Traum interessieren würde.

»Ach ja? Was war denn da? Bist du deshalb besorgt? So kenne ich dich ja gar nicht.«

»Bleib einfach hier. Ich finde …« Er zog sie wieder zu sich ins Bett. »… dass wir die Zeit auch besser nutzen können.«

»Schweif nicht vom Thema ab. Was hast du denn nun geträumt?«, fragte sie.

»Ich war im Wald, im *Schwarzen Brook*, dort, wo die Trainingsstrecke entlangführt, und da war ein Kopf, er … er hing in einem Baum … ein hässlicher kleiner Kopf. Er sah verbrannt aus. Es war … Ach, vergiss es.«

Mit einem Mal fand er es peinlich, über den Albtraum zu sprechen, er kam sich geradezu kindisch vor. Durch den dünnen Stoff ihres T-Shirts konnte er Lisannes Körper fühlen. Er hörte, wie das Blut in seinen Adern rauschte, vergrub die Nase in ihrer Halsbeuge und sog ihren Geruch ein. Dann drehte er sich mit ihr herum, sodass er auf ihr lag. Sie ließ es geschehen, doch ihre nächste Frage folgte so zuverlässig wie die Weckintervalle ihres Weckers: »Was war das denn für ein Kopf?«

»Keine Ahnung. Denk nicht mehr daran …«, flüsterte er ihr ins Ohr.

»Wieso verbrannt?«, fragte sie weiter. Ihre Hand strich gedankenverloren seinen Rücken hinunter. »Ein Kopf ohne Körper oder ein Totenschädel? Vielleicht hast du von meinem neuen Artikel geträumt: *Herzlos, kopflos, skrupellos*. Habe ich ihn dir schon zu lesen gegeben?«

»Oh, ich weiß nicht …« Wie konnte sie jetzt an ihre Arbeit denken!

»Der Artikel wird frischen Wind hier ins Dorf bringen!« Ihre Hand, die am Ende des Rückens angekommen war, kniff kurz in seine Pobacke. Der Weckalarm ging erneut los. Sie befreite sich aus seiner Umarmung und schaltete den Wecker aus. »Verschieben wir alles Weitere auf später, okay?«

»Wann ist später?« Er konnte den frustrierten Unterton selbst heraushören. Sie hatten in letzter Zeit nicht mehr sehr oft miteinander geschlafen.

»Weiß ich noch nicht.«

»Lass uns heute Abend gemeinsam irgendwo essen gehen«, schlug er vor, »mal wieder nur wir zwei …«

»Wenn du mit mir essen willst …« Ihre nackten Füße tappten über die Holzdielen.

»Nicht nur …« Etwas würde passieren – irgendetwas. Die Beklommenheit, die er beim Aufwachen gespürt hatte, war wieder da.

»Da bin ich aber froh«, antwortete Lisanne. Die Zimmertür schnappte hinter ihr ins Schloss.

1. Kapitel

»Oh Mist, hab' ich geschlafen?« Pia Korittki dehnte vorsichtig ihre verspannten Halsmuskeln. Sie sah zu ihrem Kollegen Heinz Broders hinüber, der am Steuer saß.

»Wenn ich sage: *wie ein Engel*, erwürgst du mich noch. Aber es sah ganz danach aus, ja …«

»Haben wir die Ausfahrt verpasst?«

Broders schnaubte empört. »Hey, es ist eine der nächsten. Ich habe alles im Griff. Keine Sorge.«

Pia Korittki, Kriminaloberkommissarin bei der Lübecker Kripo, und ihr Kollege, Hauptkommissar Heinz Broders, waren auf dem Weg zu einer neuen Ermittlung. Es war kurz nach acht Uhr abends. Pia hatte bereits einen anstrengenden Arbeitstag hinter sich gehabt, als der Leiter der Abteilung sie über den neuen Fall informiert hatte. Sie wischte sich verstohlen über den Mund und versuchte, wieder Luft durch die Nase zu bekommen. Seit ein paar Tagen war sie erkältet. Es fehlte nur noch, dass sie geschnarcht hatte.

»Hey, hier ist es! Wir müssen von der Autobahn runter!«, rief sie, als sie die letzte Bake an sich vorbeihuschen sah. Broders zuckte zusammen und zog das Lenkrad des Passats mit einem Ruck nach rechts. Der Wagen schoss die Ausfahrtsspur hinunter. Pia atmete geräuschvoll aus.

»Und wo geht es jetzt lang?«, fragte Broders, als sie auf die Landstraße stießen.

Pia zeigte nach links. »Dort entlang.« Sie nahm sich vor, das nächste Mal wieder selbst zu fahren, egal, wie müde sie war.

Schon im Lübecker Feierabendverkehr hatte Heinz Broders ruppig und unkonzentriert agiert. Irgendetwas lag ihm auf der Seele, denn besondere Eile war eigentlich nicht geboten. Sie kamen sowieso zu spät. Viel zu spät. Wie eigentlich immer, wenn die Mordkommission gerufen wurde.

»Wir müssten gleich da sein«, sagte sie, als die Autoscheinwerfer das gelbe Ortseingangsschild erfassten: *Kirchhagen.* »Hier muss es gleich in den Wald gehen.«

»Was steht auf dem Zettel? Irgendwo links?«

»Ja, ein Stück weiter vorn.«

Sie passierten eine wuchtige, ein wenig erhöht liegende Dorfkirche. Wenig später stieß eine dichte Hecke bis an die Straße. Genau dahinter lag die Abzweigung verborgen.

»Soll das etwa eine richtige Straße sein?«, fragte Broders, als er in den schmalen Asphaltweg einbog, der direkt ins Dunkle führte.

»Ein landwirtschaftlicher Nutzweg«, antwortete Pia.

Broders schaltete das Fernlicht ein. Die Fahrbahn war verschmutzt, Lehmbrocken und Steine prasselten von unten gegen das Bodenblech. Die schmale Straße wand sich wie ein Bach in seinem Bett zwischen zwei hohen Knicks und verschwand im Nirgendwo. Pia, die ein Fax mit einem grob skizzierten Lageplan vor sich auf dem Schoß liegen hatte, knipste die Innenbeleuchtung an.

»Hey, das blendet! Wie soll ich jetzt sehen können, ob mir ein Reh, ein Wildschwein oder ein Elch vors Auto hoppelt?«

»Das merkst du dann schon.« Pia versuchte, die wirr aussehenden Linien auf dem Papier mit den örtlichen Gegebenheiten in Einklang zu bringen. »Wir kommen gleich über einen Fluss oder Bach oder so. Dahinter müsste die Straße einen scharfen Rechtsknick machen. Da sollen wir unseren Wagen stehen lassen und uns mit Gerlach und ein paar Leuten von der örtlichen Kripo treffen.«

»So stellt sich Gabler das zumindest vor«, sagte Broders misstrauisch.

Kriminalrat Horst-Egon Gabler, ihr gemeinsamer Vorgesetzter, der Leiter des Kommissariats 1 der Lübecker Bezirkskriminalinspektion, war am späten Nachmittag von der Rechtsmedizin über einen Todesfall informiert worden, der nicht, wie irrtümlich angenommen, auf einen Unfall zurückzuführen war. Und jetzt waren sie auf dem Weg zum Fundort der Leiche.

»Hier beginnt das eingezeichnete Waldstück«, sagte Pia und deutete nach rechts auf die ersten kahlen, im Scheinwerferlicht grau aussehenden Baumstämme. Der Wald dahinter war undurchdringlich. »Guck mal! Da steht schon das erste Reh!«

Mit reflektierenden Augen starrte es zu ihnen herüber, rührte sich aber nicht vom Fleck. »Ich hab's doch geahnt, und wo eins ist, sind auch die anderen nicht weit«, sagte Broders und schaltete zwei Gänge runter. Der Motor heulte auf, und das Reh verschwand mit ein paar langen Sätzen zwischen den Bäumen.

Die Straße führte über den kleinen Wasserlauf, mehr Graben als Bach und im Dunklen kaum zu erkennen, und machte dann einen scharfen Rechtsknick.

»Hast du schon eine Ahnung, was das hier heute Abend werden soll?«, fragte Pia, während ihre Augen die Felder und Wiesen nach dem vereinbarten Treffpunkt absuchten.

»Sag bloß, du wärst jetzt lieber zu Hause bei deinem Schatz, statt hier gleich mit mir durch das Unterholz zu kriechen?«, spottete Broders.

»Mein *Schatz* muss auch arbeiten. Also, was soll's.«

»Manchmal fällt es einem gar nicht so auf, doch irgendwann ist das Leben vorbei, ohne dass man ein Privatleben geführt hat«, stellte ihr Kollege mit einem Anflug von Bitterkeit in der Stimme fest.

Pia unterdrückte ihr aufwallendes Unbehagen gegen dieses Thema. Sie hatte ihren Freund Hinnerk heute eigentlich anrufen wollen, war aber wieder einmal nicht dazu gekommen ... »Und das von dir, Broders, unser aller Gewissen in der Abteilung«, sagte sie spöttisch.

»Täusch dich nicht. Übrigens, wenn wir nicht gleich da sind, fahre ich zurück.«

Was war los mit ihm? Schon seit ein paar Tagen waren Pia Veränderungen an ihm aufgefallen. Er hatte seine blank gescheuerten Polyesterhosen gegen Jeans ausgetauscht, trug neuerdings weiße und hellblaue Hemden unter seinen Pullovern, und sein Bart sah frisch gestutzt aus. Außerdem, und auch das war neu, hatte er auf den neuen Auftrag mit griesgrämiger Miene reagiert.

Hinter der nächsten Biegung tauchten zwei Autos mit eingeschaltetem Standlicht auf. Broders trat auf die Bremse. Ein Streifenwagen stand dicht an die dornigen Zweige des Knicks gedrängt, während Gerlachs Privatwagen die Zufahrt zu einem Acker blockierte. Broders hielt direkt davor an. Pia und er stiegen aus.

Michael Gerlach, ein Kollege von Pia Korittki und Heinz Broders, lehnte an einem offen stehenden Gatter und versuchte, sich eine Zigarette anzuzünden. Als er die Neuankömmlinge aus Lübeck sah, hob er grüßend die Hand. Zwei Männer in Regenjacken und Gummistiefeln traten hinzu, die sich als Ernst Barth und Thomas Kalosch von der Kriminalpolizeistelle Bad Oldesloe vorstellten.

»Ursprünglich sah es heute Morgen danach aus, als hätten wir es mit einem Reitunfall mit tödlichem Ausgang zu tun«, erklärte Barth, während er die kleine Gruppe dicht am Knick entlang in Richtung Wald führte. »Bei der Toten handelt es sich um eine Frau aus Kirchhagen, eine Lisanne Olsen. Sie ist heute Morgen zu einem Geländeritt aufgebrochen, ihr übliches Trainingspensum, wie man uns sagte, aber sie ist nicht wie sonst zum Stall zurückgekehrt. Sie ist erst später am Vormittag tot aufgefunden worden, als dem Besitzer des Reitstalls auffiel, dass ihr Pferd nicht in seiner Box stand und auch das Sattelzeug fehlte. Er ist die Strecke mit seinem Hund abgegangen und hat die Tote hinter einem Hindernis liegend aufgefunden. Er war mit der Frau befreundet, also muss es ein furchtbarer Schock für ihn gewesen sein.«

»Wie heißt der Mann?«

»Jan Dettendorf. Er wohnt auch in Kirchhagen. Das Pferd der Verunglückten stand bei ihm im Stall.«

»Ist das Spurensicherungsteam schon vor Ort?«, fragte Pia.

»Seit einer halben Stunde. Deren Fahrzeug mit dem Beleuchtungskram steht ein Stück den Waldweg hinunter. Der Boden ist sehr feucht, eventuell müssen wir die nachher mit einem Schlepper rausziehen lassen.« Barth zeigte am Knick entlang. »Wir gehen hier herum, damit Sie nicht auch noch durch den Graben müssen.« Er warf einen vielsagenden Blick auf Gerlachs lehmverschmierte Lederschuhe.

»Kommt Kriminalrat Gabler noch?«, meldete sich Kalosch erstmals zu Wort.

»Er ist noch mal rüber ins Institut für Rechtsmedizin zu Dr. Kinneberg gefahren«, antwortete Broders.

»Hier entlang«, sagte Barth und ging weiter. Die anderen folgten ihm. »Achtung jetzt, nicht stolpern … Vorsicht, der Baumstumpf! Da vorne in dem Waldstück ist es schon …« Der unstete Lichtfinger seiner Taschenlampe tastete sich über morsche Weidezäune, tiefe Pfützen und halb entlaubte Sträucher am Wegesrand. Eine blasse Mondsichel schimmerte durch die dünne Wolkendecke, beleuchtete Äcker und Weiden, die sich in Richtung Autobahn zogen. Ein schwacher Wind trug die Verkehrsgeräusche als ein ständiges Rauschen zu ihnen herüber, das sich so anhörte, als führe ein endloser Güterzug vorbei.

Gut einen Kilometer hinter ihnen lag Kirchhagen. Pia blickte über die dunklen Felder zurück und konnte die Silhouette des hoch aufragenden, von Scheinwerfern angestrahlten Kirchturms sowie ein paar Dächer und Baumkronen gegen den gräulich schimmernden Nachthimmel erkennen.

Als sie in den Wald hineingingen, wurde es schlagartig stockfinster. Die Nadeln, mit denen der Boden bedeckt war, federten jeden ihrer Schritte ab. Broders, der auch eine Taschenlampe mitführte, richtete den Lichtstrahl stur auf den Boden.

Pia stutzte, als sie plötzlich den Abdruck eines Pferdehufs erkennen konnte. »Gehen wir jetzt direkt über die Spuren, die das Pferd verursacht hat, dessen Reiterin heute Morgen tödlich verunglückt ist?«, fragte sie verwundert.

Barth drehte sich um. »Hier wimmelt es nur so von Hufspuren. Außerdem: Es gibt nur diesen einen Weg dorthin, oder wollen Sie quer durchs Unterholz kriechen?«

»Warum nicht?«, versetzte Pia. Es war ziemlich müßig, einen Tatort zu besichtigen, über den schon zig Leute hinweggetrampelt waren.

»Besprechen Sie das mit meinem Chef, er ist gleich da vorn«, sagte Barth und setzte sich wieder in Bewegung.

Zwischen den Bäumen wurde ein Lichtschein sichtbar. Zwei Scheinwerfer auf Stativen leuchteten ein kleines Areal im Wald fast taghell aus. Hart stachen die Umrisse eines massiven Hindernisses zwischen zwei Bäumen aus der Dunkelheit hervor. Der Waldboden sah aufgeweicht aus. Die Kriminaltechniker bewegten sich in ihren Schutzanzügen zwischen schlaff herunterhängenden rot-weißen Absperrbändern, die das Areal einschlossen. Sie hatten eine Plane darübergespannt, um die noch verbliebenen Spuren vor einem möglichen Regenguss zu schützen. Irgendwo brummte ein Generator leise vor sich hin.

Das war also der Unfallort oder vielmehr der Tatort, wenn der Rechtsmediziner mit seiner Vermutung recht behalten sollte.

Ein weiterer Mann in einer braunen Lederjacke mit Fellkragen kam ihnen entgegen. Er stellte sich als Kriminalhauptkommissar Günther Sattler vor und begrüßte die Ankömmlinge. Dann deutete er auf die Szenerie im Hintergrund. »Hier ist die junge Frau heute Morgen tot aufgefunden worden. Sie ist ausgeritten, und vermutlich ist ihr Pferd beim Sprung über dieses Hindernis gestürzt. Ein Mann namens Jan Dettendorf hat Reiterin und Pferd auf der anderen Seite des Hindernisses gefunden. Als er die Frau entdeckt hat, war sie seiner Aussage nach bereits tot. Ihr Pferd hat noch gelebt, musste aber später vom Tierarzt eingeschläfert werden. Der herbeigerufene Notarzt hat jedenfalls nur noch den Tod der Reiterin festgestellt. Fast gleichzeitig war ein Streifenwagen von uns hier vor Ort. Zu diesem Zeitpunkt gab es noch keinerlei Anlass zu der Vermutung, dass es sich nicht um einen tödlichen Reitunfall handeln könnte …«

Sie gingen um die Absperrung herum. Pia ließ das Hindernis aus rohen Holzstämmen und die unmittelbare Umgebung auf sich wirken. Im Boden rund um das Gatter konnte man Huf- und Fußabdrücke erkennen. Die abgestorbenen Gräser hatten die Farbe bleicher Knochen angenommen. Im wassergefüllten Graben hinter dem Hindernis schwammen rostbraune Blätter. Pia hatte das Gefühl, auf einer Freilichtbühne zu agieren. Die undurchdringliche Schwärze um sie herum, dazu das

Knacken und Rauschen und Fiepen, die typischen Waldgeräusche, ließen ihre Kopfhaut prickeln.

»Ich habe Jan Dettendorfs Aussage aufgenommen, nachdem die Tote weggebracht worden war. Mehr schien zu dem Zeitpunkt nicht erforderlich zu sein«, erklärte Sattler. »Als am späten Nachmittag dann der Anruf aus Lübeck kam, dass es sich möglicherweise doch nicht um einen Unfall gehandelt hat, sind wir unverzüglich wieder hierher gefahren und haben abgesperrt.«

»In der Zwischenzeit war der Ort hier unbeaufsichtigt?«, fragte Pia.

»Ja, eine Weile schon.«

»Sieht beeindruckend aus, dieses Hindernis«, sagte Broders und trat dicht an die Absperrung. »Gehört das so? Warum sind die Balken nicht einfach runtergefallen, als das Pferd dagegengestoßen ist?«

»Das sind keine Hindernisse wie auf einem Springparcours. Hier handelt es sich um Geländesprünge, also feste Hindernisse«, sagte Sattler. »Jan Dettendorf hat diese Strecke erst letztes Jahr angelegt. Und der versteht was davon, Hindernisse zu bauen …«

»Wir werden uns mit Herrn Dettendorf unterhalten müssen«, sagte Gerlach.

Sattler zog kommentarlos die Schultern hoch.

Pia hatte bisher nichts Ungewöhnliches in diesem Waldstück entdecken können, bis auf die Tatsache vielleicht, dass jemand mit seinem Pferd freiwillig solch hässliche Barrieren überwinden wollte, wenn man doch einfach drum herum reiten konnte.

Einer der Kriminaltechniker winkte ihnen zu. Pia kannte ihn von früheren Fällen. Es war Schelling, dessen Meinung sie außerordentlich schätzte.

»Kommen Sie mal mit«, sagte dieser und führte die kleine Gruppe um die Absperrung herum zu einem Baum ganz in der Nähe des Hindernisses. »Sehen Sie genau hin …« Er deutete auf eine bestimmte Stelle. »Es ist erst auf den zweiten Blick zu erkennen: eine dünne Einkerbung in der Borke. Es handelt sich um einen sechs Millimeter tiefen Einschnitt, fast wie von einem Messer verursacht.«

»Aber es war kein Messer?«, fragte Broders.

»Wir vermuten, dass hier ein dünnes Stahlseil befestigt worden ist. Wir haben dieselbe Spur auch an dem Baum auf der anderen Seite des Hindernisses gefunden. Verbindet man die beiden Einkerbungen, erhält man eine gedachte Linie, etwa fünfzehn Zentimeter oberhalb des Hindernisses.«

»Sie meinen, jemand hat ein dünnes Stahlseil oberhalb des Hindernisses gespannt, und das war die Ursache dafür, dass das Pferd gestürzt ist?«, fragte Pia.

»Das ist eine Möglichkeit.«

Pia starrte, von düsteren Bildern bedrängt, auf den Baumstamm. Die Beschädigung der Borke war mit bloßem Auge kaum zu erkennen. »Gibt es eine andere Erklärung für so ein Stahlseil als die, dass jemand einen Sturz provozieren wollte?«, fragte sie nachdenklich.

»Keine, die einleuchtend ist.«

»Heimtückisch und gemein«, stellte Broders mit kalter Stimme fest. »Aber war es ein Mordanschlag oder nur ein böser Scherz? Die Reiterin hätte ja genauso gut mit ein paar Prellungen davonkommen können.«

»Wir haben ein paar Aufnahmen von den Baumstämmen gemacht«, sagte der Kriminaltechniker. »Das Stahlseil wurde zwar entfernt, aber wir werden etwas von der Rinde abschälen und mit ins Labor nehmen. Wer weiß, vielleicht können wir etwas mehr über das verwendete Material herausbekommen.«

»Wäre schön, wenn wir wenigstens irgendetwas bekämen, mit dem wir arbeiten können«, sagte Broders. »So ein Stahlseil wird ja wohl nicht in jeder Haushaltsschublade zu finden sein.«

»Wir sind hier auf dem Land, Broders«, sagte Gerlach und deutete mit dem Kopf in Richtung Kirchhagen. »Hier hat jeder Zweite eine voll ausgestattete Werkstatt.«

Pia versuchte, die Tat vor ihrem inneren Auge ablaufen zu lassen. Das alles konnte nur bedeuten, dass derjenige, der das Stahlseil gespannt hatte, nach dem Sturz noch einmal hier gewesen sein musste, um es wieder zu entfernen. Und zwar während die Frau hier schwer verletzt oder sterbend am Boden gelegen hatte. Sie musste daran denken, was Gabler ihnen über die Erkenntnisse der Rechtsmedizin berichtet hatte: Die Todesursache war nicht der Sturz vom Pferd gewesen. Die Verletzung, die zu Lisanne Olsens Tod geführt hatte, wurde ihr erst danach zugefügt, als sie schon am Boden lag. Einen festen Schlag ins Genick hatte Dr. Kinneberg als Todesursache vermutet. Jemand hatte der Frau hier, mitten im Wald, an einem präparierten Hindernis aufgelauert.

2. Kapitel

Anke Loss stand im Flur und griff gewohnheitsmäßig nach ihrem hellgrauen Anorak, der vorn an der Garderobe hing. Im Spiegel sah ihr eine schmale Gestalt mit müdem Gesicht entgegen, und sie entschied, dass ihr ein bisschen Farbe guttäte, auch wenn sie nur drei Häuser weiter zu einer kleinen Geburtstagsfeier ging. Immerhin würde *er* da sein. Sie nahm die orangefarbene Wildlederjacke vom Bügel und zog sie über. Hauptsache, es regnete nicht schon wieder. Dazu die neuen hochhackigen Stiefel – schon besser. Sie strich sich das volle braune Haar aus dem Gesicht und lächelte sich aufmunternd zu. Wo Daniel nur wieder blieb?

Sie hatte ihren Mann vor einer Dreiviertelstunde das erste Mal vorsorglich an den Termin heute Abend erinnert, dann im Drei-Minuten-Takt, aber wenn er vor dem Rechner saß, hörte und sah er nichts.

Sie hatte die Kinder allein zu Bett gebracht, das Zähneputzen kontrolliert, die Betten aufgeschüttelt, vorgelesen, Spieluhren aufgezogen, und nun endlich schienen sie zu schlafen. Sie griff nach dem Empfänger des Babyfons und steckte ihn in ihre Jackentasche.

»Daniel, es ist nach acht!«, rief sie verhalten, und sofort knarrte und krächzte das Babyfon in ihrer Tasche. Ungeduldig trommelte sie mit den Fingerspitzen gegen den Türrahmen. Gleich würde sie allein losgehen. Die Weinflasche und ein Taschenbuch lagen dekorativ verpackt auf der kleinen Flurablage. Sie hatten den gleichen Geschmack, Thorsten Maybach und sie, nicht nur, was guten Wein und gute Bücher betraf. Seltsam, dass so ein Mann allein lebte.

»Ich gehe jetzt«, sagte sie so laut, wie es mit schlafenden Kindern im Haus eben möglich war. In diesem Moment kam Daniel die Treppe herunter. Wie immer trug er seine ausgebeulte Cordhose und das alte Sweatshirt. Sein Haar sah ungewaschen aus. Bei ihrem Anblick stutzte er. »So aufgebrezelt? Wir gehen doch nur zu den Nachbarn …« Immerhin sah er sie überhaupt an. Es musste an dem leuchtenden Orange liegen.

»Ich hatte Lust auf ein bisschen Farbe …«, antwortete sie leichthin.

»Und ich habe gar keine Lust«, sagte er halblaut und suchte nach seinen Schuhen.

»Das ist ja nichts Neues bei dir. Vielleicht solltest du dich nicht jeden Abend in deinem Arbeitszimmer vergraben, Daniel. Wenn du schon gestern nicht an der Einwohnerversammlung zur geplanten Umgehungsstraße teilgenommen hast, könntest du jetzt wenigstens etwas Interesse an dem Thema zeigen. Das geht auch dich an«, antwortete sie und beobachtete leicht besorgt seine Reaktion. Sie klemmte sich Wein und Buch unter den Arm und zog die Haustür auf.

»Ich weiß gar nicht, worüber ihr euch alle so aufregt. Die werden die neue Umgehungsstraße sowieso genau dorthin bauen, wo es ihnen in den Kram passt. Wahrscheinlich ist alles schon längst entschieden, ihr wisst es nur noch nicht.«

»Du bist ein unverbesserlicher Pessimist, Daniel. Manchmal kann ich nicht glauben, dass einer wie du Tag für Tag eine Abteilung leitet und Entscheidungen trifft. Wie halten deine Leute es nur mit dir aus?«

»Davon verstehst du nichts«, sagte er, sein Gesicht war ernst. Lag es nur daran, dass er keine Lust auf Nachbarschaftsklatsch hatte, oder steckte er in beruflichen Schwierigkeiten? Anke wurde ein wenig flau. Sie kamen jeden Monat gerade mal so über die Runden mit den Raten für ihr Haus. Leise, um die Kinder nicht zu wecken, zog sie die Haustür hinter sich ins Schloss. Feiner Nieselregen schlug ihr ins Gesicht, als sie neben ihrem Mann zum Nachbarhaus hinübereilte.

»Anke, Daniel, schön, dass ihr da seid.« Thorsten Maybach nahm die Geschenke entgegen und legte sie auf der Flurkommode ab. Während er ihre Jacken an die Garderobe hängte, sah Daniel sich neugierig um. Er ist noch nie hier gewesen, dachte Anke alarmiert. Sie musste aufpassen, was sie sagte.

»Alles in Ordnung bei dir?« Thorsten ließ seine warme Hand einen Moment länger auf ihrem Schulterblatt ruhen, als der offiziellen Begrüßung angemessen war.

»Oh, klar doch«, sagte sie lächelnd und trat einen Schritt zurück. »Alles Gute zum Geburtstag, Thorsten! Vielen Dank für die Einladung.«

Sie hauchte ihm einen Kuss auf die Wange. Mehr war nicht drin. Daniel stand neben ihnen, sein langes Gesicht wirkte unbeteiligt, aber Anke war sich sicher, dass er jedes Wort, das sie mit Thorsten wechselte, genau registrierte. Bei ihrem nächsten Streit bekäme sie alles aufs Butterbrot geschmiert.

Im Wohnzimmer musterte Anke die anderen Gäste. Fast alle aus der Straße waren anwesend. Das war nicht weiter überraschend, denn sie pflegten hier eine gute Nachbarschaft. Nur Gina Arzberg-Wenning schien noch nicht da zu sein. Die einzige alleinstehende Frau in der Siedlung, und ausgerechnet sie versäumte Thorsten Maybachs Feier? Dafür entdeckte Anke auch Leo Körting unter den Gästen, dem ein Hotel etwas außerhalb von Kirchhagen gehörte. Mit seiner solariengebräunten Haut und dem Kaschmirsakko passte er nicht so recht in das Bild bürgerlichen Understatements, das die anderen boten. Alle waren eher lässig gekleidet, ihre Gesichter sahen winterblass und müde aus. War dieser Körting mit Thorsten Maybach befreundet? Das wäre ihr neu.

Daniel gesellte sich sofort zu den Senkbleis, sodass Anke Gelegenheit hatte, zu Thorsten in die Küche zu verschwinden.

»Kann ich dir helfen?«

»Oh, nett von dir, aber ich habe alles im Griff. Du kannst gern schon zu den anderen rübergehen.«

»Was macht denn Leo Körting hier? Kennst du ihn näher?«

»Ach, der hat mich neulich mal angesprochen. Ich glaube, er sucht Unterstützung wegen der geplanten Umgehungsstraße.«

Anke nickte. Leo Körtings Hotel war klein, aber fein, in einem romantischen Fachwerkhaus, zwischen Feldern und Wiesen gelegen. Er warb mit guter Küche, Ruhe und unberührter Natur. Wenn die geplante Ortsumgehung in naher Zukunft im Osten um Kirchhagen herumführte, dann wäre es dort vorbei mit Ruhe und Beschaulichkeit. Da konnte Körting sein Hotel auch gleich dichtmachen.

Anke war aber eigentlich nicht in die Küche gekommen, um mit ihrem Gastgeber zu *reden.* »Was diese Straße angeht, müssen wir jetzt zusammenhalten, das ist klar«, sagte sie leise und berührte wie zufällig seine Hüfte. Thorsten hielt in der Bewegung inne und sah zur offen stehenden Küchentür. Musik und Stimmengemurmel klangen zu ihnen herein.

Sie ging einen Schritt näher, sodass sie die Wärme seines Körpers spüren konnte. Das Gefühl, jeden Moment entdeckt zu werden, machte ihr Spaß. Thorsten griff ihr ins Haar, beugte sich zu ihr hinunter, doch ein Geräusch ließ ihn innehalten. *Morgen*, formten seine Lippen. Und dann lauter: »Lass uns reingehen. Nimmst du das Tablett mit den Gläsern?«

So ein Feigling, dachte sie. Es war doch nur irgendwer an der Küchentür vorbeigegangen.

»Warum machen die überhaupt so eine Umweltverträglichkeitsuntersuchung, wenn die nachher angeblich sowieso keine Rolle mehr spielt?«, fragte Heidi Senkblei gerade, als Anke Loss und Thorsten Maybach wieder ins Wohnzimmer traten. Heidi Senkblei wohnte im Osten von Kirchhagen und sah sich, wie die anderen auch, vom Ergebnis der Umweltstudie benachteiligt.

»Das gehört zu so einer Voruntersuchung einfach dazu. So sind nun mal die Vorschriften«, erwiderte Daniel. Mit anderen Menschen konnte er also Konversation machen! Sieh an, sieh an, die Umgehungsstraße interessiert ihn also auch, dachte Anke verärgert.

»Aber warum ist die Natur hier im Osten weniger wert als die im Westen? Kann mir das mal einer erklären? Letzten Endes muss es doch um die Menschen gehen und nicht um ein paar Kröten und Vögel«, beharrte die Senkblei.

»Bei diesen Umweltstudien geht es sowieso hauptsächlich um das sogenannte *Schutzgut Mensch*«, erklärte Daniel geduldig. »Sie wollen die Natur für den Menschen schützen, denn wir sind ein Teil des Ökosystems. Die Studie hat wohl gezeigt, dass sich in den Korridoren im Osten weniger Konfliktpunkte befinden als im Westen. Da gibt es das Wäldchen, Biotope, Fließgewässer …«

»Fließgewässer!«, schnaubte nun auch Karl Senkblei. »Ich bin alle möglichen Streckenführungen zu Fuß abgegangen. Die Au ist an der Stelle, wo die eine Trasse langführen würde, nur ein schmaler Graben, da bin ich rübergehüpft!«

Daniel zuckte nichtssagend mit den Schultern. Gegen die aufgewühlten Emotionen kamen sachliche Argumente sowieso nicht an. Was hatten abstrakte Begriffe wie *Raumwiderstandsdichte* und *Konfliktpotenzial* denn für ein Gewicht, wenn die Gefahr bestand, dass demnächst direkt hinter dem eigenen Gartenzaun eine stark befahrene Straße entlangführen sollte?

»Dieser dreckige kleine Bach im Westen ist doch ein Witz«, sagte Leo Körting. »Da stehen ganz andere Interessen dahinter, wenn sie die Straße bei uns im Osten bauen wollen.« Er redete leise, aber etwas in seinem Verhalten bewirkte, dass alle ihm zuhörten. »Entscheidend ist doch, wer hier wie viel Einfluss auf die Entscheidung des Ministeriums nehmen wird, nicht wahr? Also: Die Landwirte im Westen, wie Dettendorf und Reuter, werden alles daransetzen, dass die Straße östlich um Kirchhagen verläuft, das ist doch klar. Den Anwohnern an der Hauptstraße liegt vor allem daran, dass die Umgehungsstraße überhaupt gebaut wird. Wir hier im Osten haben die schlechtesten Karten. Die ortsnahe Ostvariante ist die kürzeste und deshalb auch die wirtschaftlichste Strecke, und angeblich ist auch noch diese *Raumwiderstandsdichte* geringer als im westlichen Umland von Kirchhagen. Die Frage ist, wie wir trotz dieser Voraussetzungen unsere Interessen durchsetzen können.«

»Gar nicht«, sagte Daniel. »Wenn es heißt: Geld oder Natur, dann gibt das Geld den Ausschlag, das ist doch klar. Wenn die Westumgehung und die ortsferne Ostumgehung zu teuer sind, wird die Straße ortsnah und östlich um Kirchhagen herum verlaufen.«

»Die ortsnahe Ostvariante und die Westvariante sind in etwa gleich lang. Ich habe es auf der Karte nachgemessen«, sagte Heidi Senkblei.

»Ja, und deshalb müssen wir uns für die Westvariante starkmachen, nicht für die ortsferne Ostumgehung. Dann haben wir eine realistische Chance«, sagte Leo Körting bestimmt. Kein Wunder, sein Hotel wäre von der ortsfernen Ostvariante am stärksten betroffen, dachte Anke Loss.

»Dann haben wir vor allem Reuter, Dettendorf und Konsorten gegen uns. Die werden sich mit allen Mitteln wehren, weil sie der Meinung sind, eine Westumgehung gefährde ihre Existenz. Die neue Straße würde deren Land durchschneiden und damit die Hauskoppeln von den Höfen abtrennen«, sagte Thorsten Maybach.

»Ach, die bekommen einen Tunnel oder eine Brücke oder so … Aber was ist mit dem Wertverlust unserer Eigenheime? Stehen da keine Existenzen auf dem Spiel?«, fragte Heidi Senkblei in die Runde.

Auf einmal redeten alle durcheinander.

»Ich werde mein Hotel jedenfalls nicht kampflos aufgeben, ich werde …« Weiter kam Leo Körting nicht, denn die Türglocke schrillte.

Thorsten Maybach ging hinaus und kam wenig später mit einer völlig verstörten Gina Arzberg-Wenning ins Wohnzimmer zurück. Anke Loss bedachte die unscheinbare Frau mit einem genervten Blick. *Wollsocke* nannte sie sie für sich, weil sie meistens Selbstgestricktes trug und sich die Haare mit Henna färbte. Heute klebte ihr eine feuchte rote Strähne auf der erhitzten Stirn. Thorsten zog einen Stuhl für sie heran, doch Gina Arzberg-Wenning dachte nicht daran, sich zu setzen, sondern klammerte sich zitternd an Thorsten Maybachs linken Arm.

Die anderen Gäste schienen noch gar nichts bemerkt zu haben.

»Wozu braucht Frank Reuter noch Hauskoppeln?«, fragte Karl Senkblei in die Runde, »der hat doch seine Milchquote verkauft, als er den Hof übernommen hat. Dettendorf ist es, um den wir uns Sorgen machen müssen, Jan Dettendorf, der mit dieser Journalisten liiert ist …«

»Sagt mal, lebt ihr eigentlich auf dem Mond oder was?« Die Gesichtsfarbe von Gina Arzberg-Wenning näherte sich dem

Farbton ihrer Haare. Ihr schriller Ton sorgte dafür, dass alle anderen sie verblüfft anstarrten.

»Wisst ihr es denn noch nicht? Dettendorfs Freundin ist tot.«

Anke Loss schüttelte ungläubig den Kopf. »Gestern Abend war sie doch noch auf unserer Einwohnerversammlung«, sagte sie mit Nachdruck. Lisanne Olsen konnte nicht tot sein. Sie war nicht älter als sie selbst, vielleicht auch ein oder zwei Jahre jünger …

»Und jetzt ist sie tot. Marion Burmeister hat es mir vorhin erzählt, und die weiß es von Jan Dettendorf. Lisanne Olsen ist heute Morgen mit ihrem Pferd verunglückt. Ein tödlicher Reitunfall …«

Alle sahen sich betroffen an. Sogar Leo Körting war blass geworden. Er kippte den Rest Sekt in einem Zug hinunter und stand abrupt auf. »Scheiß Gäule. Wusste ich schon immer«, bemerkte er grob und verließ polternd den Raum.

Anke sah ihm nach. War ihr da irgendwas entgangen?

3. Kapitel

Nach der Besichtigung des Tatortes ließen sich Pia und Broders den Weg zu Jan Dettendorfs Haus erklären. Sie wollten ihn trotz der späten Stunde noch befragen. Er wohnte an der Hauptstraße, nur ein kleines Stück von der alles dominierenden Dorfkirche entfernt.

Das Haus von Dettendorf, das nur durch einen schmalen Vorgarten von der Hauptstraße getrennt war, lag dunkel und verlassen im Schutz zweier mächtiger Linden, die den Vordereingang flankierten. Der Weg dorthin sah im matten Schein der Straßenbeleuchtung sauber geharkt und unbenutzt aus. Hier ging man wohl nur zur Hochzeit rein und im Sarg wieder raus? Pia hielt nach einem zweiten Eingang Ausschau.

Hinter dem Gebäude schien sich ein gepflastertes Areal zu öffnen, an das Stallgebäude, eine kleine Reithalle und ein einzelnes Häuschen grenzten. Die Konturen verschwammen im Dunkeln. Als Pia um die hintere Ecke bog, schaltete sich die Außenbeleuchtung ein. Broders folgte ihr. Tatsächlich, hinten gab es auch eine Eingangstür. Sie klingelte, und kurze Zeit später sah sie durch eine Riffelglasscheibe, wie im Flur Licht angeschaltet wurde. Sie warf Broders einen kurzen Blick über die Schulter zu. Dettendorf war also zu Hause.

Die Tür öffnete sich, und im Gegenlicht erkannte Pia einen hochgewachsenen Mann, der seinen späten Besuchern mit gebeugten Schultern und schief gelegtem Kopf gegenübertrat.

»Ja, bitte?«, sagte er, und in seinem Tonfall schwang ein genervter Unterton mit. Ein großer Hund mit dunklem Fell versuchte, seinen Kopf an den Beinen seines Herrchens vorbeizuschieben. Der Mann zog ihn am Halsband zurück.

»Sind Sie Jan Dettendorf?«, fragte Pia.

Der Mann nickte nur.

»Mein Name ist Pia Korittki, Mordkommission Lübeck, und das ist mein Kollege Heinz Broders.« Sie zeigten ihre Ausweise. »Wir haben ein paar Fragen an Sie wegen des Todes von Lisanne Olsen.«

»Na, dann kommen Sie rein«, sagte Dettendorf und ließ sie eintreten. »Roberta und ich haben sowieso nichts mehr vor heute Abend.« Er deutet mit einer Kopfbewegung auf seinen Hund, dann führte er sie durch einen engen Flur in ein Zimmer am Ende des Ganges und knipste die Deckenbeleuchtung ein. Es schien eine Art Büro zu sein mit einem Schreibtisch, zwei Stühlen, einem Sessel und mehreren Regalen mit farbigen Ordnern. Roberta tapste hinter ihnen her und ließ sich auf einem Haufen verstreut liegender Zeitungen nieder.

»Kripo, so so«, sagte Dettendorf und bedeutete ihnen, auf den Stühlen Platz zu nehmen, die vor dem Schreibtisch standen. Er selbst setzte sich in einen bequem aussehenden Ledersessel und verschränkte abwehrend die Arme vor der Brust.

»Wir untersuchen den Tod von Lisanne Olsen. Wir waren eben noch draußen am Unfallort. Sie haben die Verunglückte entdeckt, hat man uns gesagt.«

»Ja, das stimmt«, antwortete er knapp. Das Licht der Deckenlampe malte dunkle Schatten unter seine Augen.

»Erzählen Sie uns der Reihe nach, wie sich das heute Morgen zugetragen hat. Lassen Sie sich ruhig Zeit dabei«, sagte Broders.

Dettendorfs Stimme klang brüchig, als er zu berichten begann: »Also, um es vorwegzunehmen, Lisanne und ich waren befreundet. Sie wohnte seit zwei Jahren hier mit auf dem Hof, und zwar in dem kleinen Haus nebenan, das sie vielleicht eben schon gesehen haben.« Er stockte und sah Pia und Broders Hilfe suchend an. Pia nickte und ermunterte ihn, fortzufahren.

»Das Haus hatte vorher ein paar Jahre leer gestanden, aber da Lisanne sowieso fast mehr hier als in ihrer Wohnung in Lübeck war, seit wir zusammen waren und ihr Pferd hier stand, habe ich das Häuschen hergerichtet und ihr vermietet. Es ist nichts Besonderes, aber sie mochte es so, wie es ist. Sie wollte nicht zu mir ins Haupthaus ziehen. Sie hat immer gesagt, sie bräuchte ihre Privatsphäre.« Er zuckte mit den Schultern, scheinbar noch immer verblüfft über diese Anwandlung von ihr. »Aber es war schön, so wie es war. Vielleicht hatte sie recht. Hier hätten wir uns nur über Haushaltskram in die Wolle gekriegt.« Es klang trotzig.

»Was ist heute Morgen passiert?«

»Lisanne hatte bei mir … übernachtet. Als der Wecker um kurz vor sechs läutete, ist sie gleich aufgestanden. Ich habe ihr noch gesagt, bleib doch liegen, es stürmt und regnet, das mag Absalom, das ist Lisannes Pferd, nicht. Aber sie ist trotzdem los. Ich bin dann noch mal eingeschlafen, und als ich gegen halb acht aufgewacht bin, hab' ich mir nur schnell was übergezogen und bin rüber in den Stall zum Füttern. Dabei habe ich natürlich gesehen, dass Absalom nicht in seiner Box stand. Lisanne hat sich in den Kopf gesetzt, nächstes Jahr Vielseitigkeit mit ihm zu gehen. *Hatte …*« Er stockte und wischte sich mit dem Handrücken über die Nase. »Sie reitet … *ritt* … meistens morgens früh, weil sie freiberuflich für verschiedene Zeitungen arbeitete und abends oft nicht mehr zum Reiten kam. Es war kein Problem für sie, etwas später anzufangen. Viele wichtige Veranstaltungen, über die sie berichtete, waren abends. Früh Schluss zu machen, das wäre utopisch, hat sie immer gesagt.«

Pia nickte und warf einen Seitenblick auf Broders, der unruhig auf seinem Sitz hin und her rutschte.

»Ich dachte mir also nichts dabei, als Absalom nicht da war, und bin nach dem Füttern wieder rüber, um zu duschen und in Ruhe zu frühstücken. Normalerweise ist Lisanne, bevor sie zur Arbeit gefahren ist, immer noch kurz bei mir reingekommen und hat einen Kaffee mit mir getrunken. Aber nicht immer. Wenn sie spät dran war, ist sie gleich losgefahren.«

»Um wie viel Uhr ist Ihnen aufgefallen, dass sie nicht von dem Ritt zurückgekehrt ist?«

»Erst kurz vor Mittag. Ich hatte hier im Büro zu tun. Später habe ich dann noch mal in den Stall geschaut. Als Absaloms Box immer noch leer war, dachte ich zuerst, sie hätte ihn vielleicht woanders hingestellt. Ich bin den ganzen Stall abgegangen. Dann habe ich die Sattelkammer kontrolliert und festgestellt, dass seine Trense und sein Sattel fehlten. Da wurde ich unruhig. Ich bin zu ihrem Haus rübergerannt und habe geklopft. Als Lisanne dort auch nicht war, bin ich mit Roberta losgegangen.«

»Woher wussten Sie, wo Sie nach Ihrer Freundin suchen mussten?«, fragte Pia.

»Sie hatte eine festgelegte Trainingsstrecke. Die bin ich abgegangen.«

»Sie haben sich zu Fuß auf den Weg gemacht?«

»Ja, ich bin gelaufen. Mit dem Auto kommt man nicht gut in den *Schwarzen Brook*. So heißt die Gegend. Mir war inzwischen klar, dass die Zeit drängte. Wenn sie womöglich gestürzt war und in der Kälte irgendwo draußen lag …«

»Um wie viel Uhr sind Sie losgegangen?«, fragte Broders.

»Mein Gott, ich habe nicht auf die Uhr gesehen. Es war vielleicht halb zwölf.«

»Und haben Sie jemandem Bescheid gesagt? Sich vielleicht Hilfe geholt?«

»Ich wusste doch nicht, was passiert ist. Ich wollte erst mal selbst nachsehen.«

»Also gut, Herr Dettendorf«, sagte Pia. »Sie sind also mit ihrem Hund los, um ihre Freundin zu suchen. Wie haben Sie sie gefunden?«

»Roberta hat sie gefunden, hinter dem zweiten Sprung im Wäldchen. Kein ungefährliches Hindernis, das habe ich ihr immer wieder gesagt, aber sie hat darauf bestanden, dass sie einen Einsprung ins Wasser braucht, als Gehorsamsübung für ihr Pferd.«

»*Einsprung ins Wasser?* Was ist das?«, fragte Pia.

»Hinter dem Hindernis befindet sich ein Graben oder eine Vertiefung, die mit Wasser gefüllt ist.«

»Wer hat das Hindernis gebaut?«

»Ich.«

»Also gut, welches Bild bot sich ihnen am Unfallort? Wie haben Sie Lisanne Olsen vorgefunden?«, schaltete sich Broders ein. Irgendwie wirkte er ungeduldig.

»Sie lag … Lisanne lag hinter dem Sprung halb im Wasser.« Er schluckte. »Sie rührte sich nicht. Sie lag auf dem Bauch, und ich habe nicht gewagt, sie umzudrehen. Ich dachte, sie hat vielleicht eine Wirbelsäulenverletzung, obwohl sie eigentlich im Gelände meistens einen Rückenprotektor getragen hat … Ich habe sie angefasst, ihre Hand genommen, aber sie war eiskalt! Und ich … ich konnte keinen Puls fühlen. Verdammt, sie rührte sich nicht. Ich wusste nicht, wie ich ihr helfen sollte. Ich wollte sie wärmen, hab' sie ein Stückchen aus dem Wasser gezogen, dann hab' ich sie aber wieder hingelegt. Ich habe gleich danach telefoniert und Hilfe angefordert. Und dann habe ich neben ihr gesessen …« Er schüttelte den Kopf. »Roberta hat die ganze Zeit gewinselt. Absalom versuchte, auf die Beine zu kommen, aber er ist immer wieder weggeknickt. Ich hab' gleich gesehen, dass es aus für ihn war. Seine Vorderläufe … Die Augen sind ihm vor Schmerz fast aus dem Kopf getreten …«

»Beruhigen Sie sich erst mal, Herr Dettendorf«, sagte Broders plötzlich ungewohnt sanft. »Möchten Sie irgendwas trinken, bevor wir weitermachen?«

»Ja, bitte«, sagte er rau. »Im Schrank in der Küche ist eine Flasche Whiskey. Ich könnte einen vertragen.«

Broders verließ das Zimmer, um sich auf die Suche zu machen. Pia blieb mit Dettendorf in seinem ungemütlichen Büro zurück. Sie musterten sich gegenseitig. Jan Dettendorf wirkte ausgelaugt. Das kurze braune Haar stand ihm wirr vom Kopf ab. Seine Kleidung – eine alte Jeans und ein dunkel gemusterter Pullover – schienen ihm viel zu groß zu sein. Er räusperte sich unbeholfen. »Ich kann es immer noch nicht fassen«, sagte er, »dass Lisanne tot sein soll. Sie hatte noch so viele Pläne ...«

»Wissen ihre Eltern schon Bescheid?«, fragte Pia.

»Oh Himmel, nein. Daran habe ich überhaupt noch nicht gedacht. Ihre Eltern leben nicht mehr. Sie hat nur einen Onkel, der wohnt in Bad Oldesloe, und eine jüngere Schwester, die irgendwo im Ausland lebt. Die wissen noch gar nichts. Ich habe kurz daran gedacht, bei den Zeitungen anzurufen, für die sie gearbeitet hat. Als ob sie jetzt noch Schwierigkeiten bekommen könnte, wenn sie Termine nicht einhält. Was für ein Blödsinn!«

Bevor Pia Gelegenheit hatte, etwas darauf zu antworten, kam Broders mit einer fast vollen Whisky-Flasche und einem Becherglas in der Hand ins Büro zurück.

»Bitte, manchmal hilft's«, sagte er und goss zwei Finger breit ins Glas. »Wo waren wir stehen geblieben?«

»Sie sahen, dass das Pferd Schmerzen hatte«, sagte Pia.

»Ja. Ich habe auch noch unseren Tierarzt Manfred Freese angerufen und ihn gebeten, sofort zu kommen ... Es hat ewig gedauert, bis der Rettungswagen kam. Sie haben nur noch Lisannes Tod feststellen können. Dann haben sie sie zugedeckt und gesagt, wir müssten warten. Sie könnten keine Verstorbenen im Rettungswagen mitnehmen.«

Pia konnte sich die verzweifelte Situation im Wald besser vorstellen, als ihr lieb war. »Was geschah dann?«, fragte sie.

»Der Tierarzt ist gekommen und hat gesagt, dass es das Beste wäre, Absalom einzuschläfern. Er hat ihm ein Barbiturat in die Vene gespritzt, und das war's. Ich habe noch gewartet, bis der Leichenwagen kam und Lisanne abgeholt wurde. Ich wollte … sie nicht allein lassen …«

»Wann kam die Polizei?«

»Ich weiß es nicht mehr genau. Irgendwann kam ein Streifenwagen.«

»Haben Sie auf dem Hinweg oder während Sie im Wald waren irgendetwas Ungewöhnliches bemerkt?«, fragte Pia.

Er merkte auf. »Wieso, was denn? Was hätte mir denn auffallen sollen?«

»Das fragen wir Sie. Es könnte ja sein, dass Sie jemanden gesehen haben oder dass etwas anders war als sonst.«

»Was wollen Sie denn damit andeuten? Dass Lisannes Tod vielleicht gar kein Unfall war?« Er begriff schnell.

»Wir wollen gar nichts andeuten. Bei nicht natürlichen Todesfällen muss immer eine kriminalpolizeiliche Ermittlung durchgeführt …«, erklärte Broders.

»Sie ist gestürzt!«, fuhr Dettendorf aufgebracht dazwischen. »Das war ein furchtbares Unglück! Was wollen Sie eigentlich herausfinden?«

»Welche Umstände zu Lisanne Olsens Tod geführt haben. Nicht mehr und nicht weniger. Könnten Sie uns bitte die Namen und Adressen von Lisannes Verwandten geben? Mit denen werden wir auch sprechen müssen«, sagte Pia.

»Okay.« Er schaltete seinen Rechner ein, tippte kurz auf der Tastatur herum, der Drucker im Regal sprang an und warf surrend ein Blatt mit einer Adresse aus, das Dettendorf Pia weitergab.

»Ich habe nicht viel. Da ist nur dieser Onkel, zu dem sie sporadisch Kontakt hatte. Zu der Schwester, die wohl in Frankreich lebt, hatte Lisanne überhaupt keine Verbindung mehr. Da habe ich keine Adresse.«

»Niemand sonst?«

»Ich glaube, so ungefähr jeder Einwohner von Kirchhagen hat sie gekannt«, sagte er. »Sie werden einiges zu tun haben.«

»Na schön. Wir werden jetzt gehen. Es war bestimmt ein schwerer Tag für Sie. Morgen wird sich noch mal jemand von uns bei Ihnen melden. Wenn Ihnen vorher noch was einfällt …« Pia gab ihm ihre Karte.

Sie verabschiedeten sich in dem engen, schlecht beleuchteten Flur. Als Dettendorf die Haustür öffnete, entwischte sein Hund nach draußen und wurde sofort von der Dunkelheit verschluckt.

Dettendorf pfiff, aber Roberta tauchte nicht wieder auf.

»Bis morgen. Wir melden uns.« Broders und Pia gingen zurück zur Straße. In diesem Moment donnerte ein Tanklastwagen die Hauptstraße entlang und der Luftzug zerrte an den Zweigen der Linden. Sie mussten abwarten, bis der Lärm verklungen war. Dann zog Pia ihr Mobiltelefon hervor.

»Mal sehen, wo wir Gerlach jetzt wieder einfangen«, sagte sie. »Bestimmt gibt es hier so was wie einen Dorfgasthof …«

Sie fanden ihren Kollegen wie erwartet im *Dorfkrug*, der einzigen Kneipe von Kirchhagen, die sich am südlichen Ortsende schräg gegenüber der Kirche befand. Er saß mit Schelling und einem weiteren Mann von der Spurensicherung an einem Ecktisch, jeder hatte ein großes Bier vor sich stehen und Schelling zusätzlich einen Teller mit Currywurst und Pommes.

»Ach, hier ist 'ne Party im Gange, während wir uns die Hintern blank schuften. Ich versteh' schon, Gerlach, warum du dich so frühzeitig abgesetzt hast«, sagte Broders zur Begrüßung.

»Hey, das ist 'ne Dienstbesprechung. Setzt euch zu uns«, entgegnete Gerlach aufgeräumt. Er zog einen Stuhl vom Nebentisch heran.

Als Pia und Broders sich zu den anderen gesetzt hatten, kam der Wirt zu ihnen herüber und musterte sie mit hochgezogenen Augenbrauen. »Welch Glanz in meiner Hütte! Auf der Durchreise, oder bleiben die Herrschaften länger in Kirchhagen? Ich hab' auch Fremdenzimmer, die müssten aber erst mal gründlich gelüftet werden ...« Sein Lachen ging in ein bellendes Husten über.

»Wir fahren heute Abend noch nach Lübeck zurück. Können Sie was Warmes zu essen anbieten?«

»Um diese Uhrzeit nur noch belegte Brote mit Spiegelei oder das da.« Er zeigte auf die Currywurst.

»Okay, für mich auch die Wurst«, sagte Broders. Pia entschied sich für das Brot mit Spiegelei. Der Wirt stapfte zurück hinter seine Theke und rief ein paar kurze Anweisungen durch eine Durchreiche nach hinten in die Küche.

Es war nicht mehr viel los um diese Tageszeit, stellte Pia mit einem Blick durch den Schankraum fest. An der Theke saßen drei Männer, die ihr Feierabendbier vor der Nase hatten. Ein paar Tische weiter saßen zwei Gäste, die immer mal wieder verstohlene Blicke zum Ecktisch hinüberwarfen, sich ansonsten aber angeregt zu unterhalten schienen.

»Wir sind die Attraktion des Abends, und außerdem haben wir Zuhörer«, bemerkte Pia halblaut.

»Ja, schon bemerkt. Aber was soll's, spätestens morgen früh weiß jeder Bescheid, dass wir hier sind. Wir werden 'ne Menge Leute befragen müssen«, sagte Broders.

»Eigentlich sollten wir wirklich gleich hierbleiben. Dann könnten wir morgen in aller Herrgottsfrühe anfangen. Ihr wisst ja, die frühe Katze fängt die Maus.«

»Wie viele Biere hast du schon intus, Gerlach?«, fragte Pia ihn.

»Och …«

Wir werden morgen auf jeden Fall eine offizielle Aussage von Lisanne Olsens Freund, diesem Jan Dettendorf, aufnehmen. Und die Angehörigen, die vielleicht noch nicht Bescheid wissen, müssen dringend verständigt werden.«

»Wissen die noch nichts?«, fragte Gerlach.

»Dettendorf hat niemandem Bescheid gesagt. Was die Kollegen vor Ort herausgefunden haben, wissen wir noch nicht.«

»Wir werden als Erstes die Wohnung von Lisanne Olsen unter die Lupe nehmen. Versiegelt haben wir schon, aber wir haben bisher nur einen kurzen Blick reingeworfen. Will einer von euch mitkommen?«, fragte Schelling.

»Ja, ich bin dabei«, sagte Pia.

»Gute Idee«, warf Broders ein, »dann bist du morgen zuerst in der Wohnung der Olsen und kannst danach gleich zu Dettendorf rübergehen. Mit dem wird einer allein fertig, oder?«

»Ich und das Aufzeichnungsgerät, kein Problem.«

»Gerlach und ich werden zusehen, wen wir sonst noch von Lisanne Olsens Sippschaft auftreiben. Außerdem muss dann noch einer von uns mit den Leuten von der Zeitung sprechen.«

»Schwierig, weil sie freiberuflich gearbeitet hat«, merkte Gerlach an. »Wer macht's?«

»Alle – wer Zeit hat …«, zitierte Pia ihren Chef, der diesen Satz gern sagte, wenn er unter Druck stand und nicht genug Leute zur Verfügung hatte.

»Genau, *wer Zeit hat*«, sagte Gerlach in sein fast leeres Glas.

Der Wirt stellte zwei Teller mit üppigen Portionen vor Broders und Pia ab.

In diesem Moment wurde die Tür aufgezogen. Zwei Männer kamen herein und gingen auf die Theke zu. Einer von ihnen trug einen Lodenmantel und einen schwarzen Schal, der lässig über seiner Schulter hing, der andere eine Lederjacke. Sie wandten sich an den Wirt, der sich eher widerwillig, wie es aussah, zu ihnen herüberbeugte. Plötzlich lag eine eigenartige Spannung im Raum. Ein schwerer Lkw fuhr die Hauptstraße hinunter und ließ die Fensterscheiben vibrieren. Die Flüssigkeit in den Gläsern erzitterte.

Der Wirt begann mit mürrischem Gesichtsausdruck zwei Biere zu zapfen, die Neuankömmlinge gingen zu einem freien Tisch und setzten sich, nicht ohne vorher ihre Blicke fast drohend durch den Raum schweifen zu lassen.

»Hey, Leo, laufen deine Pferdchen auch fleißig?«, rief einer der Männer an der Theke halblaut in den Raum.

»Klappe, Franky. Oder soll ich mal rüberkommen?« »Warum nicht, Lodenmantel?«

Der Mantelträger wollte aufspringen, doch sein Begleiter hielt ihn zurück. »Bleib locker, Leo. Der ist doch schon voll bis unter den Scheitel. Wir wollen keinen Stress hier.«

»Hast noch mal Glück gehabt, dass ich was Besseres zu tun habe. Außerdem möchte Heinrich Ruhe haben in seinem Laden.«

Heinrich sah nicht so aus, als wäre er dem Lodenmantel für diesen Hinweis dankbar. Er hatte schon die Ärmel hochgeschoben und sein Geschirrtuch, mit dem er bis eben die Gläser poliert hatte, in die Ecke geworfen.

»Du solltest mal was gegen diese Wanzen in deinem Laden unternehmen, Heinrich«, raunte Franky dem Wirt heiser zu. »Bauen ein schickes Hotel in die Landschaft, und dann sagen

Sie, die geplante Straße kann deshalb nicht mehr da langführen … Seit zwanzig Jahren fahren wir regelmäßig nach Kiel zum Landtag, um endlich den Verkehr raus aus Kirchhagen zu kriegen, und jetzt kommen die und wollen uns in die Suppe spucken …«

»Ruhig, Franky. Das ist doch alles nur heißer Wind, den die machen«, sagte Heinrich verächtlich.

Ein älterer Mann mit Schirmmütze, der neben Franky saß, sagte leise, aber deutlich: »Bei der letzten Zählung hatten wir zehntausend Fahrzeuge, die täglich durch Kirchhagen fahren. Der Schnellste hatte innerorts hundertzehn auf dem Tacho. Wir können unsere Enkel nie allein vor die Haustür lassen, und meine Frau hat wegen des Lärms schon zwei Hörstürze gehabt. Es hört sich immer so an, als würden die Autos direkt durch unser Schlafzimmer fahren. Wir werden uns die Umgehung nicht von Leuten vermasseln lassen, die nur zum Schlafen nach Kirchhagen kommen!«

»Niemand will hier irgendetwas vermasseln. Wir wollen doch alle die Umgehungsstraße. Es geht nur um die Linienführung. Was nützt eine Straße, die den Verkehr von der Hauptstraße wegbringt und dann direkt an den anderen Häusern vorbeiführt? Da gibt es noch viel mehr Kinder«, mischte sich der Mann in der Lederjacke ein. Der andere nickte bekräftigend.

»Ach ja, wo sind denn *Ihre* Kinder, Herr Körting? Wo ist *Ihre* Frau, häh?«

»Ich fass' es nicht«, murmelte Leo Körting und schüttelte den Kopf. »Heinrich, bekomme ich heute Abend noch ein Bier oder nicht? Wenn nicht, sag es lieber gleich, dann fahren wir noch woandershin!«

»Immer mit der Ruhe. Hier wird jeder bedient«, sagte der Wirt und schlurfte mit zwei vollen Biergläsern zum Tisch.

»Bauern, Soldaten, Versicherungsvertreter, Bestatter, Pastoren, Zuhälter und sogar die Polizei …« Der Wirt hatte während seiner Aufzählung die Stimme gesenkt, sein Ton aber war aufmüpfig.

Körting warf einen Blick über seine Schulter. »Ja, und heute sogar Frauen …«, ergänzte er. »Ja, auf die Frauen. Prost, Heinrich!«

»Ich glaube, das wird ein nettes Arbeiten hier«, sagte Pia zu ihren Kollegen, die den Wortwechsel interessiert verfolgt hatten.

»Ich wusste, du stehst drauf«, antwortete Broders. »Das mit der Straße müssen wir uns noch mal im Detail zu Gemüte führen.«

4. Kapitel

Jan Dettendorf saß am Küchentisch und starrte durch das regennasse Fenster nach draußen auf die Straße.

Sein Frühstückstoast mit Brombeergelee war inzwischen kalt geworden, er hatte nur einmal abgebissen. Dafür hatte er schon drei Becher starken schwarzen Tee getrunken. Er hielt den warmen Steingut-Pott umklammert und versuchte, nicht schon wieder loszuheulen wie ein kleines Kind.

Lisanne war tot. Als er heute Morgen aufgewacht war, hatte er im ersten Moment gedacht, die Ereignisse gestern wären nur ein Albtraum gewesen. Dann war sein Blick auf den Berg zerknüllter Papiertaschentücher neben seinem Bett, die halb leere Whiskyflasche und das Foto von Lisanne gefallen, das dagegenlehnte. Er hatte es gestern Abend noch von seiner Pinnwand genommen und bis kurz vor dem Einschlafen angestarrt. Sie war tatsächlich tot.

Er hatte stechende Kopfschmerzen. Der Druck in seinem Schädel schien seine Augäpfel aus den Höhlen pressen zu wollen, und seine Nebenhöhlen fühlten sich an wie ausbetoniert.

Lisanne war unwiderruflich tot. Gab es gestern einen Moment, an dem er »Halt!« hätte rufen können, und das alles wäre nie passiert? Lisanne wäre nicht zu ihrem Morgentraining aufgebrochen, sondern bei ihm im Bett geblieben. Er hatte diesen Moment verpasst, während sie … ein falscher Absprung, ein unglücklicher Sturz, der Tod.

Sie war immer so energisch gewesen, mutig, voller Pläne. Und sie hatte sich nie um die Meinung ihrer Mitmenschen geschert. »Weil ich es will!«, hatte sie ihm immer geantwortet, wenn er mal wieder Bedenken geäußert hatte, kleinkariert, übervorsichtig oder miesepetrig. »Wann, wenn nicht jetzt?«, hatte sie herausfordernd gefragt, wenn er zu ängstlich, zu müde oder zu bequem gewesen war. Er trank einen Schluck Tee. Sie würde ihren Traum, eines Tages mit Absalom bei der Military zu starten, nicht mehr verwirklichen können. Sie würden auch keine Reise ans Nordkap mehr machen. Ja, er würde nicht einmal mehr erfahren, ob sie ihn eines Tages vielleicht doch noch geheiratet hätte.

»Ich heirate nur, wenn ich schwanger bin«, hatte Lisanne ihm ein paar Mal lachend an den Kopf geworfen und dann ein wenig ernsthafter hinzugesetzt: »Und dagegen kann ich etwas tun.«

Er erinnerte sich daran, wie er eines Morgens beim Bettenmachen ein komisches Ding zwischen den Laken entdeckt hatte. Im ersten Moment hatte er nicht verstanden, was das kleine Kupfergebilde darstellen sollte, das er da zwischen seinen großen Fingern hielt. Dann war ihm aufgegangen, dass es ihre Spirale war, und kurz darauf, welche Möglichkeiten sich unverhofft vor ihm auftaten … *Lisanne Dettendorf*, na ja, es klang nicht überzeugend, aber sie hätte ja ihren Namen behalten können. Er schluckte krampfhaft und stand abrupt auf. Die Pferde mussten versorgt werden, die konnten schließlich nichts dafür, was gestern passiert war. Und ausgerechnet heute sollte der Hufschmied kommen. Er hatte gestern nicht daran gedacht, ihm abzusagen, und hundert andere Kleinigkeiten warteten darauf, erledigt zu werden.

»Wenn du Kummer hast, arbeite!«, hatte seine Oma ihm stets geraten. So einfach ist das nicht, hatte er daraufhin immer gedacht. Aber da er sie niemals verzagt, verheult oder missmutig gesehen hatte, war wohl etwas dran an ihrem Rat.

Er pfiff nach Roberta, zog in der Diele seine Gummistiefel und die alte *Barbour*-Jacke an und verließ das Haus. Er konnte gerade noch zur Seite springen, denn in diesem Moment bogen zwei Autos von der Hauptstraße auf den Hof ein und hielten vor Lisannes Häuschen an. Drei Männer und eine Frau stiegen aus. Er erkannte die Polizistin wieder, die gestern Abend schon einmal bei ihm gewesen war. Wie hieß sie noch gleich? Sie kam auf ihn zu und sprach ihn an:

»Morgen, Herr Dettendorf. Sie erinnern sich sicher. Pia Korittki, Mordkommission Lübeck. Unsere Leute von der Kriminaltechnik müssen heute das Haus von Frau Olsen untersuchen. Gestern hatten sie es nur versiegelt.«

»Moin«, antwortete Dettendorf bedächtig. »Brauchen Sie den Hausschlüssel? Sie war ja meine Mieterin.«

»Das würde die Sache vereinfachen«, sagte Pia.

»Ich nehme doch an, dass das seine Richtigkeit hat, die Durchsuchung und so?« Hoffentlich klang seine Stimme fest und nicht zu verheult. Er hatte plötzlich das Gefühl, Lisannes Privatsphäre schützen zu müssen, obwohl ihm die Frau, die im Nieselregen vor ihm stand, eigentlich sympathisch war. »Immerhin ist es ihr Haus ... gewesen. Lisanne würde bestimmt nicht wollen ...« Er geriet ins Stocken und sah die Kommissarin mit einer Mischung aus Ärger und Verzweiflung an.

»Wir haben einen richterlichen Beschluss, wenn Sie das meinen. Unsere Leute tun dort nur ihre Arbeit. Ich bin mir sicher, dass Frau Olsen das befürworten würde.«

Die Kommissarin hatte gut reden. Sie kannte Lisanne doch überhaupt nicht. »Ist das denn unbedingt notwendig? Es war doch nur ein Reitunfall«, wandte er trotzig ein.

Sie zögerte einen Moment und sah kurz zu den Ställen hinüber. Er beobachtete die feinen Regentröpfchen, die in ihren hellen Augenbrauen hingen.

»Ja. Es ist notwendig. Ich würde später gern noch einmal mit Ihnen sprechen. Sind Sie da?«

Er hatte das Gefühl, dass jeder Einwand sinnlos wäre. Ihre Augen waren graublau und kühl, der Farbton erinnerte ihn an die Ostsee im Winter. »Okay«, sagte er gedehnt. »Sie finden mich dort in einem der Ställe oder in meinem Büro, je nachdem ...« Er zog einen Schlüsselbund aus der Tasche und löste einen der Schlüssel ab. »Bitte.«

Sie nahm den Schlüssel entgegen, produzierte ein, wie es ihm schien, aufmunterndes Lächeln, und bedankte sich knapp. Er sah ihr hinterher, wie sie zu den anderen hinüberging.

Lisanne hätte es gehasst, das wusste er. Aber er fühlte sich nicht in der Lage, daran noch irgendetwas zu ändern. Der Aufwand, den die Polizei trieb, schien ihm überzogen zu sein, und zum ersten Mal beschlichen ihn Zweifel daran, dass Lisannes Tod wirklich ein Unfall gewesen war. Aber was sollte denn sonst passiert sein? Sie war mit Absalom gestürzt ...

Außerdem, wer hätte ein Interesse daran gehabt, ihr zu schaden? Oder hatte sie Feinde gehabt? Dettendorf musste an Lisannes Reifenpanne vor ein paar Tagen denken. Sie hatte nicht darüber sprechen wollen, aber trotzdem irgendwie besorgt ausgesehen ... Vielleicht war sie mit ihrem Interesse an allem, was vor sich ging, und mit ihrer ständigen Einmischung einmal zu weit gegangen? Aber das gehörte schließlich zu ihrem Beruf. Als freie Journalistin konnte sie sich Zurückhaltung nicht leisten. Aber gab es denn irgendwelche Themen, die so brisant waren ...? Er wollte lieber nicht darüber nachdenken. Die Polizei tat wahrscheinlich nur ihre Pflicht, wenn sie so viel wie möglich über Lisanne und ihr Leben in Erfahrung bringen wollte.

Er riss sich von dem Anblick von Lisannes Häuschen los, in das die Polizisten inzwischen verschwunden waren, und machte sich an die Arbeit. In einer halben Stunde sollte der Hufschmied kommen, es war noch genug zu tun.

Wie immer, wenn sie Schutzkleidung mit Überschuhen und Handschuhen trug, fühlte Pia sich wie ein Besucher aus einer fremden Galaxie.

Sie standen in einer kleinen Diele. Links führte eine steile Holztreppe ins obere Stockwerk, rechts stand eine alte Kiefernkommode zwischen zwei Türen, die in die Zimmer im Erdgeschoss führen mussten. Der Dielenboden war in mattem Weiß lackiert, vor der Haustür und der Kommode lagen Flickenteppiche. An einem Garderobenständer rechts neben der Eingangstür hingen eine Handtasche, ein dunkelblauer Parka und eine gesteppte Jacke aus rosa glänzendem Stoff. Zwei Paar Stiefel lagen darunter, außerdem ein schwarzer Rucksack und ein hölzerner Stiefelknecht. Es roch nach Pferd.

Pia öffnete die erste Zimmertür und betrat eine kleine Küche mit Sitzplatz unter dem Fenster. Von hier aus hatte Lisanne den Hof überblicken und zu den Ställen und auch zu Dettendorfs Wohnhaus schauen können.

Auf dem Tisch lagen ein Stapel Zeitungen und ein Telefon, dessen Akku leer war. Pia suchte die Station dazu und entdeckte sie auf der Arbeitsplatte, an derselben Steckerleiste angeschlossen wie Kaffeemaschine und Mikrowelle.

»Der Geschirrspüler ist noch an«, bemerkte sie zu Schelling, der sich mit ihr in der Küche umschaute. Sie stellte ihn ab.

Einfach, aber geschmackvoll, dachte sie, als sie die Blumentöpfchen auf der Fensterbank, die alten Holzmöbel und die modernen Küchengeräte betrachtete. Lisanne Olsen hatte mit wenigen Mitteln eine gemütliche Atmosphäre geschaffen. Ganz anders als drüben bei Jan Dettendorf.

Hinter der Küche befand sich ein kleines schwarz-weiß gekacheltes Duschbad. Der Raum war früher wahrscheinlich als Speisekammer genutzt und im Zuge der Renovierung umgebaut worden. Das Fenster war gekippt, auf der Ablage über dem Waschbecken standen aufgereiht Tiegel und Töpfchen einer teueren Kosmetikserie.

Das Wohnzimmer lag nach hinten raus und hatte zwei niedrige Sprossenfenster mit Blick in einen zugewachsenen Garten. Der Raum wirkte im Gegensatz zur Küche unbewohnt. Ein Designersofa mit gläsernem Beistelltisch und ein altes Klavier bildeten im Wesentlichen die Einrichtung. Auf dem Klavier standen gerahmte Fotos und ein paar Pokale. Pia sah sich die Bilder an: Pferdeköpfe, galoppierende Pferde im Schnee und auf der Wiese, stehende Pferde … nur eines davon mit Reiterin.

Obwohl Pia nicht wusste, wie Lisanne Olsen ausgesehen hatte, vermutete sie, dass sie die selbstbewusst in die Kamera lächelnde Frau auf dem Pferd war.

Keine Familienbilder, auch kein Bild von Jan Dettendorf, dafür ein weiteres Telefon, diesmal in der Station.

Pia zuckte mit den Schultern. »Ich werde mal oben rumschauen, dann seid ihr dran«, sagte sie zu Schelling. »Sie scheint ein ordentlicher Mensch gewesen zu sein. Wenn ich mir vorstelle, jemand würde bei mir auftauchen, wenn ich unverhofft aus dem Leben gerissen werde …«

»Keine schöne Vorstellung«, sagte Schelling, »aber was soll's. Man kriegt es ja nicht mehr mit.«

Die Holztreppe knarrte, als Pia nach oben ging. Fast hörte es sich so an, als wolle sie gegen die Eindringlinge protestieren. Im ersten Stock, der gleichzeitig das Dachgeschoss war, gab es nur zwei Zimmerchen unter den Schrägen. Im Schlafzimmer stand ein schlichtes Holzbett, das Bettzeug aus grauem Satin war ordentlich glatt gestrichen. Pia ging zum Nachttisch und nahm den Wecker in die behandschuhte Hand. Auf Viertel nach sechs eingestellt. Ihr Freund hatte ausgesagt, dass sie morgens immer früh reiten gegangen war. In der Nacht vor ihrem Tod hatte sie allerdings bei ihm drüben übernachtet.

»Was ist in der Dose dort?« Schelling war ihr gefolgt.

Pia hatte Mühe, das kleine silberne Metalldöschen mit den Handschuhen zu öffnen. Sie musterte den Inhalt: Ein angebrochenes Heftchen mit Antibabypillen. Sie stellte es zurück und richtete sich auf. Fast wäre sie mit dem Kopf gegen die Schräge gestoßen.

»Vorsicht!«, sagte Schelling. »Eine richtige Puppenstube ist das hier …«

Der zweite Raum war von Lisanne Olsen offensichtlich als Arbeitszimmer genutzt worden. Hier herrschte dieselbe Ordnung wie nebenan: Metallschränke, ein Bücherregal und ein großer Schreibtisch mit einem komfortablen Ledersessel davor. Auf der Arbeitsplatte stand ein zusammengeklapptes Notebook auf einer ledernen Schreibtischunterlage, ein paar Schreibblöcke und ein Stifthalter mit Kugelschreibern und Bleistiften lagen daneben. Zeitungen und Zeitschriften stapelten sich an einer Wand entlang. Die einzige Dekoration in Lisanne Olsens Büro waren ein paar Grafiken von Leuchttürmen hinter Glas und eine große Landkarte, die mit Heftzwecken an der rechten Schräge befestigt worden war. Zunächst war Pias Blick uninteressiert darüber hinweggeglitten, doch dann bemerkte sie, dass mehrere Linien und ein paar Bemerkungen auf die Karte gekritzelt worden waren. Sie trat einen Schritt näher.

Es war eine Karte von Kirchhagen und Umgebung in DinA1-Format. Auch die Autobahn war abgebildet. Drei mit verschiedenen Farben markierte Linien durchschnitten die Landschaft, beschriftet mit *Variante 1, Variante 2* und *Variante 3.* Zwei verliefen in unterschiedlichen Bögen östlich um Kirchhagen herum, die dritte verlief auf der westlichen Seite. Außerdem standen ein paar mit Bleistift gekritzelte Bemerkungen wie *Biotop, Wasserlauf* oder *Hauskoppel Reuter* auf der Karte. »Die sollten wir mitnehmen«, sagte sie zu Schelling. Sie wollte sich gerade abwenden, als ein einzelner Begriff auf der Karte ihre Aufmerksamkeit erregte.

»Was könnte das bedeuten?«, fragte sie. Neben der rosa markierten Linie befand sich ein rotes Kreuz. Darunter stand: *Probebohrung 4 – Fundort Knochen.*

Schelling runzelte die Stirn.

»Merkwürdig«, sagte Pia. Sie machte sich eine Notiz, bevor sie sich den Aktenschränken zuwandte. Aktenordner gleicher Farbe reihten sich sauber beschriftet auf den Regalböden.

»Da gibt es noch einiges zu sichten. Komisch, das Arbeitszimmer einer Journalistin hatte ich mir anders vorgestellt ...«, sagte Schelling.

»Wie denn?«

»Irgendwie lebendiger, nicht so ... steril.«

»Sie war wohl viel unterwegs«, antwortete Pia mit Blick auf den zugeklappten Laptop auf der Arbeitsfläche. Lisanne Olsen musste ständig aufgeräumt haben, um in dem beengten Häuschen Ordnung halten zu können. Sie schien diszipliniert gewesen zu sein, was wohl auch notwendig war, wenn man freiberuflich arbeitete.

Pia sah auf ihre Armbanduhr. »Ich lass euch jetzt in Ruhe hier arbeiten. Drüben wartet Jan Dettendorf auf mich.«

»Nicht allzu sehnsüchtig, fürchte ich«, antwortete Schelling.

Pia ging hinaus auf den Hof und atmete tief durch. Endlich bekam sie wieder Luft durch die Nase. Vielleicht lag es ja an der frischen Landluft ... Sie fand Jan Dettendorf hinter dem Stallgebäude, wo er gerade eine volle Schubkarre mit dampfendem Mist und Stroh über ein schmales Holzbrett auf den Misthaufen balancierte. Er leerte die Karre und schob sie wieder hinunter. Als er Pia entdeckte, stiefelte er direkt durch die stinkende Jauche auf sie zu. Sein Gesicht war gerötet, und eine feuchte Haarsträhne hing ihm in die Stirn.

»Ich bin sofort fertig. Wir können uns drinnen unterhalten. Wenn Sie wollen, schauen Sie sich hier um, bis ich so weit bin. Die meisten Pferde stehen bei diesem Wetter im Stall. Und das«, er deutete mit einer knappen Kopfbewegung hinter sich, »sind die sterblichen Überreste von Absalom, Lisannes Pferd. Er wird nachher abgeholt.«

Der Kadaver lag halb verborgen hinter Mist und Stroh und hob sich kaum von der dunklen Mauer dahinter ab.

»Ist das Pferd denn schon untersucht worden?«, fragte sie argwöhnisch.

»Ein totes Pferd? Dr. Freese hat ihn doch selbst eingeschläfert.«

»Bevor die Spurensicherung ihn nicht untersucht hat, darf der Kadaver nicht abgeholt werden«, ordnete sie an.

Dettendorf schnaubte leise, ein Geräusch, das er vielleicht von seinen Pferden übernommen hatte. Er schob die leere Karre in Richtung Stalltür. Als er außer Sichtweite war, umrundete Pia den Misthaufen.

Das Pferd lag dort wie ein weggeworfenes Spielzeug. Die Leichenstarre hielt noch an. Die Beine ragten grotesk in die Luft, der Hals war verdreht und das Maul leicht geöffnet. Es entblößte eine Reihe langer gelblicher Zähne. Die Augäpfel waren unter einer milchigen Schicht verborgen.

Pia umrundete den leblosen Körper. Der Rumpf des Tiers wirkte geradezu gewaltig. Dort, wo Sattel und Zaumzeug gewesen waren, hatte das Pferd während des Rittes geschwitzt, und das Fell sah aus wie von Raureif überzogen.

Pia guckte sich die Vorderläufe genauer an. Das Fell war mit geronnenem Blut dunkel verkrustet. Wo Fell und Haut zerfetzt waren, lagen Sehnen und Knochen bloß. Pia musste sich zwingen, ganz nah heranzugehen. Gut möglich, dass die Verletzungen an den Vorderläufen von einem Stahlseil herrührten. Der Tierarzt und auch die Spurensicherung mussten sich das noch einmal genauer ansehen und vor allem fotografisch sichern, bevor der Kadaver abgeholt wurde.

Sie zog ihr Mobiltelefon hervor, um das alles zu veranlassen. Dann wandte sie sich in Richtung Wohnhaus.

5. Kapitel

Ich habe die ganze Nacht wach gelegen und gegrübelt. Warum haben Sie mir all diese Fragen gestellt? Gibt es vielleicht Anhaltspunkte dafür, dass Lisannes Tod gar kein Unfall war?«

Pia und Dettendorf saßen sich in einer geräumigen Küche gegenüber. Um sie herum Kassettentüren in Eiche rustikal, bleigefasste Vitrinenschränke und verschnörkelte Kranzleisten. Nicht unbedingt auf der Höhe des Zeitgeschmacks, aber mit der gelblich leuchtenden Hängelampe über dem Tisch und dem heißen Becher Tee vor der Nase nicht ungemütlich zu dieser Jahreszeit. Ein kleines Aufnahmegerät lag zwischen ihnen auf der bestickten Tischdecke und zeichnete jedes ihrer Worte auf.

»Wir können zum gegenwärtigen Zeitpunkt zumindest nicht ausschließen, dass der Sturz an dem Hindernis absichtlich herbeigeführt wurde«, sagte Pia vorsichtig.

Gabler hatte entschieden, dass es sinnvoll sei, Jan Dettendorf schon in diesem frühen Stadium der Ermittlungen mit ihrem Verdacht zu konfrontieren. Während Pia weitersprach, beobachtete sie, wie er reagierte. »Es wäre möglich, dass zwischen den Bäumen, oberhalb der obersten Stange des Hindernisses, ein Draht gespannt worden ist. Die Spurensicherung hat Einschnitte in der Baumrinde gefunden, die darauf hindeuten. Ein entsprechender Draht wurde allerdings nicht gefunden. Ich habe mir eben die Beine des toten Pferdes angesehen. Die Verletzungen sehen so aus, als wären Fell und Haut förmlich weggerissen worden. Untypisch für eine Kollision mit einer Holzstange ...«

»Aber das ist ja ... abartig«, sagte Dettendorf und wurde noch eine Spur blasser. »Sie glauben, dass jemand diesen Unfall geplant hat? Ich habe mich sowieso schon gewundert, wie dieser Unfall überhaupt passieren konnte. Aber so ... Es ist eine mögliche Erklärung. Trotzdem verstehe ich nicht ...«

Pia zog erwartungsvoll die Augenbrauen hoch.

»... man konnte doch nicht davon ausgehen, dass Lisanne so schwer stürzen würde, dass sie daran stirbt. Sie hätte genauso gut mit ein paar blauen Flecken davonkommen können. Das wäre sogar viel wahrscheinlicher gewesen. Sie trug immer einen Helm und manchmal auch einen Rückenprotektor. Und trotzdem kommt sie bei dem Sturz ums Leben?« Er schluckte mühsam.

Pia sah, wie sich sein Adamsapfel bewegte. Dettendorf wirkte heute wesentlich gefasster als gestern. Sie trank einen Schluck Tee, um ihm Zeit zu geben, sich zu beruhigen.

»Aber vielleicht war es ja auch gar nicht beabsichtigt, dass sie stirbt«, sinnierte Dettendorf und blickte aus dem Fenster. »Vielleicht war es ein Pferdehasser, der das getan hat. Solche Leute gibt es doch. Verrückte, die nachts auf Pferde einstechen, die auf der Weide stehen. Vielleicht war ihr Tod einfach ein schrecklicher Unglücksfall.«

»Das ist eher unwahrscheinlich«, sagte Pia, und sie wusste, dass sie ihm nun einen weiteren Schock versetzen musste. »Vielmehr sieht es so aus, als sei Lisanne Olsen gar nicht an den Folgen des Sturzes gestorben. Es besteht der Verdacht, dass es nach dem Sturz eine Form von äußerer Gewalteinwirkung gegeben hat.«

Dettendorf presste die Lippen zusammen. »Nein! Das kann nicht sein!«, brach es plötzlich aus ihm hervor. »Sie muss nach dem Sturz sofort tot gewesen sein. Ich habe sie doch gefunden! Sie lag so still da … Ihre Augen waren geöffnet, aber sie konnte mich nicht sehen. Sie hat sich so kalt angefühlt, ganz kalt …«

»Haben Sie nicht gesagt, sie hätte auf dem Bauch gelegen?«

»Ja, mit den Beinen halb im Wasser. Aber ihr Kopf war zur Seite gedreht, als ich sie gefunden habe, in meine Richtung.«

»Haben Sie ihren Nacken gesehen?«

»Nein, ihre … ihre langen Haare haben ihn verdeckt.«

Er griff langsam nach seinem Becher und hob ihn an, setzte ihn aber wieder ab, ohne getrunken zu haben.

Pia hätte ihm dieses Gespräch gern erspart. Er braucht jetzt jemanden, der ihn auffängt, in den Arm nimmt, nicht eine wie mich, die ihn ausfragt, dachte sie. Gleichzeitig musste sie wissen, was passiert war, wer den Tod von Lisanne Olsen auf dem Gewissen hatte und warum. »Der Rechtsmediziner hat Spuren von Gewalteinwirkung gefunden, die höchstwahrscheinlich nicht von dem Sturz herrühren. Das führt uns zu der Annahme, dass jemand das Hindernis präpariert hat und hinterher, als Pferd und Reiterin gestürzt waren, seinen Plan, Lisanne Olsen zu töten, gezielt zu Ende gebracht hat. Die eigentliche Mordwaffe kennen wir noch nicht.«

Jan Dettendorf verbarg sein Gesicht mit den Händen und schüttelte immer wieder den Kopf. Als er Pia wieder ansah, verriet sein Gesichtsausdruck Entschlossenheit. »Sie werden ihn finden, nicht wahr? Sagen Sie mir, was ich tun kann, damit Sie den Kerl finden, der Lisanne das angetan hat!«

»Sagen Sie uns alles, was Sie über Lisanne Olsen und ihre Lebensumstände wissen. Auch alles, was Ihnen über Lisannes Kontakte in Kirchhagen bekannt ist. Hatte sie Feinde? Wir gehen davon aus, dass für diesen Mord gute Ortskenntnisse und auch genaue Kenntnisse von Lisannes Lebensgewohnheiten erforderlich waren.«

»Ich weiß gar nicht, wo ich anfangen soll.«

»Seit wann kennen Sie sie, und wie kam es, dass sie hier bei Ihnen auf dem Hof wohnte?«

Jan Dettendorf begann konzentriert und ruhig zu erzählen: »Ich kenne sie seit ungefähr fünf Jahren. Wir sind uns auf einem Reitturnier begegnet. Ich fand sie gleich faszinierend, sie strahlte so viel Energie und Lebenslust aus. Wir kamen natürlich über den Sport und die Pferde ins Gespräch, aber bald stellte sich heraus, dass da mehr war. Sie machte gerade ein Volontariat bei einer kleineren Zeitung und schlug mir vor, ein Porträt über mich und meinen Hof zu bringen. Ich konnte damals erste Erfolge mit meiner Zucht verbuchen, und die Tatsache, dass Fohlen aus Kirchhagen in den USA Siege errangen, war wohl eine Story wert. Sie besuchte mich danach noch öfter und stellte dann ihr eigenes Pferd bei mir unter. Seitdem war sie fast jeden Tag hier. Wir sind seit ungefähr vier Jahren zusammen. Anfangs hat sie noch in Lübeck gewohnt, dann hat sie sich in den Kopf gesetzt, in die alte Kate hier auf dem Hof einzuziehen. Die hat damals leer gestanden. Sie hat sogar die Renovierung bezahlt. Verkaufen wollte ich das Haus hier auf meinem Grund und Boden nicht, Geld für die Renovierung hatte ich damals aber auch nicht. Wenn Lisanne nicht gewesen wäre, wäre die kleine Kate wohl irgendwann in sich zusammengefallen ...« Dettendorf redete nicht weiter. Er hing seinen Gedanken nach. Pia ließ ihn gewähren. »Wir haben viel Zeit miteinander verbracht«, fuhr er schließlich fort. »Eigentlich hätte sie auch gleich hier zu mir ins Wohnhaus ziehen können. Ich hab' mehr Platz, als ich brauche, außerdem sind wir beide sowieso fast den ganzen Tag draußen ... Aber sie wollte ihr eigenes Reich. Außerdem mochte sie dieses Haus nicht. Es strahlt etwas Boshaftes aus, hat sie einmal zu mir gesagt ...«

»Wie sahen Ihre Zukunftspläne aus?«

»Wir wollten vielleicht heiraten. Sie war sich nicht sicher. Von mir aus hätten wir längst heiraten können, aber sie war um einiges jünger als ich, gut neun Jahre, und meinte, dazu wäre später immer noch Zeit.«

»Haben Sie sich deswegen gestritten?«, fragte Pia.

Jan Dettendorf schüttelte nachdrücklich den Kopf. »Nein! Eigentlich war alles wunderbar. Ich bin mir sicher, irgendwann hätten wir einen Weg gefunden, der uns noch näher zusammenbringt. Wir hatten mal überlegt, dieses Haus von Grund auf zu renovieren. Lisanne war sehr anspruchsvoll. Alles musste passen. Was nicht ihren Vorstellungen entsprach, musste weg. Sie war ehrgeizig und ... eine Kämpferin. Hätte ich sie bloß von diesem Training abgehalten ...« Seine Stimme erstarb.

»Es hätte wahrscheinlich nichts geändert«, sagte Pia. »Der Mörder hätte eine andere Möglichkeit gefunden, sie zu töten. Überlegen Sie bitte genau, wer ein Interesse daran gehabt haben könnte, ihr zu schaden. Wofür hat sie sich eingesetzt? Hat sie jemanden gegen sich aufgebracht? Hatte Sie Feinde?«

Jan Dettendorf nickte. »Diese verdammte Umgehungsstraße, die sie um Kirchhagen herum bauen wollen! Das war eins ihrer Projekte. Sie hat regelmäßig darüber geschrieben und sich mit allen möglichen Leuten auseinandergesetzt. Vielleicht hat sie sich dabei irgendeinen zum Feind gemacht. Dass die Straße irgendwann kommen wird, steht fest. Es geht im Wesentlichen um das Wo.«

»Sind Sie auch betroffen?«

»Ich will natürlich auch nicht, dass die neue Straße über meinen Grund und Boden verläuft. Wenn meine Hauskoppeln durch eine Bundesstraße vom Hof abgetrennt werden, kann ich meinen Betrieb dichtmachen.«

Dettendorf hatte also ein starkes Interesse daran, dass die

Straße auf der anderen Seite des Ortes verlief, vermerkte Pia. Ein sehr starkes Interesse. Wie Lisanne wohl dazu gestanden hatte? Wenn sie geplant hatte, Dettendorf eines Tages zu heiraten, hätte man sie bezüglich der geplanten Umgehungsstraße durchaus als parteiisch bezeichnen können.

Dettendorf schien ihre Gedanken zu erraten. »Fragen Sie am besten unsere Bürgermeisterin«, sagte er. »Lisannes Artikel handelten immer von lokalen Ereignissen. Alles, was sich irgendwie verkaufen ließ. *Netten Klatsch* hat sie es genannt.«

»Und beim Thema Umgehungsstraße? Da ging es dann nicht mehr so nett zu, oder?«

»Ja. Da gab es Meinungsverschiedenheiten. Lisanne stand in dieser Frage auf Seiten des Umweltschutzes. Sie wollte nicht, dass die Straße hier hinter den Höfen durch den *Schwarzen Brook* verläuft. Aber dazu sollten sie wirklich die Bürgermeisterin befragen.«

»Wie heißt sie, und wo finde ich sie?«

»Marion Burmeister. Sie wohnt nebenan. Es ist nicht zu verfehlen. *Burmeister – Tischlerei und Bestattungen* steht außen am Haus dran. Sie und ihr Mann haben ein Bestattungsinstitut.«

Pia machte sich eine kurze Notiz.

»Wann kann sie … Ich meine, wann wird man Lisanne beerdigen können?«, fragte er mit rauer Stimme.

»Sobald die Rechtsmedizin die Leiche freigibt. Eigentlich müsste sich Lisannes Schwester darum kümmern.«

»Die werden Sie vielleicht gar nicht ausfindig machen …«, sagte er düster.

»In dem Fall werden Sie sich mit dem Onkel von Frau Olsen abstimmen müssen, wer von Ihnen die Beerdigung organisiert …«

Pia sah, wie Dettendorf immer blasser wurde. Sie hätte ihn gern irgendwie getröstet, doch das lag nicht in ihrer Macht.

Vielleicht würde die Aufklärung des Falls ihm einen gewissen Trost bieten.

Als Pia aufstand, sagte Dettendorf zögernd: »Mir fällt noch was ein: Montag vor einer Woche war Lisannes Vorderreifen platt. Es hat so ausgesehen, als hätte jemand mit einem spitzen Gegenstand hineingestochen. Lisanne hat die Sache runtergespielt, doch ich fand es merkwürdig. Aber das war ja nur ein zerstochener Reifen ... Dass Lisanne wenige Tage später tot sein würde ...«

Lisannes Onkel wohnte in einem gesichtslosen Wohnblock aus den sechziger Jahren. Das Haus Nummer 22 zeigte zwar einen frischen rosafarbenen Anstrich, und die Balkone leuchteten senfgelb, aber auch der massive Einsatz von Farbe machte die Häuser nicht einladender. Bewohner, deren ästhetisches Empfinden von dieser Farbgebung beleidigt wurde, versuchten offenbar, mit blinkenden Weihnachtsdekorationen optische Gegenmaßnahmen zu ergreifen. Reine Notwehr, dachte Gerlach, als er sein Auto in eine gerade frei gewordene Parklücke manövrierte, es war schließlich erst Mitte November. Er stieg aus und ging über den Plattenweg zwischen Müllcontainern und Abstandsgrün zum Haus.

Conrad Kruse wohnte anscheinend im vierten Stock. Die Tür stand weit offen, und Gerlach betrat das Haus. Er fuhr nicht mit dem schmalen Fahrstuhl, sondern ging zu Fuß. Durch die Treppenhausfenster sah er aus jedem Stockwerk hinaus auf sein neues Auto. Daneben wühlte eine Frau in einem der Papiercontainer. Sie zog eine zerfledderte Zeitschrift heraus und steckte sie in eine Plastiktüte.

Vor einer zerkratzten blassgelben Tür blieb Gerlach stehen. Auf dem Klingenschild stand *Kruse/Landowsky*. Er starrte auf das glotzende Glasauge des Spions und zögerte.

Wie würde Lisannes Onkel die Nachricht vom tödlichen Unfall seiner Nichte wohl aufnehmen? Die Reaktionen der Betroffenen waren unterschiedlich: Unglauben, Erstarrung, wütendes Verneinen, Resignation ... Erst kam der Schock, dann das Begreifen. Gerlach seufzte leise. Conrad Kruse war Lisanne Olsens einziger Familienangehöriger, wenn man von der dubiosen Schwester absah, deren Adresse sie noch nicht herausgefunden hatten. Er drückte auf den Klingelknopf und wartete. Es folgte ein Poltern, dann ein wütendes Schimpfen, schließlich öffnete sich die Tür. Ein magerer Mann mit speckig glänzendem Haar stand im Flur und musterte ihn. Er trug einen Jogginganzug in Grün und Lila, seine Füße steckten in Badelatschen.

»Was is'?« Der Mann starrte den unerwarteten Besucher mit misstrauisch zusammengekniffenen Augen an.

Gerlach zeigte seinen Dienstausweis. »Sind Sie Herr Conrad Kruse?«

Kruse zögerte, dann nickte er. »Ich muss gleich weg. Es dauert doch nicht lange, oder?« Widerstrebend trat er zur Seite.

Gerlach folgte ihm in den dunklen Flur, ohne die Frage zu beantworten. Es roch nach Müll und ungewaschenen Socken. Im Hintergrund trat eine korpulente Frau im Bademantel aus einem der Zimmer und starrte den fremden Mann mit aufgerissenen Augen an.

»Verzieh dich, Ellen. Ist nur für mich«, fauchte Kruse sie an. Er stieß eine Tür auf, und Gerlach fand sich im Wohnzimmer wieder. Die Reste eines abendlichen Gelages waren noch nicht beseitigt worden. Der Fernseher lief noch oder schon wieder. Conrad Kruse setzte sich breitbeinig auf die Couch und zündete sich eine Zigarette an. Bevor Gerlach ihm gegenüber auf einem Hocker Platz nehmen konnte, musste er eine Fernsehzeitung und ein paar Werbeblätter beiseiteschieben.

»Ich komme wegen ihrer Nichte, Lisanne Olsen.«

»Ach ja?« Kruse lächelte schief. War er erleichtert? »Was hat sie denn ausgefressen? Hab' das Mädel seit Ewigkeiten nicht mehr zu Gesicht bekommen.«

»Ich muss Ihnen leider mitteilen, dass Ihre Nichte tot ist. Wie es aussieht, hat sie einen tödlichen Reitunfall erlitten.«

»Oh.« Er zog kräftig an seiner Zigarette und blies den Rauch durch die Nase. »So jung. Sie war noch so jung, verdammter Mist. Diese dämlichen Zossen. Schon als kleines Mädchen konnte sie keiner von Pferden weghalten. Und meine Schwester Rita, die hat das Ganze auch noch unterstützt. Wenigstens muss Rita das nicht mehr erleben. Ihre Lieblingstochter tot.« Er schüttelte den Kopf.

»Gibt es noch andere Verwandte, die vom Tod Ihrer Nichte unterrichtet werden sollten?«

»Tja, das ist nicht so einfach. Da ist nur noch Lisannes Schwester Fabienne. Sie lebt in Frankreich. Ich hab' nicht mal die Adresse, aber Lisanne hat sie vielleicht? *Hatte* … Ach, was für ein Mist.«

»Was ist mit Lisannes Vater?«

»Der alte Olsen? Ist verschollen. Nein, Blödsinn. Auch tot. Das hat Rita jedenfalls immer behauptet. Keine sehr langlebige Familie. Er ist gestorben, als Lisanne zwölf war.«

»Vielleicht können Sie ja herausfinden, wo wir die Schwester erreichen können. Es wird einiges zu regeln sein. Ansonsten müssten Sie einspringen. Heißt die Schwester auch Olsen mit Nachnamen?«

»Weiß nicht. Vielleicht hat sie ja in der Zwischenzeit geheiratet, einen Franzmann oder so. Meldet sich ja nicht bei mir.«

»Wir werden Frau Olsens Unterlagen sichten müssen. Vielleicht findet sich ja dabei ein Hinweis auf den Aufenthaltsort der Schwester.«

»Müssen Sie? Ist das nicht Sache der Hinterbliebenen? Zum Beispiel meine?« Er schien allmählich wach zu werden.

Gerlach stellte sich vor, wie es hinter Kruses Stirn zu arbeiten begann. »Das muss warten. Zunächst wird die Kripo ein paar Ermittlungen anstellen.«

»Was soll das heißen? Ich denke, es war ein Reitunfall?«, beschwerte Kruse sich. »Sie haben mir noch nicht alles gesagt, oder?«

»Wir können ein Verbrechen zum gegenwärtigen Zeitpunkt zumindest nicht ausschließen. Und wo wir nun schon mal dabei sind: Wer wird Ihrer Meinung nach von Lisanne Olsens Tod profitieren?«

»Ihre Erben«, antwortete Kruse düster. »Die Kohle bekommt der, der Lisanne beerben darf.«

»Das hört sich so an, als ob es etwas zu vererben gäbe.« Gerlach beugte sich vor, auch wenn er damit in den Dunstkreis von halb vollen Aschenbechern und schmutzigen Gläsern geriet.

»Die Kohle vom alten Olsen, die müsste noch irgendwo rumstauben, wenn Sie mich fragen. Es sei denn, die Töchterchen haben inzwischen alles unter die Leute gebracht. Aber nein, das glaube ich nicht. Rita hat damals ein kompliziertes Testament aufgesetzt, als sie krank wurde. Und warum? Weil sie *mich* ausschließen wollte. Mehr weiß ich nicht. Fragen Sie am besten den Notar, wenn es um die Kohle geht.«

»Wie heißt der Notar?«

»Keine Ahnung. Wieso sollte ich mir den Namen von jemandem merken, der mich von der Kohle fernhalten will?«

Gerlach antwortete nicht. Er wollte das Gespräch so schnell wie möglich beenden und endlich aus diesem unerträglichen Mief herauskommen. »Lisannes Mutter hieß Rita Olsen. Wo wohnte sie zuletzt?«

»In Ahrensburg. Schöne Wohnung im Zentrum, die Straße weiß ich nicht mehr. Was Besseres, jedenfalls nicht so wie das hier ...« Er wischte über das wulstige Ledersofa hinweg, warf dann einen Blick auf die Uhr vom Videorekorder. »Ich muss jetzt weg.« Kruse stand ungeduldig auf.

Gerlach fand, dass Kruse ein auffallend geringes Interesse am Tod seiner Nichte an den Tag legte. Wollte der Kerl nicht wissen, was genau ihr zugestoßen war? Wie es jetzt weiterging? »Wir werden Sie wohl noch zu einem Gespräch ins Präsidium bitten«, sagte er. »Hier ist meine Karte, damit Sie wissen, mit wem Sie gesprochen haben.« Er musste sie Kruse förmlich aufzwingen.

Im dunklen Flur wäre er beinahe gegen die Frau gelaufen. Sie war groß und schwer und roch unangenehm süßlich. Als seine Augen sich an das Schummerlicht gewöhnt hatten, sah Gerlach eine üppige braune Lockenmähne und einen halb offenen wattierten Bademantel, der ein pinkfarbenes Nylonnachthemd und einen üppigen Busenansatz enthüllte.

»Hau ab, Ellen!«, stöhnte Kruse.

»Wer ist denn der junge Mann?« Die Frau lächelte aufgesetzt.

»Polizei, wenn du's genau wissen willst.«

»Scheiße auch, ist was passiert?«

»Meine Nichte ist tot, das ist passiert!«

»Scheiße aber auch ...«

»Wie heißen Sie?«, fragt Gerlach.

»Ellen. Ellen Landowsky.«

»Wohnen Sie hier?«

»Aber klar. Wo sollte ich denn sonst wohnen?«

»Hey, was tut denn das zur Sache? Ellen hat Lisanne so gut wie gar nicht gekannt«, warf Kruse ein, der schon an der Wohnungstür stand.

»Wenn Sie trotzdem mit uns sprechen wollen, melden Sie sich einfach bei mir«, sagte Gerlach halblaut zu ihr. Er drückte ihr schnell eine weitere Karte in die weiche Hand. »Das Mädchen … tot? Connie, wieso das denn?«, fragte sie mit weinerlicher Stimme.

»Erzähl ich dir später!«, fauchte er ungeduldig und öffnete die Tür.

Beim Hinausgehen sah Gerlach, dass Kruse ihr die Karte aus der Hand genommen hatte und in der Faust zerknüllte. Egal. Er würde schon noch mit dieser Ellen Landowsky reden, ob es Kruse passte oder nicht.

Als er die Treppe hinunterging, musste er an seine eigene Jugend denken. Er hatte mal in einem ähnlichen Haus gewohnt, in dem nacheinander vier Mietparteien ein Chaos aus Dreck, Verwüstung und Verzweiflung hinterlassen hatten. Es war wie ein Strudel gewesen, der die Menschen in die Tiefe riss, wenn sie von dem schmalen Pfad von Sinn und Regelmäßigkeit abgekommen waren. Die wenigsten konnten sich aus eigener Kraft wieder befreien.

Ohne sich noch einmal umzusehen, ging er zum Auto zurück. Was für ein Gegensatz! Auf der einen Seite eine junge Frau, die in einer ländlichen Postkartenidylle mit Wald, Wiesen und Pferden wohnte, und auf der anderen Seite ihr Onkel, der ein Leben am Rande der Gesellschaft zu führen schien … Er stieg in sein Auto und nahm begierig den Geruch des Neuwagens in sich auf. Der Aschenbecher war noch unbenutzt, obwohl er Raucher war. Hier drinnen war er das, was er immer sein wollte, der erfolgreiche Kriminalkommissar, der alle Fälle im Handumdrehen löste und das Elend aus der Welt schaffte.

Aber die Wirklichkeit sah anders aus: Fünf Jugendliche standen neben den Müllcontainern, sie hatten Bierflaschen in der

Hand. Vielleicht, sagte Gerlach sich, war ja hier die Mitte, und Lisannes Leben hatte sich am Rande der Gesellschaft abgespielt? Wenn Kruses Behauptung stimmte, dann hatte sie ein finanzielles Polster gehabt, das jede Art von Arbeit wie ein Spiel hatte erscheinen lassen. Was für ein Gefühl das wohl war?

Vielleicht war Kruse neidisch auf seine Nichte und ihre so ganz anderen Lebensumstände gewesen? Lag hierin ein mögliches Motiv, ihr nach dem Leben zu trachten? Und das suchten sie schließlich: ein Mordmotiv. Der Besuch hier hatte sich zumindest in dieser Hinsicht gelohnt.

6. Kapitel

»Weihnachten? Ich habe noch keine Pläne für Weihnachten, Hinnerk. Können wir heute Abend darüber sprechen?« Pia presste das Mobiltelefon an ihr Ohr, aber entweder war die Verbindung zu schlecht, oder die Nebengeräusche auf dem Flur der Kriminalpolizeistelle in Bad Oldesloe waren zu laut. Sie hatte Mühe, ihren Freund zu verstehen.

»Es ist eine kleine Hütte in den Alpen, nichts wahnsinnig Komfortables, aber sehr gemütlich. Frag doch mal nach, ob du zwischen Weihnachten und Neujahr ein paar Tage freibekommen kannst. Es wäre bestimmt toll … für uns.«

»Na ja, es wäre ein Experiment, jedenfalls was *mich* angeht. Ich fahre sonst nie in die Berge. Aber ich kann jetzt noch nicht sagen, ob ich Urlaub nehmen kann. Das hängt unter anderem vom Verlauf dieser Ermittlungen hier ab …«

Pia wusste, dass Hinnerk am anderen Ende der maroden Verbindung das Gesicht verzog, als das Wort »Ermittlungen« fiel. Er konnte sich nicht damit anfreunden, dass sie in ihrer Abteilung keinen geregelten Schichtdienst und planbare Urlaubszeiten hatte.

»Sieh mal zu, was du machen kannst, Pia. Ich muss irgendwann zusagen oder absagen.«

»Hinnerk, die anderen warten schon auf mich. Wir haben jetzt Einsatzbesprechung. Wir reden heute Abend darüber, okay?«

»Wann ist das?«

»Das kann ich jetzt noch nicht sagen, ich ruf’ dich noch mal an!«

Die Verbindung war unterbrochen. Vielleicht war es Hinnerk zu blöd geworden. Oder die Funkverbindung war endgültig zusammengebrochen. Pia starrte entnervt auf das winzige Telefon in ihrer Hand, klappte es zu und ließ es in ihre Jackentasche gleiten. Sie drehte sich um und wäre beinahe mit Gerlach zusammengestoßen, der unmittelbar hinter ihr stand.

»Was hast du gegen die Berge, Pia?«

»Nichts. Ich will nur nicht dahin. Sind die anderen schon versammelt?« Sie ärgerte sich darüber, dass er offenbar mitgehört hatte.

»Broders ist eben eingefallen, dass er noch nichts gegessen hat heute. Es dauert noch einen Moment, du kennst ihn ja. Aber im Ernst, ich denke nicht, dass Gabler dir Urlaub zwischen den Feiertagen verwehrt. Du hast deinen letzten ja nicht einmal vollständig genommen.«

»Schon möglich. Aber es ist doch immer noch *meine* Sache, wann ich meinen Urlaub nehme, findest du nicht?«

»Oh, entschuldige, ich wollte mich nicht einmischen ...«

»Wolltest du doch. Du wolltest ... ach, ist egal.«

»Arbeit ist nicht alles im Leben. Die einen erkennen das früher, die anderen später oder vielleicht zu spät.«

»War was in deinem Kaffee? Bewusstseinserweiternde Substanzen?«

»Wusstest du, dass Broders neulich fast einen Hörsturz gekriegt hätte? Was zu viel ist, ist zu viel. Wahrscheinlich hat Marten es damals richtig gemacht. Ich denke öfter darüber nach. Hast du mal wieder was von ihm gehört?«

Ah, da lief der Hase lang. »Nein. Du?«, fragte sie in unschuldigem Tonfall. Marten Unruh war, bevor er vor über einem Jahr seinen Dienst quittiert hatte, Gerlachs Zimmerkollege gewesen. Pia hatte Martens Entschluss, seinen Job aufzugeben, bis heute nicht verstanden, und sie war nicht die Einzige in der Abteilung, die sich immer noch Gedanken darüber machte.

Ab und zu vermisste sie ihn, und sofort meldete sich ihr schlechtes Gewissen, auch jetzt, wenn sie an ihr Telefonat mit Hinnerk dachte. Gerlach, der sie nachdenklich fixierte, schien zu erahnen, was ihr im Kopf herumging. Er wollte gerade zu einer scharfen Bemerkung ansetzen, als Broders über den Flur auf sie zupolterte.

»Was macht ihr hier draußen? 'ne Party feiern? Los, lasst uns anfangen, sonst sitzen wir noch um Mitternacht hier!«

»Heinz, wir warten nur noch auf dich«, sagte Pia erleichtert.

»Ein gezielter Schlag in den Nacken, der die Halswirbelsäule des Opfers zertrümmert hat«, sagte Hauptkommissar Sattler, nachdem er den vorläufigen Obduktionsbericht gelesen hatte. »Das ist ungewöhnlich. Würde man nicht eher auf den Hinterkopf zielen?«

»Vergessen Sie nicht, dass das Opfer einen Helm getragen hat«, sagte Broders. »Um den Helm zu entfernen, hätte der Täter das Opfer anfassen und den Kinnriemen lösen müssen. Dann hätte es nicht mal mehr auf den ersten Blick wie ein Reitunfall ausgesehen. Ich nehme an, der Täter wollte einen tödlichen Unfall durch Genickbruch vortäuschen.«

»Muss man nicht kräftig sein, um so einen Schlag auszuführen?«, fragte Gerlach in die Runde.

»Da wird uns Dr. Kinneberg sicherlich mehr sagen können. Aber in dem Bericht geht er davon aus, dass der Schlag mit einem schweren Gegenstand wie zum Beispiel einer Eisenstange ausgeführt wurde. Damit braucht man nicht so besonders viel Kraft, um das Genick einer durchschnittlich kräftigen Frau zu brechen. Interessant ist, dass die Tatwaffe wahrscheinlich mit einem Tuch oder Ähnlichem umwickelt war. Es wurden Baumwollfasern in der Wunde gefunden. Fasern von mercerisierter Baumwolle.«

»Was genau ist das?«, fragte Gerlach.

»Textilfasern werden je nach Verwendungszweck speziell veredelt. Mercerisierte Baumwolle wird zum Beispiel bei der Herstellung von Unterwäsche verwendet«, erklärte Pia.

»Aha«, sagte Gerlach, »dann viel Spaß bei der Suche …«

»Ich weiß nicht, ob es viel Sinn macht, nach dem Gewebe zu suchen. Baumwolle lässt sich hervorragend verbrennen«, sagte Broders.

»Was ist mit dem Draht?«, fragte Pia. »Wissen wir darüber schon Genaueres?«

»Aus Material und Stärke ergeben sich keine besonderen Anhaltspunkte für uns. Man kann einen solchen Draht in jedem Baumarkt kaufen. Es sind allerdings Rostspuren vorhanden, was die Vermutung nahelegt, dass es sich um älteres Material handelt. Etwas, das in einem Schuppen, einer Scheune oder einer Werkstatt gelagert wurde.«

»Wovon es in Kirchhagen und Umgebung nicht gerade wenige geben dürfte«, kommentierte Sattler düster.

»Unsere wichtigsten Anhaltspunkte sind das Motiv und die Gelegenheit«, sagte Broders. »Laut Rechtsmedizin weist der Körper des Opfers keinerlei Zeichen sexueller Gewalt auf. Höchstwahrscheinlich hat der Täter Lisanne Olsen gekannt, und zwar so gut, dass er sogar gewusst hat, wann sie ihren Trainingsritt absolvieren würde. Wir müssen mit allen Personen reden, die mit dem Opfer in Kontakt standen. Was hat sich in ihrem Haus ergeben, Pia? Du warst doch mit den Kriminaltechnikern da.«

Pia schilderte kurz, was sie herausgefunden hatten. Zum Schluss sagte sie nachdenklich: »Das Haus spiegelt wenig von

Lisanne Olsens Persönlichkeit wider. Ein Vermerk auf einer Landkarte in ihrem Büro ist mir aufgefallen. Außer den drei Alternativen für die geplante Umgehungsstraße war ein Fundort von Knochen auf dem Plan eingezeichnet. Wissen Sie etwas über einen Knochenfund in Kirchhagen, Herr Sattler?«

»Ja. Es hat mal einen unerklärlichen Knochenfund hier gegeben. Es wundert mich aber, dass Frau Olsen den Fundort verzeichnet hatte.«

»Sie war Journalistin. Die Leute lieben es, Geschichten von gefundenen Knochen und Ähnlichem in der Zeitung zu lesen«, sagte Gerlach.

»Ja, aber es ist schon eine Zeit lang her. Die Herkunft der Knochen konnte übrigens trotz all unserer Bemühungen nicht mehr festgestellt werden, obwohl es sich um Menschenknochen handelt. Ich habe die Akte dazu noch bei mir liegen.«

»Was haben Sie denn herausgefunden?«, fragte Broders.

Sattler seufzte, bevor er mit seiner Schilderung begann. »Bei Probebohrungen für die neue Straße wurden an einem Knick in der Nähe der *Au* Knochen gefunden, ein fast vollständiges menschliches Skelett, um genau zu sein, auch wenn die einzelnen Knochen teilweise verstreut lagen. Das Einzige, was nicht gefunden wurde, war der Schädel – ein gefundenes Fressen für die Zeitungen.«

»Ein menschliches Skelett ohne Schädel?«, fragte Gerlach. »Davon habe ich damals auch gehört. Dann stellte sich allerdings heraus, dass die Knochen schon sehr lange dort lagen, nicht wahr?«

»Richtig, aber das war dann auch schon alles: Die Rechtsmediziner konnten uns nicht wirklich weiterhelfen, weder was die Identität noch was die Todesursache betrifft. Wir hatten quasi nichts: nur einen männlichen Toten, circa sechzig bis siebzig Jahre alt, Spuren von Unterernährung in der Jugend, eine Knochenfraktur im Oberschenkel. Er soll von mittelgroßer Statur gewesen sein.«

»Was hat man über die Liegezeit des Toten herausgefunden. Wann ist er gestorben?«, fragte Pia.

»Sie meinen das postmortale Intervall. Bislang existiert nun einmal keine Untersuchungsmethode, mit der das PMI in forensisch relevanten Zeiträumen unabhängig von den äußeren Einflüssen auf den Knochen gemessen werden kann. Dr. Kinneberg hat mir einen Vortrag zu diesem Thema gehalten. Mit der Radiocarbon-Bestimmung können sie zwar das Alter eines archäologischen Knochenfundes ziemlich genau ermitteln, aber wenn es darum geht, ob das PMI zwanzig, fünfzig oder hundert Jahre beträgt, lassen sie uns im Regen stehen. Sie können nur die Veränderungen untersuchen, die durch die Liegezeit und das Liegemilieu auf die Knochen eingewirkt haben. Aber Sie wissen ja selbst: Zwei Skelette mit nahezu gleichem Beerdigungszeitpunkt auf demselben Friedhof können nach beispielsweise vierzig Jahren völlig unterschiedliche Dekompositionserscheinungen aufweisen. Die forensischen Osteologen haben damals nur eine vorsichtige Schätzung abgegeben: Sie vermuten eine Liegedauer von fünfundzwanzig bis vierzig Jahren.«

»Was war mit alten Vermisstenfällen? Hat sich daraus was ergeben?«, fragte Broders.

»Gar nichts. Die Sache ruht inzwischen. Vielleicht war es ein Obdachloser, den niemand vermisst hat. Der dazugehörige Schädel wurde, wie gesagt, nie gefunden. Vielleicht wurde der von einem Tier verschleppt.«

»Frau Olsen hat über den Vorfall berichtet?«

»Gut möglich. Deshalb vielleicht der Vermerk auf ihrer Karte. Wir werden das wissen, wenn wir ihre Arbeitsmaterialien gesichtet haben. Eine Menge Arbeit und eine Menge möglicher Motive. Warum musste die Ermordete eigentlich ausgerechnet Journalistin sein?«, fragte Broders griesgrämig.

Als Pia Korittki das Polizeigebäude verließ, war es stockdunkel. Sie blieb unter dem Vordach im Lichtschein der Außenbeleuchtung stehen und zog ihr Mobiltelefon aus der Tasche. Keine Nachrichten auf der Box. War Hinnerk sauer wegen vorhin? Sie drückte auf die Kurzwahltaste mit seiner Festnetznummer, wartete und hoffte dabei, dass ihr Magen nicht gleich ins Telefon knurren würde.

»Pia? Bist du fertig für heute?«, meldete sich Hinnerk schließlich.

»Ja, endlich. Und jetzt ist mir fast schwindelig vor Hunger. Ich weiß ja, wie es in meinem Kühlschrank aussieht, und bei dir sieht es wahrscheinlich nicht viel besser aus. Darum wollte ich dich überreden, dass wir gleich zusammen essen gehen. Wir könnten uns beim Italiener treffen ...« Sie hatte kurz gezögert, denn der kulinarische Traum nach diesem Tag wäre für sie, asiatisch zu essen. Aber da sie sich irgendwie schuldig fühlte und es wiedergutmachen wollte, schlug sie italienisch vor, was Hinnerk bevorzugte.

»Eigentlich ist mir überhaupt nicht nach Essengehen. Was hältst du davon, direkt zu mir zu kommen? Ich koche uns was.«

»Hast du was da?«, fragte sie erstaunt. Normalerweise fanden sich in der Küche von Hinnerk und seinem WG-Mitbewohner Moritz Barkau ungefähr so viele Nahrungsmittel wie in einem Bushaltestellenhäuschen.

»Ich war einkaufen. Lass dich überraschen.«

Pia hoffte, dass ihr Freund so gut kochte, wie er eine Infusion legen konnte. Er war Rettungsassistent, schrieb leidenschaftlich gern Reisereportagen, doch dass er am Herd zu

Höchstleistungen fähig sein sollte, war ihr neu. Aber er schien nicht nachtragend zu sein, und so war die geänderte Abendgestaltung für Pia okay.

Sie hastete zu ihrem Auto auf dem Mitarbeiterparkplatz. Feiner Nieselregen ließ den Asphalt glänzen wie angelutschtes Lakritz, und da die Temperaturen um den Gefrierpunkt herum lagen, war auf der Rückfahrt mit überfrierender Nässe zu rechnen. Und sie fuhr immer noch mit Sommerreifen! Hoffentlich wurde sie nicht erwischt oder in einen Verkehrsunfall verwickelt. Pia nahm sich fest vor, spätestens am Wochenende die Winterreifen wieder aufzuziehen. Neue Wischerblätter für die Scheibenwischer brauchte sie auch.

Als sie schließlich die Treppe zu Hinnerks Wohnung hochstieg, war ihr schwindelig vor Hunger. Das verstärkte sich noch, als er die Wohnungstür öffnete und ihr Küchendünste entgegenschlugen. Sie fiel ihm um den Hals. Dabei sog sie in seiner Halsbeuge seinen unverwechselbaren Geruch, vermischt mit dem Duft gebratener Zwiebeln, ein.

»Hey, komm erst mal rein. Du siehst ganz blass aus, Pia. Willst du mit in die Küche kommen und zuschauen, oder möchtest du dich lieber überraschen lassen?«

»Ich setz' mich zu dir in die Küche. Vielleicht kann ich ja vorweg schon an einem Stück Brot knabbern oder so.«

Sie streifte ihre Stiefel ab, warf ihre Daunenjacke über einen im Weg stehenden Stuhl und folgte ihm auf Strümpfen in die warme Küche. Der Tisch war gedeckt, der Rotwein in den Gläsern schimmerte im Licht der Hängeleuchte. Die Arbeitsplatte sah nach intensiver Arbeit aus. In der großen Pfanne auf dem alten Gasherd zischte das Fett.

Hinnerk stellte sich sofort wieder an den Herd, ein Küchenhandtuch in den Gürtel gestopft, die Ärmel seines Hemdes bis über die Ellenbogen hochgekrempelt. Pia setzte sich, zog die

Füße hoch, umschlang die Beine mit den Armen und genoss es, ihm zuzusehen.

»Ich muss dich warnen. Ich koche nie nach Rezept.«

»Hauptsache, es schmeckt«, sagte sie und beobachtete, wie er mit einem langen Messer Hähnchenbrustfilets in Streifen schnitt und sie vom Brett ins zischende Öl strich. Auf dem Tisch stand eine Glasschüssel mit Salat, und Pia zog sich ein Blatt heraus und steckte es in den Mund. »Es ist schon länger her, seit wir einen Fall so richtig auf dem Lande hatten. Dieses Kirchhagen ist ein Dorf wie aus dem Bilderbuch, mit Dorfkneipe und Kirche …«, sagte sie kauend.

»Kirchhagen? … Ich stelle mir das einfacher vor, wenn man da draußen irgendwo ermittelt«, sagte Hinnerk nachdenklich. »Es ist weniger anonym als in der Stadt: Jeder kennt jeden.«

»Nicht unbedingt. Die Leute kennen einander zwar besser, aber sie reden mit Fremden nicht so offen, wie es vielleicht nötig wäre. Und die ganzen Verflechtungen, wer mit wem und warum, bis wir dahintergestiegen sind … Ich weiß nicht, ob es einfacher ist. Aber ich mag diese Art von Ermittlungen in einem Dorf. Dieser Fall entwickelt sich allerdings gerade in eine äußerst merkwürdige Richtung«, berichtete Pia und griff wieder in die Salatschüssel. »Heute haben wir durch Zufall erfahren, dass in Kirchhagen vor ein paar Monaten schon mal eine Leiche gefunden wurde. Genauer gesagt, war es ein Skelett ohne Schädel, aber zweifellos menschlichen Ursprungs.«

»Ich erinnere mich, dass ich darüber was in der Zeitung gelesen habe«, sagte Hinnerk, während er irgendetwas Undefinierbares in winzige Stückchen zerhackte und mit in die Pfanne gab.

»Wirklich, in der Lübecker? Was war das da eben?«

»Ingwer … Ja, ich glaube, es ging um einen Knochenfund. Waren es Straßenbauarbeiter? Jedenfalls haben sie ein Skelett ohne Kopf gefunden. Es gab einen sensationslüsternen Artikel darüber, aber die Sache ist später wohl im Sande verlaufen.«

Er rührte in einer Schüssel und wendete dann das Fleisch in der Pfanne. Schließlich gab er den Inhalt der Schüssel mit zum Fleisch und inspizierte das spärlich bestückte Gewürzregal.

Pia angelte sich das dritte Salatblatt aus der Schüssel. »Es war tatsächlich so, wie du sagst. Nur dass die Knochen bei Probebohrungen für die neue Umgehungsstraße gefunden wurden. Das Problem ist, dass es nahezu unmöglich ist, zu bestimmen, wie lange die Knochen dort schon gelegen haben.«

»Im Fernsehen stellen sie es immer so dar, als könnte man alles aus den Fundstücken herauslesen. Wieso könnt ihr das nicht?«

»Die Wirklichkeit sieht eben oft ganz anders aus. Hier war die Fundsituation der Knochen unergiebig: keine Kleidungsreste, Schmuck oder Ähnliches. Und eben kein Schädel …«

Pia beobachtete, wie Hinnerk den Reis in der Spüle abgoss. Er stellte den Topf wieder auf den Herd und runzelte die Stirn.

»Probleme? Ich sterbe gleich vor Hunger.«

»Einen Moment noch.« Er probierte die Soße in der Pfanne, würzte noch etwas nach. »Glaubt ihr denn, der Knochenfund könnte etwas mit dem aktuellen Fall zu tun haben?«, fragte er mit erhobenem Löffel in der Hand.

»Wir müssen es zumindest in Erwägung ziehen.«

Er nickte und griff nach dem Stiel der Pfanne und stellte sie schwungvoll auf ein Brettchen mitten auf den Tisch. Der Topf mit dem Reis folgte, und anschließend setzte sich Hinnerk Pia gegenüber auf den zweiten Stuhl.

»Es ist ein Experiment«, sagte er augenzwinkernd und gab ihr den Auffüll-Löffel.

»Wie heißt es?«

»Keine Ahnung … Hähnchenbrustfilet an Mango-Ingwersoße mit Basmatireis.«

Pia probierte. Es war sehr scharf, und es war vorzüglich. »Hinnerk, wenn ich dich nicht schon lieben würde, dann spätestens ab jetzt, seit ich weiß, dass du kochen kannst.«

»Ach ja?« Er lächelte zufrieden.

Sie aßen schweigend. Pia, die dazu neigte, ihre Nahrung mehr hinunterzuschlingen als zu kauen, besonders, wenn sie hungrig war, musste sich zwischendurch dazu zwingen, langsamer zu essen. So weit, so friedlich, dachte sie. Aber die Fortsetzung der Diskussion um den Weihnachtsurlaub stand noch aus. Pia wusste, sie würde nicht darum herumkommen. Wahrscheinlich wartete er nur darauf, dass sie angenehm satt und müde war und all seinen Vorschlägen zustimmen würde. Mal sehen. Sie ließ sich von dem kräftigen Rotwein nachschenken und genoss, wie sie sich allmählich entspannte.

»Es ist übrigens eine einsam gelegene Hütte mitten in den Schweizer Alpen. Die Lage ist fantastisch. Das Haus ist richtig urig, mit Ofenheizung und so. Wir hätten ein Apartment für uns allein. Es gehört meiner Patentante, aber sie hat mir angeboten, dass ich dort wohnen kann, weil sie über Weihnachten in die Sonne fliegen will.«

Hinnerk sah so begeistert aus, dass Pia sich fast hätte anstecken lassen, wäre da nicht dieser innere Widerstand gewesen. Sie wollte sich einfach nicht festnageln lassen. »Mal abgesehen davon, dass ich noch nie im Winter in den Bergen war und noch nie auf Schiern gestanden habe, klingt das tatsächlich verlockend. Aber mit dem Urlaubnehmen ist das so eine Sache. Normalerweise kommen die Kollegen mit schulpflichtigen Kindern in den Ferien immer zuerst dran. Außerdem weiß ich nicht, wie lange sich der Olsen-Fall hinziehen wird. Ich kann es dir einfach nicht versprechen …«

»Klär das doch morgen ab. Vielleicht wollen die Kollegen mit Kindern gar nicht in Urlaub fahren. Ich finde, wir brauchen mal etwas Zeit nur für uns, und die Gelegenheit ist ideal. Ich muss meiner Tante nur in den nächsten Tagen definitiv Bescheid sagen, weil sie das Apartment sonst vermieten will.«

Pia widerstand der Versuchung, Hinnerks Blick und dem wohligen Gefühl, das sich gerade eingestellt hatte, nachzugeben und die Diskussion auf den morgigen Abend zu verschieben. Sie würde nur den ganzen nächsten Tag ein schlechtes Gewissen haben. Also sagte sie: »Ich kann mich einfach nicht auf den Termin festlegen, Hinnerk. Ich möchte auch gern mit dir zusammen wegfahren, aber zwischen Weihnachten und Neujahr ist es bei mir extrem ungünstig. Vielleicht können wir im Frühjahr was Gemeinsames planen.«

Ihr Versuch, die Absage abzumildern, schlug fehl. Er kniff die Augen zusammen und sah sie über den Tisch hinweg ungehalten an. »Wenn du es wirklich wolltest, würdest du es möglich machen, nicht wahr? Vielleicht fahr' ich trotzdem. Ich denke, ich werde auf jeden Fall zusagen, und du kannst dich in der Zwischenzeit hier mit deinen Knochenfunden vergnügen.«

»Warum bist du auf einmal so wütend? Wenn es nun mal nicht geht, dann geht es nicht. Da musst du doch nicht gleich ein Drama draus machen!«

»Ich habe aber den Eindruck, dass es dir allein um deinen Ehrgeiz geht. Lass doch einfach mal locker, und genieß dein Leben ein bisschen.«

»Und ich habe den Eindruck, dass es dir beim Weihnachtsurlaub allein darum geht, deinen Willen durchzusetzen.«

»Vielleicht ist es so, dass ich es unbedingt will. Weißt du, dass ich die Möglichkeit hätte, bei der Gelegenheit für ein Reisemagazin einen Artikel über die Gegend zu schreiben? Du bist schließlich nicht die Einzige, die berufliche Pläne hat.«

»Und warum hast du das nicht gleich gesagt?«

»Es ist ja nichts Dolles, nur eine oder zwei Seiten. Und vielleicht wollte ich ja auch, dass du mitkommst, weil du einfach Lust dazu hast.«

»Ob ich Lust habe oder nicht, steht doch hier gar nicht zur Debatte. Es gibt halt äußere Zwänge. Aber vielleicht lässt sich was machen. Eventuell musst du vorfahren, und ich komme über ein langes Silvesterwochenende hinterher …«

»Das wäre nicht dasselbe.«

Nein, natürlich nicht. Es war der einzige Kompromiss, den Pia zu diesem Zeitpunkt einzugehen bereit war. Schade. Sie hatte sich so auf einen entspannten Feierabend gefreut. Hinnerk war aufgestanden. Er räumte scheppernd Pfanne, Topf und Geschirr in die Edelstahlspüle und ließ heißes Wasser darüberlaufen.

In diesem Moment hörte Pia, wie jemand den Schlüssel ins Wohnungsschloss steckte. »Ist Moritz schon zurück?«, fragte sie.

Pia hatte Moritz Barkau, Hinnerks Mitbewohner, bei Ermittlungen im Frühsommer kennengelernt. Er war ein wichtiger Zeuge in einem Mordfall gewesen, den Pia untersucht hatte. Irgendwie schien er immer noch einen Groll gegen sie zu hegen, auch wenn die zwei polizeilichen Befragungen, die aus seiner Sicht vielleicht nicht *optimal* verlaufen waren, schon geraume Zeit zurücklagen.

»Eigentlich wollte er erst übermorgen wiederkommen. Aber es ist schließlich auch seine Wohnung, er kann kommen und gehen, wann er will«, war die unterkühlte Antwort.

»Solange er mich nicht wieder anguckt wie das unschuldige Kaninchen die böse Schlange, ist mir alles recht«, gab Pia ebenso kühl zurück.

In diesem Moment öffnete sich die Küchentür. »Hallo, Hinnerk. Du hast gekocht! Ist vielleicht noch was da?« Moritz Barkau stiefelte gut gelaunt auf den Herd zu, bis er Pia in der Ecke am Küchentisch entdeckte. »Oh … Pia.«

»Grüß dich, Moritz!«

7. Kapitel

»Oh, Mist! Lass es klingeln, Anke. Die gehen auch wieder … Mach weiter so …«

Thorsten Maybach saß auf dem Bett im Schlafzimmer und hielt mit schweißnassen Händen die Taille von Anke Loss umklammert.

Sie, rittlings auf ihm, hielt in der Bewegung inne und lauschte. Eine Frechheit, sie bei ihrer liebsten Vormittagsbeschäftigung zu stören. »Ich muss an die Tür, Thorsten. Keine Ahnung, wer das ist. Ich komm' sofort wieder zu dir, ja?«, raunte sie ihm ins Ohr. Eigentlich fand sie, die Unterbrechung käme gerade zum rechten Zeitpunkt. Sie war bereits gekommen, und Thorsten, ein gewissenhafter Anhänger der Maxime »Ladys first«, würde heute wohl das Nachsehen haben. Vielleicht erledigte er die Sache ja eigenhändig, bis sie wiederkam. Nein, wohl eher nicht, dachte sie, als sie seinen konsternierten Gesichtsausdruck sah. Sie stieg aus dem Bett, zog ihren Rock herunter und knöpfte die Bluse zu. Auf die Schnelle konnte sie ihren Slip nicht finden. Sie schlüpfte in die Schuhe, die halb unter das Bett gerutscht waren, warf noch einen prüfenden Blick zur verspiegelten Kleiderschranktür, strich ihr Haar zurück und verließ das Schlafzimmer.

Der unerwartete Besucher war hartnäckig. Der Klingelton schrillte schon zum dritten Mal. Hinter der Milchglasscheibe der Haustür sah Anke Loss die schemenhaften Umrisse einer großen, schlanken Person. Ein Vertreter vielleicht, der Paketpostbote … Die Zeugen Jehovas kamen immer zu zweit. Sie öffnete die Tür.

»Gerlach, Kriminalpolizei Lübeck.« Der Mann zeigte kurz seinen Ausweis. »Ich habe ein paar Fragen an Sie, den Tod von Lisanne Olsen betreffend. Darf ich reinkommen?«

»Oh … äh … Ich wollte gerade los. Können Sie später noch mal wiederkommen?« So ungelegen kam er gar nicht. Anke Loss musterte die wohlproportionierte Gestalt des Mannes, sein ebenmäßiges Gesicht und die sportlich-schicke Kleidung. Es war allerdings riskant, weil Thorsten oben im Schlafzimmer hockte und alles vermasseln konnte, wenn ihm aufging, dass er heute nicht zu seinem vermeintlichen Recht kommen würde.

»Es dauert nicht lange«, sagte ihr Gegenüber ungerührt. Er war offensichtlich nicht bereit, sich einfach abwimmeln zu lassen.

Sie sah auf die Uhr. »Na gut, wenn es wirklich schnell geht. Kommen Sie rein. Wir können in die Küche gehen, da steht noch der Kaffee in der Thermoskanne.«

Er folgte ihr in einen hellen, mit weißen Möbeln ausgestatteten Raum und setzte sich an den Tisch. Den angebotenen Kaffee lehnte er höflich ab. Anke Loss schenkte sich selbst einen Becher voll ein.

»Sie haben wahrscheinlich schon davon gehört. Lisanne Olsen ist am Dienstagmorgen bei einem Sturz mit ihrem Pferd ums Leben gekommen. Man hat uns gesagt, dass Sie Lisanne Olsen recht gut kannten. In welcher Beziehung standen Sie zu ihr?«

»Kennengelernt haben wir uns, als wir mal zusammen gearbeitet haben. Lisanne war gerade Volontärin beim *Wochenblatt*, und ich habe halbtags ein paar Büroarbeiten gemacht. Das ist aber schon eine Weile her. Später wurde aus der Bekanntschaft so eine Art Freundschaft. Eine Zeit lang haben wir uns regelmäßig getroffen. Das war, als sie gerade nach Kirchhagen gezogen war.«

»Eine Freundin von Ihnen also«, sagt der Kripobeamte und sah sie nachdenklich an. »Wann haben Sie Frau Olsen das letzte Mal gesehen?«

»Am Montagabend auf der Einwohnerversammlung. Der Unfall war am Dienstagmorgen, nicht wahr? Wir haben an dem Abend auf der Veranstaltung nicht zusammengesessen, aber hinterher haben wir noch ein paar Worte miteinander gewechselt. Es waren aber nur belanglose Floskeln: *Wie geht's?, Was machen die Kinder?, Scheußliches Wetter heute* ... Was man halt so sagt. Wenn ich geahnt hätte, dass ...« Anke Loss stockte mitten im Satz.

»Das klingt jetzt aber nicht nach Freundschaft.«

»Unser Verhältnis hatte sich in letzter Zeit etwas abgekühlt, seit Lisanne in der Frage der Umgehungsstraße ihre Stellung bei der Zeitung dazu benutzt hat, ganz eindeutig Position zu beziehen und Stimmung zu machen. Das hatte meiner Meinung nach nichts mehr mit sachlicher Berichterstattung zu tun. Wir hatten einmal eine ziemlich blöde Auseinandersetzung deswegen. Ich behaupte mal, dass sie anders geurteilt und geschrieben hätte, wenn sie nicht mit Jan Dettendorf zusammen gewesen wäre. Ich mochte sie trotzdem und wollte unsere Freundschaft deswegen nicht aufs Spiel setzen. Darum haben wir das Thema in letzter Zeit ausgeklammert.«

»Können Sie mir kurz schildern, welche Position Lisanne Olsen vertreten hat und welche Sie vertreten?«

»Ich wohne hier auf der Ostseite von Kirchhagen, direkt an der Feldmark, damit die Kinder Platz zum Spielen haben. Ein Grundstück in dieser Lage kostet viel Geld. Sie verstehen sicher: Wenn direkt hinter dem Knick dort die neue Straße gebaut würde, wäre das alles nur noch die Hälfte wert. Ist doch klar, bei dem Lärm und Schmutz, den eine viel befahrene Straße verursachen würde. Lisanne hingegen hat mehr oder weniger Dettendorfs Interessen vertreten. Da die Umgehungsstraße im Westen an seinem Hof entlangführen würde, hat Lisanne zwei, drei Artikel geschrieben, in der sie sehr einseitig den Ost-Varianten den Vorzug gegeben hat. Es gibt eine ortsnahe und eine ortsferne Variante. In einem der Artikel wandte sie sich dann auch noch gegen *Ortsfern-Ost.* Aus Umweltschutzgründen! Da hatte sie wohl mit den Leuten gesprochen, die die Umweltverträglichkeitsuntersuchungen durchgeführt haben. Ihrer Meinung nach blieb dann nur noch die Variante übrig, die quasi direkt hinter unseren Gärten entlanglaufen würde.«

»Haben Sie ihr das persönlich gesagt? Wie enttäuscht Sie von ihrem Verhalten waren? Es hört sich so an, als hätte sie ihren Job bei der Zeitung dazu benutzt, Einfluss auf die Entscheidung zu nehmen.«

Anke Loss spürte die Falle. »Nein, so sehe ich das nicht. Ihre Artikel waren zwar Gesprächsstoff in Kirchhagen, aber sie haben nichts bewirkt. Immerhin haben wir ja die Pressefreiheit.«

»Sicher gab es trotzdem Gerede im Ort.«

»Ich möchte keine Namen nennen.«

Anke Loss erstarrte. Oben ging leise eine Tür. Sie klimperte mit dem Löffel in ihrem Becher. »Oder muss ich das?« Sollte Thorsten tatsächlich den wahnwitzigen Versuch starten, unbemerkt ihr Haus zu verlassen?

»Im Interesse einer schnellen Aufklärung des Vorfalles sollten Sie das tun. Wir werden es sowieso herausfinden. Es spart uns nur etwas Zeit – und Nerven«, hörte sie Michael Gerlach sagen. Anke Loss wippte nervös mit ihrem übergeschlagenen Bein. Weshalb interessierte sich die Polizei so sehr für den Unfall? Steckte etwa mehr hinter der Geschichte? Sie würde später darüber nachdenken, wenn sie wieder allein im Haus war. In diesem Moment knarrte eine Stufe. »Ich wusste gar nicht, dass die

Polizei sich so sehr für Sportunfälle interessiert«, sagte sie laut, wobei sie das Wort *Polizei* betonte, um Thorsten zu warnen.

»Wir ermitteln grundsätzlich, wenn ein Todesfall eine nichtnatürliche Ursache hat. Nennen Sie mir nun die Namen der Leute, die sich besonders in Sachen Umgehungsstraße engagieren, oder muss ich erst jemand anderes dazu befragen?«

Sie sah Thorstens Schatten vorbeihuschen. »Alle hier sind gegen die Umgehungsstraße im Osten«, sagte sie schnell. »Die Senkbleis, Gina Arzberg-Wenning, Thorsten Maybach, Leo Körting und noch ein paar andere. Wir vertreten hier nur unsere eigenen Interessen.«

»Dagegen ist ja auch nichts einzuwenden«, sagte Gerlach und begann, die Namen zu notieren.

Anke überlegte fieberhaft. Bestimmt stand Thorsten jetzt an der Haustür, lauerte auf einen günstigen Moment, um hinauszuschleichen, und hörte jedes Wort, das in der Küche gesprochen wurde.

»Ärger gemacht haben doch immer nur die anderen. Fragen Sie mal Frank Reuter, was er mit Leo Körtings neuem Sportwagen angestellt hat, fragen Sie die Bürgermeisterin, und vergessen Sie auch Jan Dettendorf nicht. Da laufen Sachen ab … Irgendwie muss man sich doch wehren«, setzte sie matt hinzu. Anke hörte, wie ihre Haustür leise zugezogen wurde, und atmete erleichtert aus.

»Okay, ich habe mir das alles notiert, Frau Loss«, sagte Gerlach. »Jetzt haben wir zumindest ein paar Ansatzpunkte.«

»Versprechen Sie sich nicht zu viel davon. Es wird immer geredet … Das ist aber auch schon alles. Mit Lisannes Unfall hatte das herzlich wenig zu tun. Warum sollte es auch?«

»Das weiß ich auch nicht, Frau Loss. Aber interessant ist es schon, was so los ist in einem kleinen Ort wie Kirchhagen.« Er stand auf und lächelte sie freundlich an.

»Bevor es um die Umgehungsstraße ging, sind alle hier gut miteinander ausgekommen.« Anke lehnte sich entspannt zurück. »Wo wohnen Sie eigentlich, in Hamburg?«

»Nein, in Lübeck.«

»Ich lebe gern hier draußen, und wenn man will, ist man ja schnell in der Stadt«, sagte sie. Sie begleitete Gerlach zur Tür und hoffte, dass Thorsten schon das Weite gesucht hatte und nicht hinter der Hausecke stand und lauerte. Insgeheim fand sie, dass sie die brisante Situation brillant gemeistert hatte. Ein bisschen Adrenalin am Vormittag, und schon lief's. Sie musste jetzt allerdings dringend unter die Dusche.

»Einen schönen Tag noch, Herr Kommissar«, verabschiedete sie ihn mit, wie sie hoffte, ironischem Unterton.

»Danke, ebenfalls. Tut mir leid, wenn ich Ihren Besucher vergrault haben sollte.«

Anke Loss stand einen Moment perplex im Türrahmen und sah Gerlach nach, wie er den Plattenweg hinunterging, an der Pforte noch einmal zurückblickte und die Hand zum Gruß hob. Und als wäre das Durcheinander an diesem Vormittag nicht schon perfekt, hielt in diesem Moment ein schnittiger zitronengelber Sportwagen auf der gegenüberliegenden Straßenseite an.

Immerhin hatte Leo Körting so viel Gespür für Menschen und Situationen, dass er im Auto sitzen blieb, bis der Polizist weggefahren war. Erst dann stieg er lässig aus und ging direkt auf Anke zu.

Sie spürte, wie ihr aus Verlegenheit die Wärme ins Gesicht stieg, wie immer, wenn sie mit diesem Mann zusammentraf. »Moin, Leo. Keine wichtigen Geschäfte heute?«

»Für dich mach' ich doch gern eine Pause, Anke. Wer war denn der Bullenarsch, der eben aus deinem Haus gekommen ist?«

»Er heißt Gerlach. Woher weißt du …?«

»Typen, die so aussehen wie der und ein Auto fahren, dessen Farbe nicht den geringsten Aufpreis kostet, können nur Bullen sein. Merk dir das, wenn du das nächste Mal die Landstraße mit hundertfünfzig runterkrachst und dir so ein Auto hinten an der Stoßstange klebt. Das sind immer die Bullen.« Er folgte ihr ganz selbstverständlich ins Haus und schmiss seinen Mantel über das Treppengeländer.

Was sollte das nun werden? »Willst du ’nen Kaffee?«, fragte sie, obwohl seine Nähe ihr unangenehm war. Thorsten für eine schnelle Nummer am Vormittag war ja okay, aber dieser Leo hatte etwas, das ihr Unbehagen bereitete. So verrückt, sich mit dem einzulassen, war sie bestimmt nicht. Sie hatte gern alles unter Kontrolle. Und über den Leo kursierte das Gerücht, dass er sein Hotel in Kirchhagen mit ein paar Damen finanziert hatte, die in St. Georg für ihn anschaffen gingen. Möglich war alles. Jedenfalls trieb Leo Körting sich angeblich auch mit Typen rum, denen Anke lieber nicht im Dunkeln begegnen wollte.

»Zur Not nehm’ ich auch nur einen Kaffee.« Er ließ sich lächelnd auf den Küchenstuhl fallen, auf dem vorher der Polizist gesessen hatte. Sie schenkte ihm ein und hoffte, dass er bald wieder gehen würde.

»Du nimmst keinen?«, fragte er und schüttete Zucker in den Becher.

»Ich hatte schon genug. Was willst du, Leo?«

»So ganz unter uns Primaballerinen, was wollte dieser Typ denn von dir?«

»Er war wegen Lisanne Olsen hier. Ich habe das Gefühl, die glauben, das war gar kein Unfall. Ich konnte ihm aber nicht weiterhelfen.«

»Ist auch besser so. Nie freiwillig Informationen rausrücken. Alles im Leben hat schließlich seinen Preis.«

»Was willst du, Leo?«, wiederholte sie ungeduldig.

»Es geht um Dettendorf, Reuter und die anderen im Westen. Die spielen ein falsches Spiel, was die Straße angeht. Ich vermute, dass Jan Dettendorf versucht, seine Kontakte zur Politik zu nutzen, jetzt, wo es ernst wird.«

»Ich vermute eher, dass ihm der Tod seiner Freundin erst einmal genug zu schaffen macht. Und die anderen haben nicht das Format, etwas in Gang zu bringen.«

»Du bist naiv, Anke. Entschuldige bitte. Aber privat ist privat, und Geschäft ist Geschäft. Dettendorf glaubt, dass seine Existenz auf dem Spiel steht.«

»Stimmt das etwa nicht?«

»Vielleicht. Aber mir geht es genauso. Oder was meinst du, wie viele Gäste mein Romantik-Hotel noch beherbergen wird, wenn ein paar hundert Meter entfernt eine viel befahrene Straße vorbeiführt?«

»Das weiß ich alles. Komm auf den Punkt, Leo. Was hast du vor?« Es war höchste Zeit, einkaufen zu fahren und das Mittagessen vorzubereiten. Diese Männer hatten anscheinend alle Zeit der Welt.

»Ein winzig kleiner Schuss vor den Bug, ein Warnschuss für den lieben Jan Dettendorf. Reuter ist nicht das Problem, der tut, was Dettendorf ihm flüstert.«

»Was meinst du damit?« Anke bekam eine Gänsehaut auf ihren Armen. Der Mann, der hier in ihrer Küche ihren Kaffee schlürfte, galt als rücksichtslos. Vielleicht war er sogar gewalttätig. Irgendwie musste er ja zu der ganzen Kohle gekommen sein, mit der er immer so protzte.

»So genau musst du das gar nicht wissen. Falls dieser Bulle dich noch mal in die Mangel nimmt, meine ich. Aber du bist unser Lockvogel. Dettendorf vertraut dir, schließlich warst du ja mal ganz dicke mit seiner lieben Lisanne.«

»So dicke nun auch wieder nicht. Ich mache nichts, bevor ich nicht weiß, was du vorhast, Leo.«

Er leerte seinen Becher und leckte sich über die für einen Mann etwas zu üppig geratenen Lippen. Wahrscheinlich trug er deshalb diesen Bart, dachte sie.

Mit einem Mal schlug er mit der flachen Hand krachend auf den Tisch, sodass Becher und Thermoskanne zitterten. Anke saß da wie erstarrt.

»Hey, merk dir eins, Süße. Wenn ich den Karren für uns aus dem Dreck ziehen soll, wenn ich verhindern soll, dass die beschissene Straße direkt durch eure geschniegelten Gärten verläuft, dann kannst du mir ruhig den einen oder anderen kleinen Gefallen tun. Ich habe nämlich einen Plan, bei dem mir Jan Dettendorf nicht dazwischenfunken darf. Auf seine Weise ist er nämlich genauso lästig, wie die Olsen es war. Und wenn dir meine Methoden nicht passen, dann überleg mal, wie dein lieber Ehemann es fände, wenn ihm jemand steckt, was du mit Thorsten Maybach so treibst. Habe ich mich klar ausgedrückt?«

Anke starrte ihn an und nickte.

Leo stand auf und lächelte wieder, als wäre nichts vorgefallen. »Vorzüglicher Kaffee, Frau Nachbarin. Du hörst von mir. Ich muss mal wieder … Bis demnächst auf dieser Wellenlänge.«

Sie begleitete ihn nicht hinaus. Als die Haustür hinter ihm ins Schloss fiel, ging sie an den Wohnzimmerschrank und goss sich ein halbes Wasserglas voll Wodka ein. Was sollte sie jetzt machen?

8. Kapitel

Als Pia vor dem Haus der Burmeisters stand, dämmerte es bereits. Sie hatte für den Olsen-Fall den ganzen Tag im Büro gehockt und mit einem Kollegen zusammen den umfangreichen Bericht der Spurensicherung analysiert. Von der trockenen Heizungsluft hatte sie ein Kratzen im Hals bekommen, aber immerhin lief ihre Nase nicht mehr. Vor einer halben Stunde hatte sie angeboten, die Befragung von Marion Burmeister, der Bürgermeisterin von Kirchhagen, zu übernehmen, weil die Aussicht, doch noch an die frische Luft zu kommen, zu verlockend war. Sie hatte eigentlich beim *Dorfkrug* parken und den Rest zu Fuß gehen wollen, aber der kalte Wind trieb einen feinen Nieselregen fast waagerecht vor sich her, und so hatte sie den Wagen direkt vor der Haustür geparkt. Ihre Erkältung war Gott sei Dank am Abklingen; einen Rückfall konnte sie nicht gebrauchen.

Das Bestattungsinstitut der Burmeisters hatte keine diskret verhängten Schaufenster mit auf Samt dekorierten Urnen und Informationstäfelchen, wie Pia es aus der Stadt kannte, sondern eine schlichte Eingangstür mit zwei Klingeln, eine für private und eine für geschäftliche Anliegen. Durch ein Fenster neben der Eingangstür fiel warmes Licht.

Kurz nach dem Klingeln stand eine Frau im Türrahmen, die höflich lächelte. Sie stellte sich als Marion Burmeister vor, amtierende Bürgermeisterin von Kirchhagen. Pia schätzte sie auf Mitte fünfzig. Sie war sehr adrett gekleidet mit Bluse, Blazer und Halstuch im Ausschnitt, das blondierte Haar sorgfältig zu einer weich fallenden Kurzhaarfrisur gefönt. Ihr Händedruck fühlte sich warm und fest an.

Sie führte Pia durch einen dunklen, kühlen Flur in ein wohnlich eingerichtetes Büro. Ein ovaler Eichentisch mit Tischdecke und Blumendekoration sowie vier gepolsterte Stühle standen nah an dem mit Spitzenstores verhängten Fenster. In der hinteren Ecke des Raums brannte in einem gemauerten Kamin ein Feuer.

Frau Burmeister nahm Pia die dicke Daunenjacke ab und bot ihr einen Platz mit Blick auf das Feuer an. Pia, die bei Befragungen eigentlich die angebotenen Erfrischungen grundsätzlich ablehnte, ließ sich von Frau Burmeister zu einem Tee überreden, »der ist gerade frisch aufgebrüht« und griff auch beim Gebäck zu, das direkt vor ihrer Nase in einer Schale lag. Sie zog ihr Notizbuch und einen Kugelschreiber heraus und legte beides neben das Gedeck aus feinem, mit Blüten geschmücktem Porzellan. Frau Burmeister schenkte ein, rückte die Schale mit Kandis und das Milchkännchen zurecht und nahm dann gegenüber der Kommissarin Platz.

»Lisanne Olsen? Natürlich kannte ich sie. Eine vielversprechende junge Frau«, erklärte Frau Burmeister auf Pias Frage. »Wir haben uns regelmäßig auf den Gemeindeversammlungen gesehen. Sie hat ein paar Mal über die geplante Umgehungsstraße geschrieben. Sie haben sicherlich schon davon gehört, dass Kirchhagen endlich seine Umgehung bekommen soll. Ich kenne vor allem ihren Freund, Jan Dettendorf, gut. Schließlich war ich mit seinen Eltern eng befreundet, bis die sich dann entschlossen haben, ihr Rentnerdasein im sonnigen Süden zu verleben.«

»Wie würden Sie das Verhältnis zwischen Jan Dettendorf und Lisanne Olsen beschreiben? Eher freundschaftlich, oder hatten sie eine Beziehung?«

»Oh, eine schwierige Frage. Jan war der Meinung, dass sie zusammen wären und wollte sie, glaube ich, im nächsten Sommer gern heiraten. Darum hat er auch die baufällige alte Kate auf seinem Grundstück für sie renovieren lassen. Meines Erachtens war er förmlich vernarrt in sie. Manche Männer sind ja so: die oder keine. Schade eigentlich. Ich glaube nicht, dass sie besonders gut zueinander gepasst haben.«

Pia, die gerade von einer noch warmen Zimtschnecke abgebissen hatte, beeilte sich zu schlucken. »Warum? Wollte Frau Olsen gar nicht heiraten?« »Entweder das, oder sie wollte *ihn* nicht heiraten. Sie machte auf mich einen sehr eigenständigen Eindruck, und sie war ungeheuer ehrgeizig. Manches Mal hab ich so gedacht ...« Sie nahm einen kleinen Schluck Tee und fuhr dann etwas leiser fort, »... dass sie ihn nur ausgenutzt hat. Ihr Pferd, das bei ihm so günstig untergebracht war, das kleine Häuschen für sie allein, die Hindernisstrecke in Dettendorfs Wald ... Trotzdem hatte sie alle Freiheiten der Welt. Nur ja keine Verpflichtungen. Aber das ist vielleicht ein Problem der jüngeren Generation. Außerdem sollten Sie mich als parteiisch betrachten. Ich mag Jan Dettendorf gern. Als kleiner Junge war er oft hier bei mir und hat in der Tischlerei und der Sargausstellung gespielt. Seine Eltern hatten durch den großen Betrieb nicht so viel Zeit für den Kleinen, und ich, ich konnte keine Kinder bekommen, wissen Sie.«

Der Tee war vorzüglich: stark, aromatisch und sehr heiß. Genau das Richtige an einem Tag wie heute. Auch Polizisten sind nur Menschen, dachte Pia, und griff noch mal zu ihrer Zimtschnecke. »Wer wohnt außer Ihnen noch in diesem Haus?«, fragte sie und bemerkte interessiert, wie die Bürgermeisterin kurz die Augenbrauen zusammenzog. »Mein Mann und ich wohnen allein hier. Dann gibt es noch Frau Stoppe, die regelmäßig für mich putzt. Wenn im Geschäft viel zu tun ist, schaffe ich nicht alles allein. Ich mache sehr viel Bürokram. Sie wissen ja: Von der Wiege bis zur Bahre – Formulare, Formulare.«

»Sie sind ja auch Bürgermeisterin. Wie schaffen Sie das trotz der vielen Arbeit in Ihrem Betrieb?«

»Das ist mein Ausgleich. Irgendwann hat es mir nicht mehr ausgereicht, hier im Büro am PC zu sitzen oder mich beim Dekorieren der Edelstahlurnen zu verwirklichen. Ich habe vor etwa zwanzig Jahren damit begonnen, mich für die Belange des Ortes zu engagieren. Seit fünf Jahren bin ich Bürgermeisterin von Kirchhagen, und wenn die Gemeinde zustimmt, mache ich das auch noch ein paar Jahre länger.« »Haben Sie sich auch für die Umgehungsstraße eingesetzt?«

»Das war über Jahre hin ein wichtiges Projekt, ja. Seit Mitte der achtziger Jahre sind wir jährlich mit einer Delegation nach Kiel gefahren, um die notwendige Ortsumgehung zu erwirken. Wir sind Jahr um Jahr vertröstet worden. Nach mehreren Verkehrszählungen und etlichen Presseberichten über die Zustände hier im Ort hatten wir 1998 endlich ein ernsthaftes Gespräch und kurz darauf eine Zusage. Doch seit den Voruntersuchungen zur Linienführung dieser Umgehungsstraße geht es hier rund. Niemand will die Umgehung direkt vor seiner Nase haben …«

»Welche Variante vertreten Sie?«

»Die bestmögliche für Kirchhagen. Eine Zeit lang schien es mir, als wäre die westliche Variante günstiger als die östliche, weil von dort sowieso schon der Lärm von der Autobahn kommt. Ich hatte gehofft, gleichzeitig einen Lärmschutz erwirken zu können. Mittlerweile glaube ich, dass wir nur im Osten, und zwar leider ortsnah, überhaupt eine Chance haben, dass der Bau verwirklicht wird. Das ist die wirtschaftlich und ökologisch günstigste Variante.«

»Lisanne Olsen war anderer Meinung?«

Marion Burmeister setzte ihre Tasse so schwungvoll auf die Untertasse, dass es klirrte. »Ihre Meinung war doch gar nicht relevant. Ich glaube, dass sie auch für die Ost-Varianten war, aber das wird vor allem daran gelegen haben, dass für Dettendorfs Hof so viel auf dem Spiel steht. Sie war parteiisch.«

»Dann war da vielleicht doch mehr als Freundschaft zwischen Frau Olsen und Herrn Dettendorf?«

Marion Burmeister zupfte ein welkes Blatt aus ihrer Blumendekoration. Dann beugte sie sich zu Pia hinüber und senkte die Stimme. »Ich wollte es eigentlich der Polizei gegenüber nicht erwähnen, wissen Sie. Es hört sich so nach Tratsch an. Aber ich war schon etwas besorgt. Am letzten Samstag habe ich Lisanne Olsen zufällig in Lübeck gesehen. Am späten Vormittag in einem Café. Sie saß dort mit einem mir unbekannten Mann zusammen und hat sich sehr angeregt mit ihm unterhalten.«

»Und was schließen Sie daraus?«

Sie lehnte sich wieder zurück. »Na, was könnte das wohl bedeuten? Lisanne Olsen hatte einen anderen. Es war eindeutig, so wie sie miteinander getuschelt haben.«

»Wie sah er denn aus?«

»Gepflegt, Anzug, glatt rasiert und mit ganz kurzem Haar. Ich habe ihn noch nie zuvor gesehen. Ich könnte ihn mir in einer Bank oder einer großen Firma vorstellen.«

»Sie haben Frau Olsen nicht nach ihm gefragt?«

»Oh nein, so vertraut waren wir nicht miteinander. Jan habe ich übriges auch kein Sterbenswort davon gesagt.«

Pia notierte sich Zeit und Ort des Treffens.

»Zum Abschied haben sie sich geküsst«, setzte Frau Burmeister halblaut hinzu. »Ich meine, richtig, nicht nur so flüchtig …«

In diesem Moment öffnete sich die Zimmertür. Ein hagerer Mann mit grauem Haar und eingefallenem Gesicht kam herein und grüßte mit einem gleichgültigen Nicken. Er hielt Frau Burmeister ein Formular hin. Dabei bemühte er sich vergeblich, das Zittern seiner rechten Hand zu unterdrücken, indem er mit der Linken das Handgelenk umfasste. Pia sah, dass seine Haut dünn wie Papier war und stellenweise entzündet aussah. Als Marion Burmeister das Formular unterschrieben hatte, schlurfte er schweren Schrittes wieder hinaus.

»Mein Mann, Simon Burmeister. Der Tod von Lisanne hat ihn schwer getroffen. Er ist manchmal zu sensibel für seinen Beruf. Wenn die Leute jung sterben und er sie gut kannte, wie bei der Olsen. Ihr Onkel, ein gewisser Conrad Kruse, rief heute Morgen an, um die Beerdigung zu besprechen. Er wollte das Billigste vom Billigen für seine Nichte, einen Sarg aus Pappe. Daraufhin schlug Simon vor, dass wir uns mit Dettendorf in Verbindung setzen. Das riecht nach Ärger, fürchte ich. Aber damit werden wir auch noch fertig. Eine anständige Beerdigung muss die Olsen auf jeden Fall haben, schon um Jans willen, dafür sorge ich.« Sie lächelte selbstzufrieden.

Pia gefiel nicht, wie sie von der Verstorbenen sprach. Eben noch hatte sie fast Mitleid mit Marion Burmeister gehabt, denn Simon Burmeister wirkte mehr wie ein gebrechlicher älterer Verwandter als wie ihr Ehemann. Nun, wie sie mit stolz erhobenem Kinn und einstudiertem Lächeln vor ihr saß, war Pia unwohl in ihrer Gegenwart. »Wann haben Sie Lisanne Olsen zuletzt gesehen?«

»Am Montagabend. Auf der Gemeindeversammlung. Wir hatten jedoch keine Gelegenheit, miteinander zu sprechen. Als ich ging, stand sie mit Anke Loss zusammen, einer Freundin von ihr, die im Neubaugebiet wohnt. Lisanne und ich hatten uns allerdings schon am Nachmittag über die Neuigkeiten in Kirchhagen ausgetauscht. Sie war kurz hier und hat mich über die Tagesordnungspunkte befragt.«

»War das üblich vor so einer Versammlung?«

Marion Burmeister zögerte. »Eigentlich nicht, die Tagesordnungspunkte werden ja öffentlich ausgehängt. Aber sie war zu Fuß unterwegs und kam auf einen Sprung zum Klönen herein. Sie hat mir auch von ihrem Pferd erzählt, ihrem Trainingsplan und dass Dettendorf gerade eines seiner Fohlen nach Wilhelmshaven verkauft hat. Wir haben zusammen Tee getrunken, so wie Sie und ich jetzt.«

»Habt ihr inzwischen eine Spur von Lisanne Olsens Schwester?«, fragte Pia, als sie am späten Abend bei einer Einsatzbesprechung mit ihren Lübecker Kollegen zusammensaß.

»Nein, bisher nicht. Dabei wird sie aller Voraussicht nach die Haupterbin sein«, sagte Broders. »Ich habe mit dem Notar gesprochen. Nach dem Tod der Mutter, Rita Olsen, fiel das gesamte Vermögen, und es ist ein *richtiges* Vermögen, zu gleichen Teilen an ihre Töchter, Lisanne und Fabienne Olsen. Das Erbe war allerdings mit gewissen Auflagen verbunden. Die Töchter hatten bis zu ihrem 27. Lebensjahr nur die Möglichkeit, an die Zinsen ihres Erbteils zu kommen, nicht aber, die Papiere zu verkaufen. Der Notar wollte zuerst nicht so recht raus mit der Sprache, aber die unbekannte Schwester, Fabienne Olsen, scheint eine lange Drogenkarriere hinter sich zu haben. Dieses Testament war wohl eine Vorsichtsmaßnahme der Mutter, zu der der Notar ihr damals geraten hatte. Fabienne Olsen lebt seit ein paar Jahren in Frankreich, aber der Notar wusste nicht, wo genau. Sein letztes Schreiben an Fabienne Olsen kam mit »Empfänger unbekannt« zurück. Jetzt, nach dem Tod von Lisanne Olsen, fällt alles an sie, es sei denn, Lisanne Olsen hätte ein Testament gemacht, das etwas anderes vorsieht. Aber davon ist bisher nichts bekannt.«

»Wenn es tatsächlich kein neues Testament gibt, ist diese

Schwester die Nutznießerin von Lisanne Olsens Tod. Aber niemand weiß, wo sie sich aufhält ...«, sagte Pia nachdenklich.

»Was sie aber nicht grundsätzlich vom Tatverdacht ausschließt«, stellte Broders fest.

»Hat der Onkel eine Chance auf das Erbe?«, fragte Gerlach, der sofort wieder den Geruch von Armut und sozialem Abstieg bei Conrad Kruse in der Nase hatte. Das beklemmende Gefühl musste er doch irgendwann einmal abschütteln. Es war lange her ...

»Das habe ich auch gefragt. Wenn beide Nichten tot sind, wäre Rita Olsens Bruder der Nächste in der Erbfolge. Diese Möglichkeit hatten sie beim Aufsetzen des Testaments wohl nicht in Betracht gezogen«, erklärte Broders.

»Hmm. Entscheidend ist, dass wir Fabienne Olsen schnell ausfindig machen«, meldete sich Gabler zu Wort. Bisher hatte er mit konzentrierter Miene den Worten seiner Mitarbeiter gelauscht.

»Die Sache läuft. Ich habe mich bereits mit dem Auswärtigen Amt in Verbindung gesetzt«, sagte Broders.

»Ich glaube nicht, dass unsere Probleme gelöst sind, wenn wir sie gefunden haben«, sagte Pia nachdenklich. Ihre Erinnerung an das Gespräch im Hause Burmeister war noch frisch. Sie fasste kurz zusammen, was sie dort erfahren hatte. »Was ist mit anderen möglichen Motiven? Liebe, Hass, Eifersucht, Rache ... das ganze Repertoire«, schloss sie ihren Bericht. »Lisanne Olsen scheint mir ein Mensch gewesen zu sein, der in seinen Mitmenschen die gegensätzlichsten Reaktionen hervorgerufen hat. Entweder man liebte oder man hasste sie. Und Frau Burmeister hat sie am Samstag beobachtet, wie sie sich mit einem unbekannten Mann getroffen hat. Das Ganze hat angeblich sehr vertraut ausgesehen ...«

»Demnach hätte Jan Dettendorf einen Grund gehabt, eifersüchtig zu sein«, sagte Gabler. »Wir müssen dem in jedem Fall nachgehen. Wer war dieser Mann? Hatte Frau Burmeister eine Vermutung?«

»Nein.« Pia schaute in die Runde. »Aber was ist eigentlich mit Lisanne Olsens Terminkalender, sie muss doch einen geführt haben?«, fragte sie.

Broders schüttelte den Kopf. »Bisher ist keiner aufgetaucht. Sonderbar …«

»Und in ihrem Computer?«, warf Gerlach ein. »Es gibt Menschen, die haben ihre Termine nur noch elektronisch gespeichert.«

»Vielleicht hat jemand ihren Terminkalender entfernt, damit wir ihn nicht finden«, sagte Pia. »Wenn von Lisanne Olsens Schreibtisch Dinge abhanden gekommen sind, dann sind vielleicht auch verräterische Dateien von ihrem Rechner verschwunden. Ist ihr Notebook eigentlich schon in Lübeck? Dann sollte Heidmüller sich das Ding mal ansehen …«

Oswald Heidmüller war der Computerspezialist in ihren Reihen. Wenn dem Computer der Olsen ein Geheimnis zu entlocken war, dann durch ihn.

»Ich wusste, dass uns diese Frau eines Tages sagen würde, wo es langgeht«, brummte Broders in seinen Bart.

»Wie bitte?« Pia war nach dem langen Arbeitstag gerade in der richtigen Stimmung für ein kleines Wortgefecht.

»Ist ja schon gut.«

»Nichts ist gut!«

»Reg dich nicht auf. Du hast ja recht. Ich hätte selbst darauf kommen können, dass ihr Terminkalender fehlt.«

Gabler warf beiden einen strengen Blick zu. »Heidmüller soll sich das Notebook morgen vornehmen«, ordnete er an. »Was war sonst noch? Gibt es schon Infos über das Arbeitsumfeld des Opfers?«

Kürschner räusperte sich. »Lisanne Olsen hat freiberuflich für verschiedene Zeitungen gearbeitet. Ich habe mir in ihren Ordnern bisher nur einen groben Überblick verschaffen können. Sie hat hauptsächlich über lokale Ereignisse berichtet. In letzter Zeit hat sie öfter über eine geplante Umgehungsstraße um Kirchhagen geschrieben. Die Linienführung der Straße steht noch nicht fest. Zu ihrem letzten Artikel hat es Leserbriefe gehagelt, weil sie von den möglichen ökologischen Auswirkungen einer der geplanten Trassen berichtet hat.«

»Worüber hat sie sonst noch geschrieben?«, fragte Gabler ungeduldig.

Kürschner nahm sich seine Notizen vor. »Die Renovierungsarbeiten in der öffentlichen Bücherei, ein Brand in einem Wohnhaus, Streit um die Schulhofbeleuchtung, ein Reiterfest, Vandalismus an Bushaltestellenhäuschen …« Er seufzte. »… und so weiter und so weiter. Das meiste liegt allerdings schon ein paar Monate zurück.«

»Irgendetwas dabei, wo wir nachhaken müssen?«, fragte Gabler.

»Was war mit dem Brand?«, fragte Pia.

»Das war schon im Mai dieses Jahres. Keine Toten, keine Verletzten, den Sachschaden übernimmt die Versicherung.«

»Hmm.« Gabler spielte unruhig mit seinem Kugelschreiber. Er verteilte die neuen Aufgaben für den morgigen Samstag, und alle packten ihre Sachen zusammen. Die Ermittlungen waren noch im Anfangsstadium, wo sich der Fall in alle möglichen Richtungen entwickeln konnte. Es war noch unendlich viel zu tun. Pia würde am nächsten Tag wieder nach Kirchhagen fahren. Sie war froh, dass Hinnerk an diesem Wochenende ebenfalls Schichtdienst haben würde. Dann fiel ihr bevorstehendes Arbeitspensum am Samstag und wahrscheinlich auch Sonntag nicht so ins Gewicht. Doch dann fragte sie sich, weshalb sie sich überhaupt rechtfertigen sollte, nur weil sie viel arbeiten musste? So weit kam es noch! Heute würden sie sich allerdings auch nicht sehen, da Hinnerk bis spät abends Training hatte. In ihrer Wohnung wartete auf Pia nach ein paar Tagen der Abwesenheit nur abgestandene Luft – auch in ihrem Kühlschrank.

Als sie über das Parkdeck zu ihrem Auto lief, das von eiskalten, feuchten Böen überrollt wurde wie das Deck eines Containerschiffs, dachte sie sehnsüchtig daran, wie schön es jetzt wäre, bei Hinnerk zu sein. Sie hatte noch eine Galgenfrist, so kam es ihr jedenfalls vor, doch am Montag musste sie ihm definitiv sagen, ob aus dem gemeinsamen Weihnachtsurlaub etwas würde oder nicht. Vielleicht konnte sie bis dahin absehen, wie sich der Olsen-Fall entwickelte.

9. Kapitel

Besuch, Alte.« Er gab der stoisch dreinblickenden Braunen einen Klaps, die daraufhin gemächlich in ihre Box zurücktrottete. Die Stute war hoch tragend, Jan Dettendorf wartete auf die Geburt ihres achten Fohlens. Es konnte jederzeit so weit sein.

Wenn es nachts losging, würde er Lisanne umso schmerzlicher vermissen. Sie hatte ihm oft im Stall geholfen. Statt Lisanne war jedoch gerade die Kommissarin aus Lübeck durch die offen stehende Stalltür hereingekommen. Die Absätze ihrer Stiefel klackten auf der von ihm gerade gefegten Stallgasse. Sein Abfohlstall war mindestens so sauber wie seine Wohnstube, fand er, und manchmal kam er ihm auch viel gemütlicher vor.

»Bei Ihnen möchte man ja direkt auch ein Pferd sein«, begrüßte sie ihn, sich im Stall umsehend. »Morgen, Herr Dettendorf. Ich würde gern noch einmal mit Ihnen sprechen.«

»Haben Sie etwas Neues herausgefunden?«

»Ich habe noch ein paar Fragen an Sie«, sagte Pia ausweichend. »Wollen wir reingehen?«

»Wenn Sie nichts dagegen haben, können wir uns in die Sattelkammer setzen, da ist es warm, und ich muss mich nicht extra umziehen.«

»Ist mir recht, gehen Sie vor.«

Dettendorf führte die Kommissarin in einen angrenzenden Raum. An der linken Wand stapelten sich Sättel und Zaumzeug, und gegenüber am Fenster stand ein kleiner Tisch mit einem Stuhl, auf dem Pferdedecken lagen. An der rechten

Wand stand ein Feldbett mit Schlafsack, daneben bullerte der elektrische Heizofen. Es war ein gemütlicher, komplett mit Holz vertäfelter Raum. Jan Dettendorf liebte diesen Raum. Es war Lisannes Idee gewesen, ihn so herzurichten. Sie hatte den durchdringenden Geruch nach Leder, Schweiß und Pferd immer so gern gemocht.

Als er heute Morgen aus dem Haus getreten war, war alles mit Raureif bedeckt gewesen. Es hatte ausgesehen, als hätte die Kälte der Natur über Nacht alle Farben entzogen. Dafür waren die Strukturen der Gräser und Blätter umso stärker hervorgetreten. Minus fünf Grad bei Sonnenaufgang. Er hatte als Allererstes den Ofen in der Sattelkammer auf die höchste Stufe eingestellt. Schließlich wusste er nicht, wo er die nächste Nacht verbringen würde.

Er hob die Decken vom Stuhl, wischte mit dem Ärmel die Pferdehaare von der Sitzfläche und bot der Kommissarin den Platz an. Er selbst setzte sich auf das Feldbett.

Pia kam gleich zur Sache. »Wir suchen nach Lisanne Olsens Terminkalender. Bisher ist nichts dergleichen gefunden worden.«

Dettendorf stutzte. Er sah ihn förmlich vor sich, ein *Filofax*, sündhaft teuer, in braunem Leder mit Krokoprägung. Lisanne hatte sich wie selbstverständlich nur mit edlen Dingen umgeben. Während er in die forschenden blauen Augen der Kommissarin blickte, wurde sein Gehirn leer und leerer. Er schüttelte zweifelnd den Kopf. »Ich habe nicht die geringste Ahnung. Ich weiß nicht einmal, wann ich den Kalender zuletzt gesehen habe. Meistens lag er auf dem Küchentisch oder auf der Kommode im Flur. Aber das kann schon Wochen her sein. Ich weiß es einfach nicht.«

»Können Sie sich vorstellen, dass ihre Freundin den Kalender versteckt hat? Fühlte sie sich von irgendjemandem bedroht?«

»Sie hat nichts gesagt. Sicher, wegen der Straße hat sie sich bei ein paar Leuten hier nicht gerade beliebt gemacht, aber bedroht gefühlt hat sie sich deswegen nicht.«

»Denken Sie nach. Ist in letzter Zeit irgendetwas Besonderes vorgefallen?«

Dettendorf versuchte, die letzten Wochen mit Lisanne Revue passieren zu lassen. »Nichts, was Lisanne oder mich besonders beunruhigt hätte. Neulich war morgens ihr Autoreifen platt. Das sagte ich ja schon. Aber sie hat behauptet, in einen Nagel gefahren zu sein.«

»Sie hatten Zweifel?«

»Na ja. Es hätte ja auch sein können, dass jemand sie damit ärgern wollte. So was sähe denen ähnlich«

»Wem sähe so etwas ähnlich?« Pia fragte mit leiser Stimme, präzise und mit scharfem Unterton.

Gern hätte Dettendorf ihr ein Lächeln entlockt, wie am Anfang, als sie in den Stall gekommen war. Er bildete sich ein, dass es ihm helfen würde, sich an Lisanne zu erinnern. »Hm. Ein dummer Streich, da würde ich vielleicht auf ein paar Jugendliche als Täter tippen. Aber ein Hindernis zu manipulieren, ihr Leben aufs Spiel zu setzen, das traue ich denen nicht zu … Ich kann es immer noch nicht glauben.« Er spürte Wut im Bauch, tief sitzende brodelnde Wut. Und er fürchtete den Moment, wenn sie hervorbrechen würde. Doch gleichzeitig sehnte er diesen Moment herbei. Würde es den Schmerz erträglicher machen?

Die Kommissarin sah ihn unverwandt an. »Sie sollten es aber glauben. Man hat das Leben ihrer Freundin nicht nur aufs Spiel gesetzt, sondern sie wurde vorsätzlich getötet. Jemand meint es verdammt ernst, und Sie sollten das auch tun.«

Bildete er es sich ein, oder lag ein Anflug von Besorgnis in ihren sorgfältig gewählten Worten.

»Ich habe Licht gesehen«, sagte er unvermittelt, »an jenem Morgen in ihrem Haus, hinter dem Dachfenster. Später war es wieder aus.«

»Wann haben Sie Licht gesehen?«

»Am Morgen von Lisannes … Tod. Sie hatte ja bei mir übernachtet, war aber früh aufgestanden, um vor der Arbeit ihr Training zu absolvieren. Sie ritt oft im Halbdunkeln hier los, damit sie im ersten Tageslicht an der Trainingsstrecke war. Wenn sie gegen halb neun wiederkam, war ich meistens gerade im Stall und habe gefüttert. Ich bin kein Frühaufsteher.«

»Wann haben Sie an dem Morgen das Licht gesehen?«

»Ich kam um kurz nach halb neun aus dem Haus und habe ganz automatisch zu ihrer Kate hinübergeschaut. Ich bemerkte den Lichtschein hinter dem Fenster ihres Arbeitszimmers. Es war zwar schon hell, aber es war ein regnerischer, dunkler Tag, nicht so wie heute. Ich wusste, dass Lisanne eigentlich hatte reiten wollen, aber ich nahm an, dass sie noch eine wichtige Arbeit zu erledigen hatte und deshalb doch nicht geritten war. Im Stall habe ich dann gesehen, dass Absalom, ihr Pferd, nicht in seiner Box stand. Also war sie doch reiten gegangen. Ich dachte, sie wäre erst später losgekommen und hätte nur vergessen, oben das Licht auszumachen. Ich habe danach nicht mehr dran gedacht. Es schien mir unwichtig zu sein. Als sie drei Stunden später immer noch nicht wieder zurück war, habe ich mich auf die Suche nach ihr gemacht. Den Teil der Geschichte kennen Sie ja schon. In der Aufregung habe ich das Licht einfach vergessen. Aber jemand muss es im Lauf des Tages ausgemacht haben, denn abends war das Haus komplett dunkel. Könnten das Ihre Leute gewesen sein?«

»Nein. Die haben am Dienstag nur die Eingangstür versiegelt.«

Pia stand abrupt auf. »Sind Sie sicher? Das ist wichtig! Es

bedeutet schließlich, das jemand in ihrem Haus war, nachdem sie losgeritten ist. Es sei denn, sie hat das Licht selbst angelassen, und später ist die Glühbirne durchgebrannt. Aber das lässt sich nachprüfen.«

Auch Dettendorf stand auf. Er war nur wenige Zentimeter größer als sie. Zwischen Liege und Tisch war nur ein knapper Meter Platz. Er roch ihr Haarshampoo, das nach Vanille duftete. »Wenn ich jetzt darüber nachdenke, bin ich mir ziemlich sicher, dass es genau so war. Wir können gleich rübergehen und die Glühbirne kontrollieren.«

»Moment.« Sie legte ihre Hand auf seinen Arm und hielt ihn zurück. Dann lächelte sie. »Ich muss erst noch ein paar Sachen aus meinem Auto holen.«

Die Glühbirne in der Schreibtischleuchte von Lisannes Arbeitszimmer war nicht defekt. Ebenso die Deckenleuchte, die sich vom Lichtschalter an der Tür bedienen ließ. Das Spurensicherungsteam hatte auf allen Schaltern und Türklinken schwarzes Fingerabdruckpulver hinterlassen. Pia hatte Handschuhe übergezogen und schaltete nun probeweise beide Leuchten abwechselnd an und aus, während Jan Dettendorf draußen stand und das Fenster von derselben Position aus beobachtete wie an dem Morgen, als er das Licht gesehen hatte.

»Ich bin mir ziemlich sicher, dass es die Schreibtischleuchte war, die ich gesehen habe. Und sie hat gebrannt, nachdem Lisanne mit ihrem Pferd das Hofgelände verlassen hatte.«

»Sie wissen, dass sich durch Ihre Aussage ein neues Bild von der Situation ergibt?«, fragte Pia, während sie die Schreibtischleuchte, in Plastikfolie verpackt und mit einer Decke abgepolstert, im Kofferraum ihres Wagens verstaute.

»Weil noch jemand im Haus war?«

»Eine andere Erklärung gibt es nicht. Selbst wenn ihre Freundin die Lampe selbst hat brennen lassen, muss später jemand im Arbeitszimmer gewesen sein und sie ausgeschaltet haben.«

»Ich habe aber niemanden auf dem Hof gesehen.«

»Die zweite Frage ist, *warum* jemand in Lisanne Olsens Arbeitszimmer war.«

»Keine Ahnung, wirklich nicht, und im Grunde …«

»Ja?«

»Es bringt sie nicht zurück … Es macht sie nicht wieder lebendig, nicht wahr? Diese ganze Fragerei. Es ändert im Grunde nichts.« Er hörte selbst, wie trotzig das klang. Aber verdammt, niemand konnte seine Freundin wieder zum Leben erwecken, auch nicht die beste Polizeibeamtin. Und was das Ganze noch schlimmer machte: Sie erinnerte ihn schmerzlich an Lisanne. Beide hatten dieselbe Art zu arbeiten: effizient, hochmotiviert und hartnäckig.

»Wer hatte alles einen Schlüssel zu Frau Olsens Haus?«, fragte sie, anscheinend unbeeindruckt von seinem trotzigen Tonfall. Bestimmt kannte sie das alles schon, die ganze Bandbreite menschlicher Reaktionen. Was für ein Job!

»Nur Lisanne und ich.«

»Ihr Onkel oder eine Freundin?«

»Kann ich mir nicht vorstellen.« Er schüttelte nachdrücklich mit dem Kopf.

»Oder hatte sie eine Putzfrau?«

»Ja, jetzt, wo Sie es sagen. Meta Stoppe kam zweimal in der Woche für zwei Stunden. Sie ist die Perle von Kirchhagen, soll heißen, sie putzt in vielen Haushalten. Sie ist ein bisschen eigenwillig, aber trotzdem die Beste, die man bekommen kann. Meistens war Lisanne schon zur Arbeit gefahren, wenn sie kam. Sie muss einen Schlüssel gehabt haben, sie haben recht.«

»Hat Frau Stoppe auch bei Ihnen geputzt?«

»Oh, nein. Sieht es so aus?«

Er fühlte sich plötzlich verlegen unter ihrem glasklaren Blick. Das helle Licht der Wintersonne blendete ihn.

»Wo kann ich diese Meta Stoppe finden?«

»Sie wohnt direkt hinterm *Dorfkrug*.«

»Danke schön.«

Er beobachtete sie, wie sie in ihren schwarzen Citroen stieg und vom Hof fuhr. Er war wieder allein.

Gerlach hatte sich gerade in seinem Bürostuhl zurückgelehnt und die Füße auf der Fensterbank platziert, was ihm bei seinen einsneunzig eine einigermaßen entspannte Sitzhaltung ermöglichte. Vor sich auf dem Schreibtisch standen ein Becher frischer Kaffee, eine Flasche Fanta und die obligatorische Mohnschnecke, die er sich stets auf dem Weg zur Arbeit kaufte. Fanta und Mohnschnecke, das schäumte immer so schön im Magen!

Es hätte eine entspannte Frühstückspause werden können, wäre sein Kollege Heidmüller nicht in diesem Moment in sein Büro geplatzt. »Du rätst nie, was mit dem Ding hier los ist!«, rief er fröhlich. Er trug Lisanne Olsens Notebook wie ein Baby auf dem Arm. Sein rundes Gesicht war gerötet, seine Augen glänzten.

Gerlachs Neugierde focht einen kurzen Kampf mit seinem Appetit. Die Neugierde siegte. »Kannst du das Ding hier hinstellen? Was hast du gefunden?«

»Nichts.« Er wischte ein paar Krümel beiseite, bevor er das Notebook auf Gerlachs Schreibtisch abstellte, aufklappte und auf der Tastatur herumzutippen begann.

»Wie – nichts? Alles gelöscht?«

»Schön wäre es.« Auf Heidmüllers Gesicht zeigte sich ein ironisches Lächeln. Gerlach wartete ungeduldig darauf, dass sein Kollege fortfuhr. »Man kann Dateien auf einem Rechner niemals wirklich löschen. Du müsstest die Festplatte einstampfen und in winzige Teile schreddern, wenn du es richtig machen willst.«

»Ist das denn passiert?«, fragte Gerlach ungläubig.

»Nein. Es ist viel trivialer und gleichzeitig irgendwie genial … Es ist keine Festplatte mehr im Laptop.«

»Das Ding ist eine … Hülle?«

»Jetzt schon. Du musst nur eine Schraube lösen bei dem Fabrikat, und die Festplatte fällt dir entgegen. Ich kann nichts machen.«

Gerlach stöhnte auf.

»Ich liefere nur die Fakten«, sagte Heidmüller, »interpretieren müsst ihr sie schon selbst. Brauchst du mich noch?«

Der süßliche Geruch der Mohnschnecke hing in der Luft und weckte, wie Gerlach vermutete, den Fluchtinstinkt bei Heidmüller. Im Gegensatz zu ihm – er achtete peinlichst auf sein Gewicht und ging regelmäßig ins Fitnessstudio – schleppte Heidmüller etwa zwanzig Kilo Übergewicht mit sich herum. Ab und zu versuchte er anscheinend abzunehmen. Vielleicht war es mal wieder so weit, und er stand deshalb nicht auf den Geruch von Mohnschnecken am Vormittag.

»Willst du bei der Besprechung nachher dabei sein?«, fragte Gerlach. »Ich würde dir Bescheid sagen, dann kannst du es den anderen selbst erzählen. Es kann allerdings später werden. Broders und Korittki sind unterwegs …«

Heidmüller klappte das Notebook zu und winkte ab. »Ich hab' noch was anderes zu tun. Guten Appetit auch.«

Hinter seinem Rücken rollte Gerlach mit den Augen und griff zur Fantaflasche.

10. Kapitel

Es war kurz nach acht Uhr abends, als Pia Korittki wieder im Polizeihochhaus eintraf. Die anderen erwarteten sie schon ungeduldig. Broders, verschwitzt und grantig, konfrontierte sie gleich mit den jüngsten Neuigkeiten. »Die Schwester des Opfers, diese Fabienne Olsen, ist wahrscheinlich tot. Schon seit über vier Wochen! Was sagst du nun, Engelchen?«

»Lasst mich doch erst mal ankommen. Seid ihr schon lange hier?« Pia zog ihre Jacke aus und warf sie über die Stuhllehne. Sie war in Lübeck unterwegs gewesen, hatte mit diversen Leuten gesprochen, aber den Mann, mit dem sich Lisanne Olsen am Samstag vor ihrem Tod in einem Café getroffen hatte, nicht ausfindig machen können. Dafür war sie in den Besitz eines Videos aus einer Überwachungskamera gekommen, die den Bereich vor dem Café gefilmt hatte, in dem Marion Burmeister Lisanne Olsen und ihren Begleiter gesehen haben wollte. Pia hatte auf dem Band gesehen, wie sowohl Lisanne als auch Marion Burmeister am Samstagvormittag das Café betreten und verlassen hatten, aber wer der geheimnisvolle Unbekannte gewesen war, hatte sie nicht herausfinden können. Sie würde der Burmeister das Videomaterial vorspielen müssen. Nach einem Käsebrötchen in jenem Café hatte sie nichts mehr gegessen, nur noch Kaffee von miserabler Qualität getrunken. So schüttelte sie nun auch ablehnend den Kopf, als Gerlach die Thermoskanne anhob, um anzudeuten, dass noch Kaffee da war. Stattdessen fragte sie: »Fabienne Olsen ist wahrscheinlich tot? Wo und wann ist das passiert?«

»Am 23. September dieses Jahres ist in einer leer stehenden Wohnung in Saint-Ouen eine Frau tot aufgefunden worden. Wir haben Grund zu der Annahme, dass es sich dabei um Fabienne Olsen handelt. Saint-Ouen gehört zu den Vororten von Paris, ein sozialer Brennpunkt. Heroin in Verbindung mit Tabletten war die Todesursache. Die französische Polizei konnte die Identität der Toten bisher nicht zweifelsfrei feststellen, obwohl es Hinweise aus dem Milieu gab, dass die Frau eine Deutsche war. Ihr Lebensgefährte, ein Franzose, hatte sich vor drei Monaten mit einem ähnlichen Cocktail das Leben genommen.«

»Na, das sind Neuigkeiten. Zwei Schwestern, allen bisherigen Informationen nach ohne Kontakt zueinander und in einem völlig unterschiedlichen Umfeld lebend, und sie sterben kurz nacheinander …«, sagte Pia nachdenklich. »Wussten weder Schwester noch Onkel vom Tod dieser Fabienne Olsen?«

Gerlach zog die Stirn in Falten. »Ich habe noch einmal mit Conrad Kruse gesprochen. Er behauptet, es nicht gewusst zu haben. Angeblich hat er seine jüngere Nichte abgeschrieben, nachdem sie den x-ten Entzug abgebrochen hatte. Danach war Fabienne Olsen nach Frankreich gegangen und hatte seitdem keinen Kontakt mehr zu ihrer Familie. Das klingt relativ plausibel, wenn man bedenkt, dass wir auch bei Lisannes Unterlagen nichts über ihre Schwester gefunden haben, von ein paar alten Fotos einmal abgesehen. Andererseits …« Er machte ein Kunstpause.

»Mach's nicht so spannend, Gerlach!« Pia bemerkte, dass ihr Ton schärfer klang als beabsichtigt.

»Sag es lieber gleich, sonst springt sie dir noch an die Gurgel«, sagte Broders.

War ihr die Ungeduld so deutlich im Gesicht abzulesen? Pia warf einen Blick auf ihr Spiegelbild, dass ihr verzerrt von der Fensterscheibe vor dem Hintergrund des dunklen Himmels entgegenblickte. Sie war blass und hatte Ränder unter den Augen. Die Ermittlungen waren in einem Stadium, in denen ihnen die Zeit davonzulaufen drohte.

»Auf der Internetseite des BKA befindet sich ein Foto der Toten aus Saint-Ouen: Unter der Rubrik *Unbekannte Tote.* Die Polizei in Saint-Ouen hatte, nachdem durchklang, dass es sich um eine Deutsche handeln könnte, das Auswärtige Amt informiert. Das wiederum hat sich in der Angelegenheit an das BKA gewandt.«

»Angenommen, diese Tote ist tatsächlich Fabienne Olsen, welche Konsequenzen hat das für den Fortgang unserer Ermittlungen?«, fragte Broders, dessen Stimme jetzt auch angespannt klang.

»Wir müssen herausfinden, ob Lisanne Olsen oder Conrad Kruse davon gewusst haben. Wenn auch nur die winzige Chance besteht, dass Kruse davon wusste, hatte er ein eindeutiges Motiv für den Mord an der anderen Schwester«, sagte Pia.

»Immerhin hatten beide lange Zeit nichts von Fabienne Olsen gehört … Rein theoretisch könnten Conrad Kruse oder Lisanne Olsen Nachforschungen über den Verbleib ihrer Nichte beziehungsweise Schwester angestellt haben. Sie könnten sogar im Internet recherchiert und das Foto der Toten gefunden haben. Sie haben sich jedoch nicht mit dem BKA in Verbindung gesetzt, entweder aus Gleichgültigkeit oder weil nicht unerhebliche Kosten auf sie zugekommen wären.« Broders runzelte die Stirn.

»Ich halte das für unwahrscheinlich«, sagte Gerlach. »Conrad Kruse scheint mir nicht der Typ zu sein, der im Internet Nachforschungen über den Verbleib seiner Nichte anstellt. Jedenfalls nicht ohne konkreten Anlass. Und ich kann mir auch nicht vorstellen, warum Lisanne Olsen nicht reagiert haben sollte, wenn es Hinweise auf den Tod ihrer Schwester gegeben hätte. Hätte sie zugelassen, dass ihre Schwester anonym in Frankreich beerdigt wird? Sie lebte doch in sehr geregelten Verhältnissen, auch wenn sie keinen Kontakt zu ihrer drogenabhängigen Schwester hatte. Wenn sie es gewusst hätte, hätte sie etwas unternommen, denke ich. Und sie hätte es wohl auch ihrem Freund erzählt. Was wusste Dettendorf eigentlich über die Schwester?«

»Im Grunde nicht viel. Angeblich wusste er nur, dass es überhaupt eine Schwester gab«, sagte Pia und zog eine Flasche Mineralwasser aus ihrer Tasche.

»Nehmen wir mal an, Lisanne Olsen wusste nichts vom Tod ihrer Schwester in Frankreich. Der Kontakt war vor längerer Zeit abgebrochen. Aber ihr Onkel hat es irgendwie herausgefunden: Dann konnte er sich ausrechnen, dass er nach dem Tod der zweiten Nichte das gesamte Olsen-Vermögen erben würde, vorausgesetzt, Lisanne Olsen hätte keine Zeit mehr, ein eigenes Testament aufzusetzen, das etwas anderes vorsieht.«

»Immerhin ein plausibles Motiv für ihn. Aber es steht und fällt mit der vagen Annahme, er hätte irgendwie vom Tod seiner Nichte erfahren …«, sagte Pia.

Alle schwiegen einen Moment und dachten über die Konsequenzen nach, die sich daraus ergaben.

»Was meinst du, Gerlach?«, fragte Broders nach einer Weile seufzend. »Du hast mit Conrad Kruse gesprochen.«

»Wir können es zumindest nicht ausschließen. Wenn er vom Tod seiner Nichte in Frankreich erfahren hat, dann hätte er ein Motiv gehabt, Lisanne Olsen umzubringen. Er kann zum Beispiel Kontakte nach Saint-Ouen gehabt haben, von denen wir nichts wissen. Ich werde versuchen, das nachzuprüfen. Und auch, wo er am Montagabend und am Dienstagmorgen war, als die Olsen ermordet wurde. Das Drahtseil wurde vielleicht schon Montagabend über das Hindernis gespannt. Aber nach dem Sturz war noch jemand da, der sichergehen wollte, dass Lisanne den Unfall nicht überlebt, und der ihr den tödlichen Schlag versetzt hat. Wir haben eine relativ genau eingegrenzte Tatzeit. Wenn es Conrad Kruse war, müsste er zu dem Zeitpunkt aber einen Wagen gehabt haben, um zum Tatort zu gelangen. Ohne Auto war die Tat an diesem abgelegenen Ort kaum durchführbar …«

»Wenn er keinen Wagen besitzt, müssen wir feststellen, ob er sich einen Mietwagen genommen hat oder sich privat einen geliehen hat«, warf Broders ein.

»Was mich an dieser Theorie stört, ist, dass Conrad Kruse eigentlich nicht Bescheid wissen konnte, wann Lisanne wo auftauchen würde. Woher sollte er wissen, wann sie reiten würde und wo die Trainingsstrecke verlief? Er wusste nichts über ihre Lebensgewohnheiten«, sagte Pia zweifelnd. »Andererseits, vergessen wir Kruses Lebensgefährtin nicht. Du hast doch mit der Frau gesprochen, Gerlach. Wie hieß sie noch gleich?«, fragte Pia.

»Ellen Landowsky. Ich versuche herauszufinden, wie eng der Kontakt zwischen Conrad Kruse und Lisanne Olsen tatsächlich war. Ich nehme an, diese Frau wird das wissen …« Gerlachs Stimme klang, als wäre ihm unbehaglich bei dem Gedanken.

»Kruse könnte auch einen Helfer in Kirchhagen gehabt haben«, schlug Pia nach kurzem Nachdenken vor. »Jemanden, der ihm wissentlich oder auch unwissentlich alle erforderlichen Informationen gegeben hat. Zwischen ihm und den Leuten in Kirchhagen kann es alle möglichen Verbindungen geben.«

»Alle möglichen, du sagst es. Und das lässt sich nicht auf die Schnelle herausfinden«, bemerkte Broders.

»Ein Bereicherungsdelikt«, sagte Pia nachdenklich. »In

Deutschland weisen achtzig Prozent der Tötungsdelikte eine enge Täter-Opfer-Beziehung auf. Onkel und Nichte ... Die Tat ist genau geplant worden. Erst die Falle mit dem Draht am Hindernis, dann der gezielte Schlag in den Nacken, höchstwahrscheinlich mit einer eigens dafür mitgeführten Waffe. Es könnte passen ...«

»Ja, aber genauso gut könnte es zu Jan Dettendorf passen«, wandte Broders ein.

»Aber er gewinnt nichts durch ihren Tod«, gab Gerlach zu bedenken.

»Nein. Bei ihm wäre es ein persönlich motiviertes Verbrechen. Dieser Dettendorf und Lisanne Olsen hatten eine Beziehung miteinander. Vielleicht war er eifersüchtig, vielleicht haben sie sich über etwas gestritten ...«

»Mord aus Eifersucht oder aus Habgier passt aber nicht zu dem, was Heidmüller über das Notebook der Olsen herausgefunden hat«, sagte Gerlach und erläuterte den anderen, was der Kollege ihm am Vormittag berichtet hatte. »Ein Notebook ohne Festplatte! Fallen euch irgendwelche Erklärungen dazu ein, außer der einen, dass jemand die Festplatte entfernt hat, um etwas vor uns zu verbergen?«

»Ein Ablenkungsmanöver?«

»Ziemlich weit hergeholt! Es sieht ganz so aus, als wären Daten auf dem Rechner gewesen, die wir nicht sehen sollten«, sagte Pia. »Außerdem passt die fehlende Festplatte zu Dettendorfs Aussage, dass er Licht in Lisanne Olsens Büro gesehen hat, nachdem sie losgeritten war.«

»Schön für ihn«, kommentierte Broders.

»Wir haben keine Möglichkeiten mehr, festzustellen, was Lisanne Olsen auf ihrem Rechner gespeichert hatte?«, fragte er nach kurzem Nachdenken.

»Nein. Da kann nicht mal mehr Heidmüller etwas machen,

es sei denn, wir finden die Festplatte.« Pia rieb sich die Stirn. »Und der Terminkalender hat sich auch noch nicht gefunden, oder?«

Dumpfes Schweigen war die Reaktion. Gerlach gähnte verstohlen, seine Kiefer knackten. Das Spurensicherungsteam hatte bereits alles durchsucht. Kein Terminkalender, keine Festplatte, keine CDs mit Sicherungskopien.

Wie um die anderen aufzumuntern, zog Broders eine Klarsichthülle hervor und legte sie auf den Tisch. »Das hat Schelling mir vorhin gegeben. Sie haben es in Lisanne Olsens Wagen gefunden.«

»Wo genau?«

»Im Fußraum, unter dem Beifahrersitz.«

Die Klarsichthülle enthielt einen ausgeschnittenen Zeitungsartikel, vergilbt und zerknittert. Die Überschrift des Artikels lautete: *Kirchhagener Schützen in Bestform.* Darunter befand sich ein Foto, auf dem zwei Frauen und ein Mann gezwungen in die Kamera lächelten. Im Hintergrund waren Menschen in einem Festzelt zu erkennen. Reihum betrachteten sie das Bild in der Plastikhülle und lasen den kurzen Artikel, der vom Kirchhagener Schützenfest berichtete.

»Aber das ist ja …«, sagte Pia verwundert, »die eine Frau sieht wie Frau Burmeister aus, die Bürgermeisterin.«

»Bist du sicher?«

Sie zuckte mit den Schultern. »Der Artikel ist offensichtlich schon alt. Trotzdem, eine gewisse Ähnlichkeit ist da …«

»Und die anderen beiden? Die Frau mit dem topfartigen Haarschnitt und der Typ in der Mitte mit dem feschen Schnauzer?«, hakte Broders nach.

»Die sagen mir nichts. Ich glaube, ich habe die beiden noch nie gesehen.«

Dettendorf bereute seine Zusage in dem Moment, als er den *Dorfkrug* betrat. Was hatte ihn nur dazu gebracht, sich hier mit Anke Loss zu verabreden?

Er fühlte sich vollkommen deplatziert. Seine Welt war aus den Angeln gehoben, und die anderen, die Lisanne doch auch gekannt hatten, schienen einfach wieder zur Tagesordnung überzugehen. Das verletzte ihn.

Nur deshalb hatte er auf Ankes Drängen hin schließlich nachgegeben. Sie hatte ihn am Nachmittag angerufen und um dieses Treffen gebeten. Unbehaglich erinnerte er sich an ihre weinerliche Stimme. »Ich begreife es einfach nicht. Ihr Tod kam so plötzlich. Ich muss mir immer wieder vorstellen, wie sie wohl gestorben ist. Dir muss es doch noch schlimmer gehen, Jan. Bitte: Wir müssen uns treffen, um in Ruhe über alles zu reden!«

Auch er hatte das Bedürfnis, mit jemandem zu reden. Mit einem Menschen, der Lisanne gekannt hatte und dem es nichts ausmachte, wenn er ausschließlich über sie sprach … und ihren Tod.

Nun stand er unschlüssig mitten in der Kneipe und suchte nach Anke Loss. Alle sahen ihn an.

»Moin, Jan.« Heinrich trat hinter der Theke vor und klopfte ihm verlegen auf den Rücken. »Es tut uns allen so leid, der schreckliche Unfall von deinem Mädchen. Schön, dass du da bist. Setz dich doch zu uns.«

Wenn selbst der mürrische Heinrich solche Worte findet, muss es schlimm um mich stehen, dachte Dettendorf. Aber er wollte kein Mitleid. Das deprimierte ihn nur noch mehr. Was sollte er bloß hier? Anke Loss saß an einem der Ecktische und erwartete ihn schon.

»Dank dir, Heinrich«, sagte er mit trockener Kehle und räusperte sich, »aber ich bin nur hier, weil ich was zu besprechen habe. Bringst du mir ein Pils an den Tisch?«

Heinrich nickte eifrig. Er war wohl froh, dass sich der Trauerkloß nicht unter die Meute an der Theke mischen wollte. Fast hätte Dettendorf über die mühsam unterdrückte Erleichterung in dessen Miene geschmunzelt. Aber wie hätten sie ihm das wieder ausgelegt? Er stand unter Beobachtung, und egal, was er sagte oder tat, es würde für Gesprächsstoff sorgen.

Anke Loss lächelte, als er sich zu ihr setzte. Ein mühsames kleines Lächeln, das sofort wieder erlosch. »Ach Jan, ich bin wirklich froh, dass du gekommen bist. Wenn ich dir jetzt irgendwie helfen kann …«

»Ich komme schon klar«, sagte er ausweichend und fragte sich, wie er die nächste Stunde mit Anstand hinter sich bringen sollte. Er hatte Anke Loss, das wurde ihm in diesem Moment deutlich bewusst, nie sonderlich gemocht. Er beobachtete sie, wie sie dasaß und an ihrem Wein nippte. Ihr Blick wanderte zu den anderen Tischen und zur Tür. Anscheinend war ihr die Situation auch unangenehm. Aber sie hatte doch mit ihm reden wollen.

»Stört es dich?«, fragte sie nach ein paar Minuten, in denen sie beide verlegen geschwiegen hatten, und zog eine Packung Zigaretten hervor.

»Kommt hier wohl kaum darauf an.« Er deutete mit einer vagen Kopfbewegung auf die Rauchschwaden, die wie grauweißer Morgennebel über ihren Köpfen hingen. Heinrich scherte sich nicht um Rauchverbote. Wer frische Luft atmen wollte, der ging nicht zu Heinrich. Basta.

Sie zündete sich die Zigarette an. Ihre Fingernägel waren spitz zugefeilt, hellrosa, mit Strasssteinchen verziert. Ihr Gesicht war ungeschminkt, ihre Augen waren gerötet. Sie hatte geweint – um Lisanne. Sofort bereute er seine Ablehnung.

»Die Polizei war schon bei mir«, sagte sie, »so ein geschniegelter Typ. Wollte wissen, wann ich Lisanne zuletzt gesehen habe. Er tat ganz furchtbar cool, wie so ein Cop aus ’ner Fernsehserie …«

»Ich bin schon mehrmals befragt worden«, sagte Dettendorf. Eigentlich hatte er keine große Lust, darüber zu reden, aber zumindest schien das Thema ungefährlich zu sein. »Erst waren sie zu zweit, eine Frau und ein Mann. Die Frau war dann noch zwei Mal da.«

»Und wie war die so?«

»Eigentlich ganz in Ordnung. Gibst du mir eine ab?«, fragte Dettendorf, auf die Zigarettenschachtel auf dem Tisch deutend. Er hatte seit Jahren nicht mehr geraucht, nicht einmal mehr daran gedacht. Doch mit einem Mal glaubte er, er würde verrückt werden, wenn er nicht sofort eine Zigarette rauchte.

»Oh, ich wusste nicht, dass du rauchst … dann hätte ich natürlich … bitte sehr.«

»Tue ich auch eigentlich nicht.«

Sie nickte ernsthaft.

Er ließ sich von ihr Feuer geben. Seit wann hatte er nicht mehr geraucht? Zehn Jahre, fünfzehn? Es schmeckte scheußlich. Anke bevorzugte Mentholzigaretten. Aber es tat trotzdem gut. Ein scharfer Schnaps dazu wäre genau das Richtige. Doch wenn er damit anfing, würde er vollkommen abstürzen. Heinrich stellte ihm sein Bier auf den Tisch.

»Die Frau, diese Kommissarin, war wirklich ganz in Ordnung. Aber sie scheinen zu glauben, dass … dass es vielleicht kein Unfall war.«

»Was? Lisanne soll … ermordet worden sein?«, fragte Anke Loss mit weit aufgerissenen Augen. Ihre Überraschung wirkte ein wenig übertrieben.

»Vielleicht ging es ja um ihr Vermögen«, sagte er nachdenklich. »Lisanne hat mir mal erzählt, dass sie von ihrer Mutter ein großes Aktienpaket und Immobilien geerbt hat.«

»Und wer kriegt das jetzt? Lisanne hatte doch einen Onkel, könnte der …?«

Dettendorf zuckte mit den Schultern. Sie hatten so gut wie nie über das Geld im Hintergrund gesprochen, mit dem Lisanne ihr Pferd und ihren Lebensstil finanziert hatte. Von dem Geld, das sie verdient hatte, hätte sie nicht so leben können. »Schmerzensgeld« hatte sie das Vermögen genannt, weil sie mit ihrer Mutter nicht gut ausgekommen war. Soweit er wusste, hatte Lisanne kein Testament aufgesetzt. Wozu auch, sie war topfit gewesen und gerade mal neunundzwanzig Jahre alt!

»Und was ist mit ihrem Job? Sie hat doch für eine Zeitung gearbeitet. Vielleicht war sie einer großen Sache auf der Spur … Wirtschaftskriminalität oder so …«

»Das war doch gar nicht ihr Themenschwerpunkt. Lisanne hat mehr über Lokales geschrieben. Nette, harmlose Artikel …« Er musste daran denken, was sie am Morgen vor ihrem Tod gesagt hatte. Es war um einen noch nicht erschienenen Artikel gegangen, aber er kam nicht mehr darauf, was es gewesen war. Er seufzte.

Anke Loss ließ sich weiter über mögliche Motive aus und schien gar nicht zu bemerken, dass er ihr nicht mehr zuhörte. Er steckte die Nase in sein Bierglas und ließ das Gerede über sich ergehen wie einen Regenguss. Schließlich versiegte ihr Redestrom, sie warf einen verstohlenen Blick auf ihre Armband uhr.

»Musst du los?«, fragte er hoffnungsvoll.

»Äh, ja, gleich. Wenn ich wirklich nichts für dich tun kann, Jan?«

Er schüttelte stumm den Kopf.

»Kann ich zahlen, Heinrich? Es macht dir noch nichts aus, Jan?«

Er fand ihr Verhalten sonderbar. Sie hatte ihn gebeten, herzukommen. Was hatte sie damit bezweckt? War sie vielleicht neugierig gewesen? Er zog seine Geldbörse hervor. Eigentlich hatte er keine Lust, sie zu dem Glas Wein, das sie getrunken hatte, einzuladen. Aber er war konservativ erzogen worden. Wenn auch alles kaputtging, die guten Manieren hielten einen aufrecht. Also lud er sie ein. Es war sowieso Zeit, nach Hause zu gehen, wenn er morgen allein die Pferde versorgen musste. Vielleicht kam heute Nacht ja noch das Fohlen. Lisanne würde dann nicht dabei sein, um die Geburt mitzuerleben. Sie hatten sich beide auf dieses Fohlen gefreut … Und morgen war Sonntag. Der erste Sonntag ohne sie … Am Wochenende hatten Lisanne und er immer gemeinsam den Stall gemacht und dann zusammen bei ihr im Haus gefrühstückt. Wunderbare Vormittage waren das gewesen, entspannt und gemütlich, mit Bergen von frischen Brötchen, gekochten Eiern und Milchkaffee. Warum hatte er das nie richtig zu würdigen gewusst, als er es noch gehabt hatte?

Beim Abschied drückte Anke Loss seine Hand etwas zu lange. Sie flüsterte »Ciao, Jan« und marschierte aus der Kneipe.

Er blieb wie betäubt sitzen, fühlte die Blicke der anderen Gäste auf sich ruhen, als litte er unter einer unheilbaren Krankheit. *Freund der Ermordeten*. Wie lange würden sie ihm diesen Stempel aufdrücken? So lange, bis etwas Neues, Skandalträchtiges in Kirchhagen geschah? Und er wusste schon jetzt, egal, wie lange dieses Ereignis auch auf sich warten ließ: Er würde immer noch trauern, wenn die Leute hier längst über neue Schicksalsschläge redeten. »Das Leben geht weiter«, würden sie später zu ihm sagen, »die Welt ist voller Frauen, die nur darauf warten, dich kennenzulernen. Du musst nur mal wieder unter Menschen gehen …«

Als er aufstand, nahm er sich vor, nicht wieder herzukommen, solange er in dieser Stimmung war – vielleicht nie wieder.

11. Kapitel

Als Jan Dettendorf der von Bierdunst, Zigarettenrauch und Mitleid verseuchten Atmosphäre des Dorfkruges entkommen war, sog er die kühle Nachtluft tief ein wie etwas, das der Arzt ihm verschrieben hatte. Dann machte er sich auf den Heimweg. Heinrichs Kneipe lag am Ortsende, direkt neben der *Kirchhagener Au.* Er hörte das Wasser des Flüsschens plätschern und stellte sich vor, wie die Feuchtigkeit langsam und zerstörerisch in das Fundament von Heinrichs altem Haus eindrang, bevor der Wasserlauf in einem engen Rohr unter der Hauptstraße verschwand. Neben der Kneipe erstreckte sich die lange Reihe der ehemaligen Tagelöhnerkaten bis über das Ortsende hinaus. Dunkel und verlassen aussehend, kauerten sie am Feldrand. Schräg gegenüber befand sich der Hof von Frank Reuter. Dettendorf überquerte die Hauptstraße und musterte dabei die Ansammlung von Wohn- und Wirtschaftsgebäuden. Durch die schmutzigen Scheiben der Werkstatt neben dem ehemaligen Kuhstall schimmerte noch Licht.

Als Kinder hatten Frank Reuter und er oft in der Werkstatt gespielt. Einmal, sie mussten noch recht jung gewesen sein, hatten sie, als der alte Reuter gerade Mittagspause gemacht hatte, die Einzelteile eines gerade zerlegten Treckermotors neu sortiert … Frank hatte danach eine Woche lang Hausarrest gehabt. Einen Moment lang erwog Dettendorf, noch bei ihm vorbeizuschauen. Sie waren mal Freunde gewesen, doch ihre Wege hatten sich getrennt. Frank war Berufssoldat geworden, während er sich der Pferdezucht verschrieben hatte. Ob es noch einen Anknüpfungspunkt zwischen ihnen gab? Ein gemeinsames Erlebnis vor der Weggabelung, das ihnen beiden etwas bedeutete? Das Gespräch mit Anke Loss war ein Fiasko gewesen. Konnte Frank Reuter ihn verstehen?

Verlust, Trauer, Verunsicherung – Frank Reuter war geprägt von dem, was er während seiner Einsätze im Kosovo erlebt hatte. Rein äußerlich gesehen, fehlten ihm seitdem zwei Finger an seiner rechten Hand, und er hatte eine Narbe über dem Auge. Doch wie sah es mit den anderen Narben aus, mit denen, die man nicht sah?

Er hatte nie mit Frank Reuter über dessen Erlebnisse als Soldat gesprochen. Warum eigentlich nicht? Um nicht in alten Wunden zu stochern? Um ihn zu schonen? Eher wohl, um sich selbst vor Unannehmlichkeiten zu bewahren, gestand Dettendorf sich beschämt ein. Die Gefühle anderer Menschen auszuhalten war eine Kunst, in der er nicht geübt war. Nach seiner Rückkehr von seinem Auslandseinsatz war Frank Reuter längere Zeit im Krankenhaus gewesen, in psychiatrischer Behandlung, wie gemunkelt wurde. Auch später, als er längst ins *normale* Leben zurückgekehrt war, war mehr *über* ihn als *mit* ihm gesprochen worden, jedenfalls soweit Jan das beurteilen konnte. Er selbst war unsensibel, bequem und gleichgültig gewesen. Er hatte dringende Arbeiten vorgeschoben, sich eingeredet, er sei taktvoll. Dabei hatte er nur Angst gehabt.

Alles, was er über seinen alten Freund wusste, wusste er aus zweiter Hand: Nach dem Tod seines Vaters hatte Frank Reuter den geerbten Hof komplett umgekrempelt, die Produktion auf Bioprodukte umgestellt. Das allein hatte Misstrauen geweckt. Zudem hieß es, er sei psychisch immer noch instabil. Er begann zu zittern, wenn irgendwo eine Tür laut zuschlug oder ein Sektkorken knallte. Er war einfach nicht mehr derselbe wie früher! Jan Dettendorf stellte sich Frank Reuters unsteten Blick und dessen verschlossene Miene vor und entschied sich trotz seiner Gewissensbisse, auf direktem Weg nach Hause zu gehen.

Er schlug den Weg ein, der hinter der Kirche am Friedhof vorbeiführte. Keine richtige Abkürzung, auch weniger gut ausgeleuchtet, aber dafür ruhiger als der Weg an der Hauptstraße. Hier, durch Bäume und Mauern vom durchfahrenden Verkehr geschützt, klangen seine Schritte unnatürlich laut auf dem nassen Pflaster. Die Kirchturmuhr schlug elfmal. Irgendwo in der Nähe erstarb der Motor eines Autos.

Die Dorfkirche wurde von Scheinwerfen orangefarben angeleuchtet, die Straße dahinter war stockdunkel. Auf dem Kirchhof standen ein paar alte, verschnörkelte Eisenkreuze, die im Scheinwerferlicht lange Schatten warfen. Gegenüber der Feldsteinmauer, die den Kirchhof umschloss, lag der neue Friedhof. Dettendorf wollte nicht daran denken, was ihm dort in ein paar Tagen bevorstand. Er beschleunigte seine Schritte.

Irgendwo in der Ferne bellte ein Hund. Nicht sein Hund: Roberta lag in der Küche in ihrem Korb und wartete auf ihn. Wenigstens etwas. Er nahm sie nie mit in eine Kneipe. Die Lichter an der Hauptstraße tauchten wieder vor ihm auf. Nun waren es nur noch wenige Minuten bis zu ihm nach Hause. Die kühle Nachtluft hatte seinen Kopf frei gemacht. Vielleicht würde er heute etwas besser schlafen können.

Ein Auto parkte etwa zehn Meter von ihm entfernt am Straßenrand. Im Gegenlicht nahm er durch die Scheiben eine Bewegung im Innern wahr. Er kniff die Augen zusammen, als die Scheinwerfer des Wagens auf- und sofort wieder abgeblendet wurden. Es war also jemand in dem Wagen, er hatte sich nicht getäuscht. Vielleicht wartete der Fahrer auf einen Freund oder eine Freundin. Plötzlich sprangen die Türen des Wagens auf, alle vier auf einmal, und vier Personen stiegen aus. Sie schlenderten langsam auf ihn zu.

Halbstarke, dachte Dettendorf. Seine Muskeln in Armen und Schultern spannten sich an. Sie gingen zu viert nebeneinander, es war unmöglich, ihnen in der Gasse auszuweichen. Dettendorf warf einen Blick über seine Schulter, doch da war nichts: nur eine leere dunkle Straße zwischen Friedhof und Kirchhof. Er musste da durch, im wahrsten Sinne des Wortes.

Er tastete nach seinem Telefon in der Tasche. Ein nutzloses kleines Ding, angesichts dieser vier Männer, die sich nun drohend vor ihm aufbauten. Er kannte sie nicht. Es war sinnlos, sich einzubilden, dass sie nichts von ihm wollten. Sinnlos auch, sich einzureden, dass die vier harmlos sein könnten. Er hörte das Schnappen eines Klappmessers, es blitzte in der Hand des einen auf, und ein weiterer schwang etwas, dass wie ein Tschacko aussah. So ein Ding hatte Dettendorf in seiner Schulzeit zum letzten Mal gesehen, als sich ein dämlicher Klassenkamerad damit selbst eins über den Schädel gegeben hatte. Die Platzwunde hatte mit vier Stichen genäht werden müssen.

»Was wollt ihr?«, fragte Dettendorf. Es klang nicht so selbstsicher und stark, wie er beabsichtigt hatte.

»Nichts, Alter …«, antwortete der mit dem Messer und nickte den anderen zu. Wie auf Kommando sprangen sie vor, und zwei kräftige Hände packten seine Arme und zogen sie nach hinten. Die waren verdammt schnell.

Dettendorf konnte nicht verhindern, dass seine Beine weggehebelt wurden, dann spürte er einen Schlag in der Nierengegend, der ihn aufheulen ließ.

»Still, du Schwein, sonst ist es aus, capito?«, flüsterte eine Stimme nah an seinem Ohr.

»So ist das also. Nun werde ich zusammengeschlagen«, stellte eine nüchterne Stimme in Dettendorfs Kopf mitleidlos fest. Der zweite Schlag traf ihn auf die Nase, und der Schmerz ließ etwas vor seinen Augen rot aufleuchten. Wut loderte in ihm auf, und er trat verzweifelt um sich. Er hörte jemanden aufjaulen und vermutete, dass er dessen Schienbein getroffen hatte, doch noch lauter hörte er sich selbst keuchen.

»Mach ihn fertig, los, Ranko«, hörte er einen seiner Angreifer zischen.

»Name: *Ranko.* Wichtiger Hinweis«, meldete die gleichgültige Stimme in Dettendorfs Kopf ungefragt. Dann sah er die Klinge des Messers vor seinem Gesicht. »Deine Chance gegen vier Mann mit einem Messer ist gleich null«, tönte es wieder in seinem Kopf. »Verdammt, halt's Maul!«, hätte Dettendorf am liebsten gebrüllt. Er warf sich mit aller Kraft nach hinten, um sich vor der Stahlklinge in Sicherheit zu bringen. Einen kurzen Moment spürte er, wie sie allesamt nach hinten taumelten, und Hoffnung keimte in ihm auf, dass er sich befreien könnte. Doch dann fiel er rückwärts auf das Pflaster und konnte gerade noch den Kopf hochreißen. Der Aufprall nahm ihm für einen Augenblick die Luft. Seine Angreifer schienen sich schon wieder aufzurappeln. Dettendorf versuchte zu atmen. Er riss seinen rechten Arm los und stieß einem der Typen seinen Ellbogen in die Seite. Zeitgleich spürte er einen Tritt gegen seine Rippen. Als er einen Stiefel auf sein Gesicht zukommen sah, erfasste ihn Panik. Sie würden ihn umbringen! Er versuchte sich wegzudrehen, doch es gelang ihm nicht.

Dann passierte etwas Merkwürdiges. Aus dem Augenwinkel sah er, wie die Gestalt, die ihn hatte treten wollen, zur Seite stürzte. Er hörte ein schmerzvolles Aufstöhnen, einen unterdrückten Schrei, dann ließen ihn die Hände, die ihn am Boden hielten, los. Dettendorf versuchte, so schnell wie möglich wieder auf die Füße zu kommen, bevor sie weiter auf ihn eintreten konnten. Er rollte sich über das Pflaster und rappelte sich, nach Luft ringend, hoch auf die Knie. Blut fiel in großen Tropfen auf den Asphalt. *Sein* Blut.

Waren es jetzt schon fünf? Aus dem Augenwinkel sah er, wie einer der Typen einen Tritt unters Kinn bekam, ein weiterer flog durch die Luft und landete hart auf dem Rücken. Es war wie in einem schlechten Actionfilm. Das Tschacko sauste noch einmal durch die Luft, doch der Angreifer wich zurück in Richtung des abgestellten Wagens. Auch die anderen drei verschwanden. Das war doch nicht möglich …

Schweiß lief Dettendorf von der Stirn, brannte in seinen Augen und ließ seinen Blick unscharf werden. Er hatte nicht die Kraft, aufzustehen. Zu seiner Verwunderung hörte er den Motor des Autos aufheulen, und der Wagen setzte zurück. Er wendete in einer Hauseinfahrt und bog mit quietschenden Reifen auf die Hauptstraße ab.

Ein Schatten beugte sich über ihn, und Dettendorf, der noch einen Tritt oder Schlag erwartete, versuchte sein Gesicht mit dem Unterarm zu schützen.

»Hey, Jan. Keine Panik. Die Typen sind weg. Ich bin's. Frank.«

Er spürte, wie er unter den Achseln gepackt, hochgezogen und gegen einen Stromkasten gelehnt wurde.

»Franky, verdammt, was machst du denn hier?« Er wischte sich über sein Gesicht. Er sah Blut an seiner Hand und rieb es gleichgültig am Hosenbein ab.

»Wer war das denn? Heinrichs neue Rausschmeißer? Unser Kneipier soll doch früher mal Boxer gewesen sein. Hast du mal wieder die Zeche geprellt?«

Dettendorf sah in das besorgte Gesicht seines alten Kumpels und hätte heulen können. Frank Reuter wollte mit seinem lockeren Geplauder wahrscheinlich verhindern, dass er nachträglich noch einen Schock bekam. Erst jetzt fingen seine Knie an zu zittern.

»Geht's, oder soll ich einen Krankenwagen rufen?«

»Ich ... puh ... Es geht schon wieder. Ich hab' es ja nicht mehr weit. Das waren ja fast noch Kinder ...«

»Na, für Kinder haben die sich aber verdammt schlecht benommen. Komm, ich bringe dich nach Hause. Von unseren lieben Nachbarn hier scheint ja keiner etwas von dem nächtlichen Überfall mitgekriegt zu haben. Die glauben bestimmt, der Krach kommt aus ihrem Fernseher ...«

»Schätze, ich hatte ziemliches Glück, dass du hier aufgetaucht bist«, sagte Dettendorf. Was hatte Frank Reuter so spät abends in der Pfarrstraße gesucht? Egal, ohne ihn wäre er jetzt ...

»Die wollten dich fertigmachen«, sagte Reuter nüchtern. »Wer war das?«

»Halbstarke, Schlägertypen, irgendwelche Unruhestifter«, vermutete Dettendorf.

»In Kirchhagen?«

»Warum nicht? Haben wir einen Schlagbaum am Ortseingang stehen, der nur anständige Bürger durchlässt?«

»Ich mach mal bei Gelegenheit eine Eingabe bei unserer Frau Bürgermeisterin«, sagte Frank Reuter leichthin. Er stützte Dettendorf am Arm, während sie in Richtung Hauptstraße gingen.

»Was hast du hier gemacht?«

»Ich hab' dich vorbeigehen sehen, als ich aus der Werkstatt kam, und wollte noch mit dir reden. Aber du hattest einen ziemlichen Schritt am Leibe. Ich wollte nicht durchs halbe Dorf brüllen ... Und da ich ja wusste, wo du hin wolltest ...«

Es klang ein bisschen dürftig, selbst für einen wundersamen Retter. »Worüber wolltest du denn mit mir reden?«

»Och, einfach so. Jetzt, wo Lisanne nicht mehr da ist, dachte ich, es könnte verdammt einsam sein in deiner Riesenhütte.«

Dettendorf war gerührt, dass Frank Reuter sich über ihn

Gedanken machte. Wieder meldete sich sein schlechtes Gewissen, dass er ihn seit seiner Rückkehr aus dem Kosovo gemieden hatte. Ein blöder Feigling, das war er gewesen. Er zog seinen Schlüssel aus der Hosentasche und öffnete die Haustür.

»Kommst du noch mit rein, Frank? Du hast recht. Es ist einsam.«

12. Kapitel

Gerlach hatte Glück. Als er seinen Wagen in eine Parklücke vor Kruses Wohnblock quetschte, sah er gerade noch, wie Conrad Kruse aus der Haustür trat und mit eingezogenem Kopf die Straße hinuntereilte. Gerlach wollte unbedingt mit Ellen Landowsky sprechen, und wenn Kruse nicht dabei war, umso besser.

Es war ein nasskalter Vormittag. Die Tatsache, dass heute Sonntag war, ließ die Umgebung noch trostloser aussehen. Eine alte Frau stand reglos neben ihrem, wie es aussah, noch älteren Hund, der den verschmutzten Fußweg um einen weiteren Kothaufen bereicherte. Nachdem Kruses geduckte Gestalt nicht mehr zu sehen war, schälte sich Gerlach aus dem Auto und ging zur Haustür.

Ellen Landowsky öffnete ihm die Tür. Sie trug immer noch, oder schon wieder, ihren Bademantel. An den Füßen hatte sie breite Fellpantoffeln in der Form von Löwentatzen, in denen sie ihm voraus in das Wohnzimmer schlurfte. Es sah noch genauso aus wie bei seinem letzten Besuch, sogar der Fernseher lief. Auf einem Teleshopping-Kanal wurden gerade die Vorzüge eines neuen Reinigungsschwamms angepriesen. Ellen Landowsky stellte mit der Fernbedienung den Ton ab.

Gerlach kam ohne Umschweife auf den Grund seines Besuchs zu sprechen. Er wollte die Befragung von Ellen Landowsky beendet haben, bevor Conrad Kruse zurückkam.

»Ist Herr Kruse gar nicht da?« Vielleicht erfuhr er von ihr, wohin Kruse gegangen war.

»Nee.«

»Kommt er bald zurück?« Noch ein Versuch.

»Weiß nicht. Hat er mir nicht gesagt.« Ellen Landowksy ließ sich auf die Couch fallen. Eine Zigarette hing in ihrem Mundwinkel, der Qualm zog über ihr Gesicht. Sie sah ihn mit zusammengekniffenen Augen an.

Gerlach setzte sich widerwillig in einen Sessel ihr gegenüber. »Kannten Sie eigentlich Fabienne Olsen, Conrad Kruses Nichte?«

»Nein. Woher denn? Er hat mir mal erzählt, dass er zwei Nichten hat, die Töchter seiner Schwester Rita. Er sagte immer, die eine is'n arrogantes Miststück und arbeitet für die Zeitung, die andere is'n Junkie. Ich wollt' nichts mit solchem Gesocks zu tun haben. Hab' die beiden nie nicht gesehen.«

»Hatte Ihr Lebensgefährte Kontakt zu seinen Nichten? Haben Sie telefoniert, sich mal besucht oder vielleicht geschrieben?«

»Nix, da war gar nix! Man hätte meinen können, der Connie ist ganz allein auf der Welt. Die wollten nichts von ihm wissen, seit er seinen Job verloren hat. Der einen war er wohl peinlich, die andere wusste, dass es bei ihm nichts zu holen gab.«

»Reizende Verwandtschaft«, sagte Gerlach. Er überlegte, wie er die abwehrende Haltung von Ellen Landowsky aufbrechen konnte, die mit verschränkten Armen und verschlossener Miene vor ihm saß. Wie sollte er ihr das Gefühl geben, er stünde auf ihrer Seite, auch wenn ihm diese Umgebung eine Gänsehaut über die Oberarme jagte? Er hatte lange gebraucht, etwas aus sich zu machen und seine Vergangenheit hinter sich zu lassen. Es fiel ihm schwer, so zu tun, als fühle er sich wohl hier, und sei es auch nur für die Dauer eines Gesprächs.

»Im Grunde ist Connie ’n armes Schwein«, sagte die Landowsky unaufgefordert und schlug mit lauerndem Blick die Beine übereinander. Sie trug schwarze Perlonstrümpfe unter ihrem wattierten Bademantel, mit vielen schwarzen Querstrichen, wie raue Hände sie verursachen, wenn sie darüberstreichen. Strümpfe, die seine Meike schon längst aussortiert und in den Müll geworfen hätte.

»Er liebte seine Nichten, als wär’s sein eigen Fleisch und Blut, hat er mal gesagt. Als die Mädchen klein waren, hat er sie gewickelt und gefüttert, während die Mutter, diese Rita, shoppen gegangen ist. Aber hat es ihm eine von denen je gedankt? Nee! Bin ich froh, dass mir das erspart geblieben ist, Kinder und so.«

»Hat er mal erwähnt, dass seine Nichte Fabienne gestorben ist?«, fragte Gerlach.

»Die Fabienne? Tot? Er hat mir nie kein Wort davon gesagt.« Sie schüttelte ungläubig den Kopf und quetschte den Zigarettenstummel im Aschenbecher aus. Die doppelte Verneinung schien ihr immer bei großer Erregung herauszurutschen. Ein Lügendetektor für den Hausgebrauch, dachte Gerlach.

»Wir haben Grund zu der Annahme, dass sie in Frankreich gestorben ist. Die französischen Behörden haben sich an das Auswärtige Amt gewandt wegen einer unbekannten Toten, wahrscheinlich einer Deutschen. Das BKA hat ein Foto von ihr veröffentlicht.«

»Davon weiß ich nichts«, behauptete sie. »Wollen Sie was trinken? Kaffee, Kognak? Ich brauch’ jetzt was.« Sie beugte sich erwartungsvoll zu ihm vor, und der Ausschnitt ihres Bademantels klaffte auf. Gerlach zwang sich, ihrem Blick standzuhalten. Er musste sich räuspern, was ihr ein geringschätziges Lächeln entlockte. »Einen Kaffee würde ich mittrinken.«

»Aber immer, Schätzchen.« Sie bediente sich des gleichen Vokabulars wie Broders, nur dass es ihm bei der Landowsky ein Schaudern verursachte. Die künstlichen Löwentatzen schlurften über den Teppichboden, als sie in die Küche ging.

Gerlach musterte die leeren Pizzaschachteln eines Bringdienstes und die Bierdosen auf dem Couchtisch. Es roch säuerlich und staubig; vertraut und zugleich unendlich weit entfernt. Er sehnte sich nach seiner gepflegten und aufgeräumten Altbauwohnung. Hatten ihn seine ganzen Überstunden, die endlosen Lehrgänge und die Plackerei doch nur wieder hierher geführt? Würde er nie lernen zu unterscheiden zwischen den Zwängen seines Jobs, den Ermittlungen, die ihn in jedes Milieu führen konnten, und seinem jetzigen Leben, das er sich mühsam aufgebaut hatte und das mit der Armut und dem Elend der früheren Jahre nichts mehr zu tun hatte?

Er versuchte sich wieder auf den Fall zu konzentrieren. Die Landowsky wusste etwas, doch sie war noch unentschlossen, wie viel sie ihm erzählen wollte. Solange sie schwieg, hatte sie Macht über ihn. Eine bescheidene Macht, aber doch mehr, als sie sich sonst je erhoffen konnte. Er musste ihr entgegenkommen, ob er wollte oder nicht.

Ellen Landowsky betrat mit zwei Bechern Kaffee den Raum und stellte sie auf einem Stapel Illustrierter auf dem Couchtisch ab. Dann zog sie eine Flasche Kognak aus einem dunklen Winkel neben dem Sofa hervor und goss sich einen kräftigen Schuss in den Kaffee.

»Auch einen? Ich verrat' es auch keinem.« Die halb leere Flasche schwebte über Gerlachs Becher.

»Einen kleinen, ich muss noch fahren.«

»Einer schadet nicht.« Der Becher schwappte fast über.

»Danke. Hoffentlich kommt Herr Kruse jetzt nicht nach Hause. Was wird der denken, wenn er uns hier so sieht?«

»Ach, der trifft sich mit seinen Kumpels. Mir ist's recht, ich hab' sturmfreie Bude bis kurz vor Mitternacht.« Sie sah plötzlich traurig aus.

»Wo trifft er sich?«

»Na, ums Eck in der Kneipe. Wo treffen sich die Kerle schon, wenn sie Langeweile haben?«

»War er auch am letzten Montagabend dort?«

»Bestimmt. Wo sollte er sonst gewesen sein? Fragen Sie doch seine Kumpels, wenn Sie es genau wissen müssen.«

Gerlach probierte das Kaffee-Kognak-Gemisch und hätte sich beinahe verschluckt. Das Zeug brannte in der Kehle wie scharfer Reiniger. Er grinste tapfer und sagte: »Tut gut, Ihr Kaffee. In der dunklen Jahreszeit wird einem immer ganz trübsinnig zumute.«

»Das kenne ich. Und Sie müssen auch noch arbeiten am Wochenende, Sie Armer! Aber ich will Ihnen was sagen. Weil Sie 'n Guter sind. Ich weiß Bescheid über die Menschen, glauben Sie mir. Ich seh' fast jedem an, was er für einer ist. Gibt viele schlechte Menschen, viel zu viele. Wenn man allein daran denkt, wer das der jungen Frau angetan hat … Auch wenn sie arrogant war, das war ein Unrecht.«

»Ja. Ein Mord ist furchtbar.« Gerlach hatte das Gefühl, einen glühenden Lavastein verschluckt zu haben.

»So ganz unter uns zwei Hübschen: Wenn ich mich recht erinnere, hat der Connie mal angedeutet, dass der Fabienne was zugestoßen sein könnte. Er war neulich total fertig, als er einen alten Kumpel getroffen hatte. Irgendwas hat der dem Conny erzählt. Er wusste wohl schon immer, dass das nicht gut enden kann mit der Fabienne, aber so schnell? Und er hat sich auch nicht bei der Polizei gemeldet oder so. Ich glaube, er wollte keinen Ärger, und Geld für 'ne Beerdigung hätte er auch nie nicht gehabt, da hatte er Schiss, sich zu melden.«

»Aber er hat Ihnen gegenüber die Vermutung geäußert, dass seine Nichte Fabienne in Frankreich verstorben ist.«

Sie zuckte hilflos mit den Schultern und guckte schuldbewusst.

»Wissen Sie, wer dieser Kumpel war?«

»Nix. Nie gesehen, weiß auch nicht, wie der heißt.«

»Hat Herr Kruse Lisanne Olsen darüber informiert, dass ihrer Schwester etwas passiert sein könnte?«

»Weiß ich doch nicht. Der spricht nicht viel, der Connie. Aber wieso hätte er ihr Bescheid sagen sollen? Die andere, diese Lisanne, die hätte es sowieso nicht interessiert.« Sie leerte ihren Becher in einem Zug.

»Ihre Aussage ist sehr wichtig für uns, Frau Landowsky. Ich würde das gern schriftlich festhalten. Haben Sie ein Auto, damit Sie zu uns ins Kommissariat nach Lübeck kommen können?«

»Und wovon träumst du nachts, Schätzchen?«

»Ach so. Also gut. Ich schlage vor, dass ich Ihnen morgen einen Wagen schicke, der Sie abholt. Dann können wir Ihre Aussage in Ruhe zu Papier bringen.«

Gerlach sah ihrer Miene an, dass sie mit sich kämpfte. Sie hatte eindeutig Angst, zu viel gesagt zu haben. Andererseits war da das Gefühl, plötzlich wichtig zu sein. Schließlich willigte sie ein. »Aber erst, wenn der Connie nachmittags losgezogen ist, das müssen Sie mir versprechen«, sagte sie bestimmt.

Die Befriedigung darüber, dass er sein Ziel erreicht hatte, stellte sich bei Gerlach nicht ein. Er versicherte ihr, dass er sich so weit wie möglich nach ihren Wünschen richten würde. Er wurde wieder offiziell, wollte so schnell wie möglich aus dieser Höhle hinaus.

»Sie müssen schon gehen?« Die Landowsky hockte auf ihrem Sofa wie eine überzählige Tanzschülerin.

»Ja. Vielen Dank auch für den Kaffee.«

Sie versuchte es mit einem verschwörerischen Augenzwinkern. Gerlach reagierte nicht.

»Ich hätte es mir denken können. Jetzt, wo Sie haben, worauf Sie scharf sind, verpissen Sie sich …«, hörte er sie murmeln, als er den Raum verließ.

13. Kapitel

Die Frage, wer die Festplatte aus Lisanne Olsens Rechner entfernt und möglicherweise die CDs mit den Sicherheitskopien mitgenommen hatte, ließ Pia Korittki keine Ruhe. Je länger sie darüber nachdachte, desto überzeugter war sie, dass derjenige, der die Festplatte entfernt hatte, identisch war mit der Person, die Lisanne Olsen draußen im Wald am Hindernis erschlagen hatte. Lisanne hätte die Festplatte zwar durchaus selbst entfernt haben können, doch wo sollte das Teil geblieben sein und warum hatte sie nicht sofort für Ersatz gesorgt? Der Computer war ihr wichtigstes Arbeitsmittel. Und warum gab es keine Sicherungskopien?

Auch für das Verschwinden des Terminkalenders gab es bisher keine befriedigende Erklärung. Er war weder in Lisannes Haus oder in ihrem Wagen noch in Dettendorfs Haus oder den Nebengebäuden gefunden worden. Aber Lisanne Olsen hatte einen Terminkalender besessen, und er konnte ihnen höchstwahrscheinlich Auskunft darüber geben, was die Olsen vor ihrem Tod alles getan, mit wem sie sich getroffen hatte. Da war schließlich noch der unbekannte Mann in dem Café, mit dem sie sich angeblich am Samstagvormittag vor ihrem Tod unterhalten hatte. Wer mochte das gewesen sein?

Lisannes Putzfrau, Meta Stoppe, wohnte direkt hinter dem *Dorfkrug*, hatte Jan Dettendorf ihr gesagt. Es war an der Zeit, der Frau einen Besuch abzustatten.

Eine etwa siebzigjährige Frau mit wachem Blick und drahtiger Figur öffnete Pia Korittki die Tür. Zwischen ihren schmalen Lippen klemmten Stecknadeln mit bunten Plastikköpfen. Die gleichen Stecknadeln zierten auch den Kragen ihrer alten Strickjacke. Meta Stoppe schien nicht im Mindesten erstaunt darüber zu sein, dass die Polizei sie an einem Sonntag aufsuchte.

»Ein Terminkalender? Ja, ich erinnere mich. Wenn die Olsen wegging zur Arbeit, hat sie den Terminkalender immer mit sich rumgeschleppt«, sagte die Stoppe, nachdem sie Pia einen Platz in ihrer Küche angeboten hatte. Auf dem Küchentisch stand eine Nähmaschine, hinter der die Stoppe sofort wieder Platz nahm und weiterarbeitete. »Wenn sie reiten war oder im Stall, lag der Kalender meistens auf dem Küchentisch rum. Und sie war dauernd bei den Gäulen, die arme Seele …« Meta Stoppe schob den vorgesteckten Stoff unter das Nähfüßchen der Nähmaschine, runzelte konzentriert die Stirn, und die Maschine ratterte los, sodass der Küchentisch vibrierte.

Pia wartete ab, bis das Geratter der Nähmaschine verstummt war. Die Frau prüfte durch ihre Lesebrille die Naht auf der Rückseite des Stoffes und schürzte verärgert die Lippen. »Ein Stoff zum Weglaufen«, bemerkte sie. »Unglaublich, für was für einen Tinnef die jungen Frauen heutzutage ihr Geld zum Fenster rausschmeißen. Und zu faul, um einfache Vorhänge zu nähen!«

»Ist das eine Auftragsarbeit?«, fragte Pia.

»Was denn sonst? Glauben Sie, ich würde mir solchen Firlefanz vor meine Fenster hängen?«, schnaubt die Stoppe. Zumindest das, was Pia bisher von ihrer bescheidenen Behausung gesehen hatte, war firlefanzfrei. Steril geradezu. Die hellgrünen Küchenfronten mit den Edelstahlgriffleisten glänzten mit dem kalten Terrazzoboden um die Wette. Die Fensterbänke waren leer, die Scheiben blank geputzt. Im Haus der Stoppe waren offenbar höchstens achtzehn Grad Raumtemperatur vorgesehen, und ein kalter Luftzug strich unter der mehrere Zentimeter hohen Türritze hindurch. Es roch nach Essigreiniger. Unter ihrer Strickjacke trug die Stoppe einen dicken grauen Rollkragenpullover. Pia bereute bereits, ihre Daunenjacke im Flur an die Garderobe gehängt zu haben.

»Ich kann Ihnen leider nichts anbieten, wie Sie sehen«, sagte die Stoppe und schob ein weiteres Stoffstück unter das Nähfüßchen. »Wenn Sie Durst haben, nehmen Sie sich einfach ein Glas aus dem Schrank. Das Leitungswasser in Kirchhagen ist sehr gesund. Ich trinke es nur. Wieso Geld für Flaschenwasser ausgeben, wenn das Beste ganz billig aus der Leitung kommt?«

Pias Bemerkung, dass Sie gerade Tee getrunken habe, ging in dem erneuten Rattern unter. Sie beobachtete, wie unter dem gestrengen Blick der Frau eine schnurgerade Naht entstand.

»Wann waren Sie zuletzt in Lisanne Olsens Haus?«, fragte sie in die Nähpause hinein.

»Am Montag«, antwortete Meta Stoppe, ohne aufzusehen. »Ich bin um zehn Uhr gekommen, als die Olsen schon weg war, habe sauber gemacht bis um zwölf und bin wieder gegangen. Es war alles wie immer.«

»Sie haben einen Schlüssel zu ihrem Haus?«

»Alle geben mir einen Schlüssel! Ich habe elf Putzstellen in Kirchhagen, hauptsächlich im Neubaugebiet, aber auch hier an der Hauptstraße. Der Schlüsselbund hängt im Flur, wenn Sie sich überzeugen wollen.«

»Kennen Sie alle Schlüssel, oder wie unterscheiden Sie sie?«

»Unterscheiden? Allein im Schlehenweg stehen sieben fast identische Fertighäuser. Die Schlüssel gleichen sich wie Hühnereier. Ich habe mir Schilder dran gemacht, damit ich mich zurechtfinde.«

»Ist das nicht etwas leichtsinnig, Namensschilder an Haustürschlüsseln?«

»Die Polizei, ha? Aber ich bin zwar alt, aber noch lange nicht blöd, junge Frau. Ich habe nur die Vornamen der Damen des Hauses aufgeschrieben, damit die Herren Einbrecher keine Chance haben, sollte ich den Schlüsselbund mal verlieren – was nie passieren wird. Bei den meisten Leuten steht ja nur der Nachname oder dazu der Vorname des Mannes im Telefonbuch. Sehen Sie, ich habe an alles gedacht!«

»Aber Lisanne Olsen stand sicherlich selbst im Telefonbuch, und der Vorname kommt nicht gerade häufig vor.«

»Sie steht gar nicht im Telefonbuch, ich habe extra nachgesehen. Außerdem habe ich meinen Schlüsselbund noch nie verloren. Also, was soll's?«

Die Befriedigung darüber, auf alles eine passende Antwort parat zu haben, ließ sie von ihrer Näharbeit aufsehen. Sie spießte ein paar Stecknadeln in ein Nadelkissen, das an der Maschine befestigt war. Es hatte die Form und Farbe eines Marienkäfers und wirkte in dieser Umgebung vollkommen deplatziert. Die Stoppe bemerkte Pias Blick.

»Das hat mir der kleine Jan gebastelt, als er sechs Jahre alt war. Ich bringe es nicht übers Herz, es wegzuschmeißen. Außerdem ist es praktisch.«

»Jan Dettendorf?«

»Natürlich. Ich hab' für seine Eltern geputzt, als er klein war. Ein süßer Bengel. Mein Vater war schon Lohnarbeiter bei den Dettendorfs, da haben sich im Schlehenweg noch die Schweine gesuhlt.«

Pia musste unwillkürlich lächeln. Kirchhagen war wie jedes andere Dorf auch. Jeder kannte jeden, und es gab immer irgendjemanden, der etwas wusste, das ihnen weiterhelfen konnte, dachte sie mit neu erwachendem Elan. »An Lisanne

Olsens Haustürschlüssel stand also *Lisanne*, und damit wusste in Kirchhagen quasi jeder, in welche Tür er passte«, stellte sie in neutralem Ton fest.

»Nun ja, die Leute hier kannten sie«, räumte die Stoppe widerwillig ein. Sie zog eine Rolle weißes Kräuselband hervor und steckte es an der Oberkante des Stoffes fest.

»Wo befindet sich der Schlüsselbund, während Sie in den Haushalten arbeiten?«

»Nicht in meiner Kitteltasche, wenn Sie darauf hinauswollen«, sagte die Stoppe schnell, »davon geht der Stoff kaputt. Ich habe ihn in meiner Handtasche, und die hänge ich immer an die Garderobe.«

»Es könnte also, rein theoretisch, jemand Lisannes Schlüssel an sich genommen haben, während sie gearbeitet haben?«

»Nein. Er hängt immer noch am Schlüsselbund, Sie können gerne nachsehen!«

»Gibt es einen Schlüsseldienst in Kirchhagen? Kann man irgendwo Nachschlüssel anfertigen lassen?«

»Beim Schuster«, grummelte die Stoppe, »ansonsten nur in der Stadt.« Sie trat so kräftig auf das Pedal der Nähmaschine, dass diese protestierend aufheulte.

Pia machte sich eine kurze Notiz. »Wie ist Ihr Verhältnis zu Herrn Dettendorf heute?«, fragte sie weiter. Ihre Füße wurden langsam zu Eisklumpen.

»Wie soll es schon sein? Er hat mich seiner Freundin empfohlen, daher meine Arbeit dort. Als mein Vater gestorben war und ich aus meinem Elternhaus raus musste, da haben mir die Dettendorfs geholfen. Vater hatte Schulden gemacht, von denen ich nicht wusste. Dettendorf hat mir damals etwas Geld geliehen, aber das habe ich längst zurückgezahlt, auf Heller und Pfennig. Jan Dettendorf ist ein anständiger Mensch. Ich frage mich, ob er meine Hilfe braucht, jetzt, wo seine Freundin tot ist. Männer sind oft so hilflos. Der Leichenschmaus und so … Er wird es zu Hause machen wollen, und das halbe Dorf wird antanzen. Wissen Sie, wann die Beerdigung ist?«

»Sobald die Rechtsmedizin die Tote freigibt. Ich könnte mir vorstellen, dass Herr Dettendorf die Burmeisters mit der Bestattung beauftragen wird.«

»Ach die.« Die Stoppe fegte das Ehepaar Burmeister mitsamt seinem Bestattungsinstitut mit einer einzigen Geste vom Tisch. Ein paar Garnrollen fielen hinunter und rollten über den Fußboden. »Die nehmen es doch auch nur von den Lebendigen. Eine Hilfe sind die bestimmt nicht. Ich weiß noch, damals bei meinem Vater: Es stimmte vorn und hinten nicht. Die ganze Organisation war ein Chaos, der Stein wurde und wurde nicht fertig, und die Sargträger, die die bestellt hatten, waren schon morgens um zehn betrunken. Ich wollte, dass unsere Nachbarn den Sarg tragen, wie sich das gehört auf dem Lande, aber Ernst Hagemann, Marions Vater, hat mir davon abgeraten. Die Leute, die er bestellt hat, haben sich hinterher beschwert, dass der Sarg so schwer gewesen wäre. Natürlich nicht bei mir, aber ich hab' es trotzdem erfahren. Dabei habe ich meinen Vater zu Tode gepflegt, er wog zum Schluss nicht mehr als eine Maus!«

Sie hatte das Kräuselband fertig aufgenäht und zerrte erregt an dem Faden. Das Garn schnitt in ihre Haut, bevor es mit einem knackenden Geräusch zerriss. Pia hielt ihr die Schere hin. Meta Stoppe nahm sie und schnitt damit in der Luft herum. »Simon und Marion Burmeister hätten das Bestattungsinstitut nicht übernehmen dürfen. Er hat keine Ahnung und offensichtlich auch keine Lust zu diesem doch sehr verantwortungsvollen Beruf. Und sie, sie spielt lieber die Bürgermeisterin! Aber es geht schließlich um die Würde der Verstorbenen! Ich behaupte, der alte Hagemann, der hat damals irgendwie Mist gebaut.«

»Wie meinen Sie das?«, fragte Pia. Hagemann war also der Vater von Marion Burmeister und früher für die Bestattungen in Kirchhagen zuständig gewesen. Simon Burmeister hatte in die Familie eingeheiratet und das Geschäft zusammen mit seiner Frau übernommen.

»Sie haben in diesem Sommer das Gräberfeld aufgelöst, auf dem mein Vater beerdigt wurde. Die Reihengräber sind ja nach dreißig Jahren abgelaufen. Aber ich kenne den Kuno recht gut, den Totengräber. Er hat die Steine rausgeholt und alles eingeebnet. Als sie an der Stelle, wo mal das Grab meines Vaters gewesen ist, ein neues Grab ausgehoben haben, da ist er zu mir gekommen. Er hatte was gefunden, was er mir geben wollte.«

»Was war das?«

Meta Stoppe ließ sich Zeit. Sie überprüfte ihre Naht und legte den Stoff beiseite. Ihre Augen blickten Pia stumpf an. »Eine Nadel, wie Herren sie sich an den Anzug stecken. Ein Schmuckstück.«

»Aha.« Da kam doch noch etwas.

»Mein Vater hat nie Schmuck gehabt. Weiberkram. Dieses merkwürdige Ding gehörte ihm nicht, darauf verwette ich meine rechte Hand.«

»Vielleicht hat sich der Totengräber in der Grabstelle geirrt, oder diese Nadel lag schon viel länger dort in der Erde.«

Meta Stoppe nahm eine weitere Naht in Angriff. Es sah inzwischen so aus, als reagierte sie an der Maschine ihre aufgewühlten Emotionen ab.

»Oh nein, oh nein, das kann nicht sein!«, jammerte sie los, als sie ein Stück genäht hatte.

»Was ist denn?«

»Ich habe ohne Faden genäht. Der Unterfaden ist alle. Ich hasse es, ohne Faden zu nähen!«

»Und die Nadel?«, erinnerte Pia sie mit Nachdruck.

»Kuno irrt sich nie«, behauptete Meta Stoppe. Sie zog den Stoff hervor und begutachtete kopfschüttelnd die verunglückte Naht.

Pia stand auf. Sie hätte am liebsten mit den Füßen aufgestampft, um die Kälte daraus zu vertreiben. »Können Sie mir die Nadel zeigen, um die es geht?«

»Sie können sie haben«, war die barsche Antwort. »Ich will nix, was mir nicht gehört, verstehen Sie?«

»Vollkommen.« Pia zog eine Kopie des Zeitungsausschnittes hervor, der im Wagen der Olsen gefunden worden war. Wenn Meta Stoppe Marion Burmeister so gut kannte, dann kannte sie vielleicht auch die anderen beiden Personen auf dem Foto.

Die Frau warf nur einen kurzen Blick auf die Abbildung und schnaubte verächtlich. »Die Burmeister in jungen Jahren, das ist klar. Die hat sich immer schon in den Vordergrund gedrängt. Den jungen Mann kenne ich nicht, aber die andere, das ist die Mühlberg. Henriette Mühlberg. Die habe ich schon seit längerem nicht mehr zu Gesicht bekommen …«

»Wohnt sie noch hier?«

»Ich denke, schon. Eine merkwürdige Person …«

Pia ließ sich von Meta Stoppe den Weg zum Mühlbergschen Haus beschreiben und nahm die Nadel entgegen, die die Frau in einer Küchenschublade aufbewahrt hatte. Es war eine schlichte goldfarbene Nadel mit kleinem Kopf. Sie sah nicht besonders wertvoll aus. Der Nadelkopf war mit einem kreuzartigen Relief verziert. Kein kirchliches Symbol, wie es aussah, doch Pia konnte nicht erkennen, was es darstellen sollte.

»Sehen Sie bloß zu, dass wieder Ruhe einkehrt in Kirchhagen«, sagte die Stoppe zu Pia, als diese die Nadel in einer Plastiktüte verstaute. »Ich finde, *ein* Toter ist genug. Sie nicht auch?«

»Ja. Aber worauf wollen Sie hinaus?«

»Lisanne Olsen ist tot. Das ist nicht mehr zu ändern. Aber der Dettendorf, der hat es nicht verdient, so jung zu sterben. Sie müssen ihn beschützen! Die Polizei muss ihn schützen, verstehen Sie?«, sagte sie eindringlich.

»Frau Stoppe, wenn Sie vermuten, dass Herr Detttendorf in Gefahr ist, müssen Sie uns alles mitteilen, was Sie darüber wissen.«

»Ich weiß gar nichts. Aber sie haben ihn schließlich zusammengeschlagen gestern Nacht! Aufgelauert in der Dunkelheit haben sie ihm.«

Pia versuchte nicht zu zeigen, wie erschrocken sie war. »Und was ist mit Jan Dettendorf?«

»Er hat wohl noch mal Glück gehabt. Ein blaues Auge, nichts weiter …«

»Frau Stoppe, woher wissen Sie das?«

»Von Heinrich, dem Wirt. Und der hat es von Frank Reuter. Heinrich hat zu mir gesagt, wenn der Reuter gestern nicht zufällig in der Nähe gewesen wäre, hätten wir jetzt zwei Tote zu beklagen und nicht einen.«

14. Kapitel

Mit quietschenden Reifen bog Pia in die Hofeinfahrt bei Dettendorf ein und schlitterte beim Bremsen noch ein Stück über das nasse Pflaster. Idiotisch, so zu fahren, wenn jeden Moment ein Pferd um die Ecke biegen konnte. Sie bemerkte, dass es Ärger war, gemischt mit Besorgnis und verletzter Eitelkeit, der ihr Handeln bestimmte. Weil Jan Dettendorf es nicht für nötig befunden hatte, sie von dem Angriff auf seine Person zu unterrichten. Und das während einer laufenden Ermittlung in einem Mordfall.

Ob mit *sie* die ermittelnden Polizeibeamten oder sie persönlich gemeint war, hinterfragte sie lieber nicht. Er hatte die Polizei überhaupt nicht informiert, wie sich Pia mit zwei Telefonanrufen vergewissert hatte. Als sie an Dettendorfs Hintertür stand und auf den Klingelknopf drückte, war der Ärger etwas anderem gewichen: dem dringlichen Wunsch, der Sache auf den Grund zu gehen.

Es dauerte lange, bis Dettendorf ihr die Tür öffnete. Sein Gesicht lag im Dunkeln. »Oh, Sie ...«, sagte er nur, als er Pia Korittki und wohl auch den entschlossenen Ausdruck in ihrem Gesicht erkannt hatte.

»Guten Abend, Herr Dettendorf, kann ich reinkommen?«

Er trat zur Seite und ließ sie eintreten. Die schwarze Hündin kam schwanzwedelnd näher, und Pia beugte sich zu ihr hinunter, um sie hinter dem Ohr zu kraulen. »Ich war vorhin bei Meta Stoppe. Sie kennen sie doch, nicht wahr?«

»Natürlich, schon mein Leben lang.«

Als Pia ihn im grellen Licht der Deckenlampe ansah, entdeckte sie das blaurote Veilchen rund um sein linkes Auge. Auch seine Knochen schienen etwas abbekommen zu haben, denn er musste sich am Treppengeländer abstützen.

»Meta Stoppe hat mir erzählt, dass Sie gestern Abend in Schwierigkeiten geraten sind. Scheint ganz schön heftig gewesen zu sein. Was ist passiert?«

Dettendorf wandte verlegen das Gesicht ab und deutete zur Tür. »Kommen Sie rein. Scheint ja ein längeres Gespräch zu werden. Ich würde mich gern wieder hinsetzen.«

Dieses Mal führte er sie in sein Wohnzimmer, das nicht wesentlich anheimelnder wirkte als die anderen Räume des Hauses. Entweder hatte Jan Dettendorf ein Faible für lindgrünen Velours auf seinen Polstermöbeln, für gekachelte Couchtische und Schrankwände in Eiche rustikal, oder er hatte die Möbel schon von seinen Eltern oder Großeltern übernommen.

Pia nahm ihm gegenüber Platz und registrierte, wie er verstohlen an seinen Brustkasten fasste, als hätte er Schmerzen.

»Frau Stoppe hat mir erzählt, dass Sie gestern Nacht zusammengeschlagen worden sind. Und Sie sehen meiner Einschätzung nach tatsächlich nicht gesund aus. Da wir uns in einer aktuellen Mordermittlung befinden und Sie ein Hauptzeuge sind, sollte die Polizei von diesem Überfall Kenntnis haben, finden Sie nicht auch?«

»Das hatte nichts mit Lisanne zu tun, bestimmt nicht. Wenn ich dieser Meinung wäre, hätte ich Sie doch wohl darüber informiert, oder?« Er klang trotzig.

»Keine Ahnung, ob Sie das getan hätten oder nicht. Erzählen sie doch einfach von Anfang an, dann kann ich mir selbst ein Bild machen«, sagte Pia.

»Die Loss hatte mich angerufen. Anke Loss, eine Freundin von Lisanne. Sie wollte sich mit mir treffen, um über Lisanne zu sprechen. Sie klang verstört und hilflos, also willigte ich ein, mich auf ein halbes Stündchen bei Heinrich mit ihr zu treffen. Heinrich ist Besitzer vom *Dorfkrug*. Ich dachte, es würde ihr vielleicht helfen, und mir auch. Wir haben ein Bier und einen Wein zusammen getrunken, ein bisschen geredet, dann musste sie wieder nach Hause, und ich bin auch gegangen. Das war schon alles. Im Nachhinein war die Idee, in die Kneipe zu gehen, wohl nicht besonders toll, aber ich konnte schlecht Nein sagen, als die Loss mit tränenerstickter Stimme bei mir anrief.«

»Hatten Sie auch sonst Kontakt zu Frau Loss, vor Lisanne Olsens Tod?«

»Nein. Ich mag sie nicht mal besonders. Sie war mit Lisanne befreundet, nicht mit mir. Außerdem …« Er brach mitten im Satz ab und sah verlegen zur Seite.

»Außerdem *was*?«

»Nichts.«

»Kommen Sie schon, Herr Dettendorf. Ein bisschen mehr Offenheit in Anbetracht der schwierigen Situation ist schon nötig.«

Er sah sie mit seinem gesunden Auge nachdenklich an, das andere wurde von dem angeschwollenen Lid fast verdeckt. Das musste ziemlich wehgetan haben. Pia wartete geduldig, bis er sich dazu durchgerungen hatte, etwas mehr preiszugeben, als er wohl ursprünglich vorgehabt hatte.

»Außerdem gehören wir quasi zwei gegensätzlichen Interessengruppen an, was die Umgehungsstraße betrifft. Anke Loss gehört zu denen, die eine Ortsumgehung im Westen befürworten. Ich bin natürlich für eine der beiden Ostvarianten, denn mit einer Westtangente würde ich mir quasi selbst die Existenzgrundlage nehmen.«

»Warum?«

»Weil die Straße meinen Hof von den Hauskoppeln und der Trainingsstrecke abschneiden würde. Oder soll ich meine Pferde jedes Mal in einen Hänger laden, wenn ich sie auf eine der hinteren Koppeln bringen oder im Gelände trainieren will?«

»Vielleicht wäre ein Tunnel oder eine Brücke eine Möglichkeit?«, fragte Pia, die endlich zum Kern dieses Streitpunktes kommen wollte.

»Das würde doch viel zu teuer. Außerdem geht es nicht nur um mich. Ich bin nicht der einzige Landwirt auf dieser Seite. Reuter und einige andere sind genauso betroffen.«

»Okay. Sie und Anke Loss sind also in Bezug auf die Umgehungsstraße unterschiedlicher Ansicht, aber am Samstagabend sind Sie über Ihren Schatten gesprungen, um einer verstörten Frau ein wenig beizustehen. Was geschah danach?«

»Ich bin nach Hause gegangen. Ich war zu Fuß unterwegs, und Roberta war auch nicht mit, da ich sie nicht dem Rauch und Lärm in der Kneipe aussetzen mochte. Draußen anbinden wollte ich sie auch nicht, außerdem passt sie ganz gut auf Haus und Hof auf, wenn ich nicht da bin. Ich habe vor Heinrichs Haus die Straße überquert, bin bei Reuter vorbei und dann die Pfarrstraße hinter der Kirche hinuntergegangen.«

Pia war inzwischen mit den örtlichen Gegebenheiten in Kirchhagen einigermaßen vertraut. »Wieso sind Sie nicht an der Hauptstraße entlanggegangen?«, fragte sie.

»Weil es ein klein bisschen kürzer ist. Außerdem rasen dort die Lkws so dicht an einem vorbei, dass man Angst haben muss, jeden Moment mitgerissen zu werden. Nachts hält sich doch keiner an Geschwindigkeitsbegrenzungen.«

»Wie spät war es, als Sie die Kneipe verließen?«, hakte Pia nach und holte ihren Notizblock hervor.

»Kurz vor elf. Als ich an der Kirche vorbeiging, schlug die Uhr.«

»Ist Ihnen jemand gefolgt?«

»Nein. Zumindest ist mir nichts aufgefallen. Franky, also Frank Reuter, sagte mir später, er hätte mich vorbeigehen sehen und wäre ein paar Minuten später hinter mir hergekommen, aber ich hatte nichts bemerkt. Ich war – in Gedanken versunken.«

»Frank Reuter?«

»Genau. Es war mein Glück, dass er dazugekommen ist.«

Pia hörte sich Dettendorfs Schilderung des Überfalls konzentriert an und machte sich ein paar Notizen. Es gab wenig Anhaltspunkte, wer die Angreifer gewesen sein konnten. Weder der Wagentyp noch das Kennzeichen waren bekannt, es gab keine brauchbare Personenbeschreibung, nur diesen einen Namen hatte Dettendorf gehört: Ranko. Unter Umständen konnte Frank Reuter noch das eine oder andere Detail ergänzen, aber Pia bezweifelte, dass man die Männer ausfindig machen, geschweige denn überführen konnte, die Dettendorf aufgelauert hatten.

Außerdem offenbarte der geschilderte Überfall ein völlig anderes Vorgehen als die tödliche Falle, die man Lisanne Olsen gestellt hatte. Vielleicht hatte Dettendorf recht, und die beiden Ereignisse hatten wirklich nichts miteinander zu tun. Andererseits lagen die beiden Vorfälle gerade mal vier Tage auseinander, und Dettendorf hätte genauso wie Lisanne Olsen tot sein können, wäre Reuter ihm nicht zu Hilfe gekommen.

»Haben Sie die Verletzungen von einem Arzt versorgen lassen?«, fragte Pia, denn Dettendorfs zugeschwollenes Auge sah nicht gerade fachgerecht versorgt aus.

»Nein.«

»Das könnte aber sinnvoll sein. Insbesondere, wenn Sie noch Anzeige erstatten wollen. Und mit seinem Augenlicht sollte man sowieso nicht leichtfertig umgehen.«

Dettendorf schüttelte den Kopf. »Ist doch nichts, ein blaues Auge und ein paar blaue Flecken. Franky hat mir gleich danach 'n rohes Kotelett aufs Auge gepackt. Hinterher haben wir es in die Pfanne gehauen.« Er schmunzelte, wollte den Vorfall herunterspielen. Gab es dafür einen Grund, oder markierte er einfach gern den harten Mann?

»Haben Sie inzwischen eine Idee, wo Lisannes Terminkalender sein könnte?«, fragte Pia nun, weil sie wenig Lust hatte, die besorgte Gouvernante zu mimen. Der Themenwechsel schien Dettendorf zu überraschen.

»Ich – nein, keine Ahnung. Er muss da sein. Sie war doch ständig damit zugange.«

»Tatsache ist, dass der Kalender nicht auffindbar ist. Dabei wäre es enorm hilfreich, wenn wir Lisanne Olsens Termine in den Tagen und Wochen vor ihrem Tod rekonstruieren könnten. Dieser Mord an ihrer Freundin ist nicht aus heiterem Himmel passiert. Es muss vorher etwas vorgefallen sein.«

»Warten Sie mal, vielleicht kann ich doch helfen.« Er stand mühsam auf, verzog dabei das Gesicht und ging hinüber zu einem wuchtigen Eichensekretär. Nach kurzem Suchen kam er mit einem Buch zurück und schlug es auf.

»Mein Betriebstagebuch. Hier notiere ich alles, was so auf dem Hof passiert. Meine eigenen Termine trage ich der Einfachheit halber mit dazu, und manchmal steht auch etwas über Lisanne darin. Könnte Ihnen das weiterhelfen?«

»Gut möglich. Alles ist wichtig, was direkt oder indirekt mit ihrer Freundin zu tun hat.«

Dettendorf nickte. Er berichtete von der Einwohnerversammlung am Montagabend vor Lisannes Tod, auf der sie gewesen war, er selbst aber nicht. Er hatte einen Vertreter für Futtermittel auf dem Hof gehabt, den er schon lange kannte und mit dem er die Zeit verquatscht hatte. Da Lisanne ihm detailliert von der Versammlung berichten würde, konnte er beruhigt fehlen. Pia ließ sich Namen und Adresse des Vertreters geben, denn der Montagabend oder die Nacht bis in den frühen Dienstagmorgen hinein war ja vom Täter zum Präparieren des Hindernisses genutzt worden. Nach Dettendorfs Aussage war der Vertreter aber um kurz nach neun Uhr schon wieder gefahren, was Dettendorf genügend Zeit gegeben hätte, ungestört ein Stück Draht über dem Geländesprung anzubringen. Am Sonntag war Dettendorf gemeinsam mit Lisanne Olsen ausgeritten, weil er ein Pferd auf dem Hof gehabt hatte, das er im Gelände testen wollte, weil er es vielleicht zu kaufen beabsichtigte. Er und Lisanne waren aber zu dem Schluss gekommen, dass die Stute den geforderten Preis nicht wert war. Am Samstag war Dettendorf nachmittags mit Lisanne zusammen in Hamburg gewesen.

Pia war von Frau Burmeister über Lisannes Treffen mit einem Unbekannten am Samstagvormittag unterrichtet worden. Sie hatte sich entschieden, Dettendorf erst einmal noch nichts davon zu sagen. Sie wollte abwarten, ob Frau Burmeister anhand des Videos aus der Überwachungskamera ihre Beobachtung konkretisieren konnte. Stattdessen fragte Pia nach den Details des Hamburg-Ausfluges.

Dettendorf legte das Buch beiseite und sah aus dem Fenster, während er berichtete. Zunächst hatten Lisanne und er in der Innenstadt ein paar Klamotten für ihn gekauft und anschließend im *Levantehaus* beim Italiener zu Mittag gegessen. Danach waren sie in Richtung Binnenalster gegangen, wo sich Lisanne um 15 Uhr mit jemandem von der *Hapag-Lloyd* treffen wollte, um etwas Berufliches zu besprechen. Dettendorf war solange an der Alster spazieren gegangen. Später hatten sie sich wieder zusammentelefoniert und im Alsterpavillon gemeinsam Kaffee getrunken. Anschließend hatte Lisanne darauf bestanden, noch in Richtung Elbe zu fahren, um sich zusammen *Harrys Hafenbasar* und das *Erotic Art Museum* anzuschauen.

Während seiner Schilderung schien sich Dettendorf immer mehr in die Erinnerung an die letzten gemeinsamen Unternehmungen mit seiner Freundin hineinzusteigern. Seine Gesichtshaut hatte einen rötlichen, fast fiebrigen Farbton angenommen, der mit dem Violett des Veilchens kontrastierte. Seine Augen glänzten.

»Lisanne hatte die Gabe, einen immer wieder zu überraschen. Es war manchmal anstrengend, mit ihr mitzuhalten, aber nie langweilig. Und sie konnte sich für die merkwürdigsten Dinge begeistern, diesen Laden in der Erichstraße zum Beispiel, wo es Kuriositäten aus aller Welt zu sehen gibt. Ich wäre am liebsten gleich rückwärts wieder rausgegangen. Es war klaustrophobisch eng dort drinnen. Lauter Masken, die mich anzustarren schienen. Lisanne machte das nichts aus, sie wollte sich alles anschauen. Wir sind durch das ganze Labyrinth gegangen. Wo ich nur irgend so ein Ding sehe, sah Lisanne die Geschichte, die dahinter steht. Sie war eine tolle Journalistin, es war ein Jammer, dass sie nicht für eine größere Zeitung arbeiten konnte. Andererseits …«

»Ja?«

»Andererseits wäre sie dann sicher irgendwann aus Kirchhagen weggegangen, und ich wollte sie doch bei mir haben – für immer.«

Eine beunruhigende Pause entstand. Hatte Lisanne versucht, sich aus der Beziehung, dieser Umklammerung, zu befreien? Und wenn dem so war, zu welchem Preis?

Dettendorf schilderte den weiteren Verlauf des Samstags, der spät abends bei ihm zu Hause geendet hatte. Anschließend verfolgten Pia und er die Termine in seinem Betriebstagebuch weiter zurück. Sie notierte sich alle Termine, die Lisanne betrafen, konnte aber keinerlei Nutzen aus diesen Informationen ziehen. Es hatte den Anschein, als hätte Dettendorf gern mehr Zeit mit Lisanne verbracht, aber die Leidenschaft für Pferde schien das Einzige zu sein, was diese beiden unterschiedlichen Menschen tatsächlich miteinander verbunden hatte.

Pia zog noch einmal die Kopie des Zeitungsausschnittes hervor, der in Lisannes Auto gefunden worden war, und gab sie Dettendorf.

»Was ist das?«

»Haben Sie den Artikel schon mal irgendwo gesehen?«

»Sollte ich? Marion Burmeister und Henriette Mühlberg würde ich sagen, beide in jungen Jahren. Der Artikel muss uralt sein. Den Typen kenne ich, glaube ich, nicht. Aber was hat das mit Lisanne zu tun?«

»Wir wissen es noch nicht«, sagte Pia. »Woher kennen Sie diese Henriette Mühlberg?«

»Die kennt hier jeder. Ein Unikum. Lisanne wollte einen Artikel über sie schreiben, das weiß ich noch ... Sie hat sie mal in ihrem Haus besucht.«

Genau das habe ich jetzt auch vor, dachte Pia und stand auf. Dettendorf schien mit seinen Kräften am Ende zu sein. Er war mittlerweile in einem Zustand, der nur noch Krankenschwestern und Frauen mit Helfersyndrom aus der Reserve locken konnte. Blass wie Magerquark, sein Auge schien noch weiter zugeschwollen zu sein, und die Haut drum herum leuchtete jetzt grünlich. Es tat Pia leid, dass sie ihn so lange befragt hatte, aber hätte er sich nach dem Überfall gleich bei ihnen gemeldet, wäre die Sache längst erledigt gewesen.

Er brachte sie zur Tür. Sein Hund folgte ihnen und sah Pia mit schief gelegtem Kopf aufmerksam an. Irgendwie fand sie es tröstlich, dass Dettendorf nicht vollkommen allein in seinem Haus zurückblieb. Im Flur war es kühl, und es roch nach

Pferd und Feuchtigkeit. Sie gab ihm zum Abschied die Hand, und er hielt sie einen Augenblick zu lange fest.

»Bin ich jetzt ihr Hauptverdächtiger?«, fragte er mit einer Stimme, die in scharfem Kontrast zu seinem warmen Händedruck stand.

»Wie kommen Sie darauf?«

»Lisanne … Ich merke erst jetzt, dass sie offenbar nicht viele Menschen hatte, die ihr nahestanden.«

15. Kapitel

Henriette Mühlbergs Haus lag auf einer kleinen Anhöhe, die irgendwie künstlich wirkte, obwohl man in dieser Gegend bei fast jeder auffälligen Bodenformation auf die ursächliche Beteiligung der letzten oder vorletzten Eiszeit zählen konnte. Auf den ersten Blick sah es aus, als hätte Pia eine stattliche Landhausvilla aus der Zeit der vorletzten Jahrhundertwende vor sich. Mit großzügigem Erker, einer Terrasse mit Freitreppe, Fachwerkgiebel und einem seitlichen Türmchen. Auf den zweiten Blick sah Pia Risse im Mauerwerk, abbröckelnden Putz und eine Fensterscheibe im Obergeschoss, die durch eine Sperrholzplatte ersetzt worden war. Das Mühlbergsche Haus hatte seine besten Jahre wohl lange hinter sich und lechzte nach einer Finanzspritze in sechsstelliger Höhe.

Pia stellte ihren kleinen Citroen unterhalb des seitlichen Eingangs ab und stieg die fünf flachen Steinstufen zur Haustür hoch. Da sie keine Klingel fand, klopfte sie kräftig gegen die große Holztür. Als niemand erschien, hämmerte Pia noch lauter, doch die einzige Antwort war das sonore Rauschen der nahe gelegenen Autobahn und ein seltsames Klopfgeräusch, fast wie ein Echo.

Vielleicht war die Frau irgendwo anders auf dem Grundstück? Es dämmerte bereits, in einer halben Stunde würde es hier draußen stockdunkel sein. Pia entdeckte einen kleinen Trampelpfad, der rechts um das Haus herumführte, und folgte ihm. Eine getigerte Katze, die wie aus dem Nichts auftauchte, lief ihr mit federnden Schritten voraus. Die düstere Stimmung des Ortes schlug sich auf Pias Stimmung nieder. Als sie ein lautes Krachen und Splittern hörte, gefolgt von einem kehligen Schrei, fasste ihre Hand fast automatisch zu ihrer Waffe. Die Katze verfolgte eine andere Strategie: Sie verzog sich lautlos ins Unterholz.

Pia ging noch ein paar Schritte weiter und sah einen Schuppen vor sich, der an der Außenmauer des Hauses klebte wie ein Furunkel. Durch die angelehnte Tür fiel Licht, der Schrei schien von drinnen gekommen zu sein. Pia lief zur Tür und zog sie auf. »Frau Mühlberg, sind Sie hier? Ist alles in Ordnung?«

»Aaah, ja. Verdammt, entschuldigen Sie, aber meine Schulter bringt mich gerade um. Wer sind Sie?«

»Pia Korittki, Kripo Lübeck. Frau Stoppe hat mir Ihre Adresse gegeben. Kann ich Ihnen helfen?«

»Ja. Wie wäre es mit einer Gaszentralheizung?«

Pias Blick fiel auf sorgfältig aufgeschichtetes Brennholz, das fast bis unter die Decke reichte. Henriette Mühlberg hielt eine Axt in der Hand.

»Sie heizen mit Holz?«, fragte Pia erstaunt. »Und hacken das alles selbst?«

»Bisher ja, aber wenn es so weitergeht, wird es ein ungemütlicher Winter. Neuerdings spielen meine Gelenke nicht mehr mit. Aber was soll's. Oder können Sie Holz hacken?«

»Ich hab's noch nie versucht«, gestand Pia und kam sich gegenüber der älteren Frau verweichlicht und unbeholfen vor.

»Alles Übungssache«, schnaufte diese mit schmerzverzerrtem Gesicht. »Wie kann ich Ihnen helfen?«

»Ich bin hier, weil ich Ihnen ein paar Fragen stellen muss«, sagte Pia.

»Dann lassen Sie uns ins Haus gehen. Ich habe eh die Nase voll für heute …« Sie verließen den Schuppen, die Mühlberg zog die Tür zu und schob einen Riegel vor. »Sie kommen wegen der Journalistin, nicht wahr?«, sagte sie über ihre Schulter hinweg, während sie erstaunlich flink vor Pia den schmalen Pfad entlanghumpelte.

»Ich bin hier, weil ich mir von Ihnen ein paar Antworten erhoffe, die uns helfen, den Tod von Lisanne Olsen aufzuklären.«

»Lisanne Olsens Tod hat mich hart getroffen. Es war Mord, habe ich gehört. Kommen Sie rein. Hier drinnen ist es wind- und regengeschützt, wenn auch nicht gerade warm.«

Sie betraten eine quadratische Halle mit schmutzigen in grün-beigem Schachbrettmuster verlegten Fliesen. Am Treppenabsatz stand eine alte Truhe, über die Jacken, Decken und Zeitungen verteilt lagen. Henriette Mühlberg schmiss den indianisch aussehenden Poncho, den sie getragen hatte, oben drauf und ging Pia voraus in eine Küche von beachtlichem Ausmaß.

»Sie können Ihre Stiefel anbehalten, die Katzen, wissen Sie …«

Pia nickte und sah sich um. Die auf Fensterbänken und Stühlen hockenden Katzen waren eindeutig nicht das einzige Hygieneproblem. Aber war das verwunderlich? Sie selbst hatte kaum mehr als dreißig Quadratmeter, die sie sauber halten musste, und dieses Haus hatte bestimmt dreihundert!

Im hellen Licht der Küche konnte Pia erkennen, dass es sich bei Henriette Mühlberg tatsächlich um die zweite Frau auf dem Foto des Zeitungsartikels handelte. Im Gegensatz zu Marion Burmeister hatte sie seit der Aufnahme allerdings einiges an Gewicht zugelegt. Ihr Haar war grau und sah aus, als hätte sie es selbst geschnitten, ihre Kleidung war aus derbem Stoff genäht, und ihre Füße steckten in grob gestrickten Wollsocken und Gesundheitssandalen.

»Mögen Sie Fliederbeergrog?«, fragte die Mühlberg. »Von zu viel Kaffee bekomme ich Herzrasen.«

»Sie müssen sich keine Mühe machen, es geht nur um ein paar Fragen …« Pia zog ihren Block hervor.

»Es macht keine Mühe. Er ist fast fertig. Sehen Sie hier …« Sie klopfte auf einen braunen Metallkasten, der zwischen dem Spülstein und einem alten Küchentisch auf einem Hocker stand. Es war eine Mikrowelle, allerdings aus der Zeit, als Mikrowellen noch als Wunderwerke moderner Küchentechnik galten. »Das ist meine neueste Errungenschaft vom Sperrmüll. Funktioniert einwandfrei. Nehmen Sie ruhig einen kleinen Grog. Ist gut gegen Erkältung. Ich war extra ein paar Mal los und hab' in den Knicks die Fliederbeeren gesammelt. Interessiert die meisten Leute ja nicht mehr, was die Natur so zu bieten hat. Brombeergelee hab' ich auch gemacht. Ich meine, wenn der liebe Gott das Zeug so einfach wachsen lässt, dann muss es doch auch zu irgendwas nütze sein, oder?«

»Ich nehme einen, aber mit wenig Rum«, sagte Pia.

»Rum?«, fragte die Mühlberg und stellte zwei Becher mit einer schwarzroten Flüssigkeit in den braunen Kasten.

Das Zeug ist nicht schlecht, dachte Pia, als sie den heißen Becher in beiden Händen hielt. Nur dass Zunge und Zähne davon lila wurden, Flecken auf hellen Textilien würde man rausschneiden müssen.

»Lisanne Olsen«, nahm sie einen zweiten Anlauf. »Woher kannten Sie sie?«

»Eines schönen Tages kam sie hier an, so wie Sie heute, und fragte mir Löcher in den Bauch. Über mein Leben, meinen Beruf, vor allem die Jahre in Südamerika. Sie sagte, sie wolle etwas über außergewöhnliche Menschen in der Region schreiben. Menschen, die sich über Konventionen hinweggesetzt oder etwas Besonderes erlebt oder geleistet hätten. Ich fühlte mich geschmeichelt. So ein junges Ding, voller Leben, interessierte sich für mich. Wir machten einen Termin aus, und sie war etwa zwei Stunden hier.«

»Können Sie mir sagen, wann genau das war?«

»Ha, erwischt. Kann ich eben nicht. Ich weiß manchmal nicht einmal mehr, was für einen Tag wir heute haben. Die Heizsaison hatte noch nicht begonnen, daran kann ich mich erinnern, aber es wurde schon frisch.«

»Über was genau wollte sie schreiben? Was haben Sie getan?«, fragte Pia.

»Ich habe in Berlin Ethnologie studiert und am dortigen Ethnologischen Institut gearbeitet. Ich war lange Jahre im Ausland, hauptsächlich in Ecuador und Peru. Ich wohne erst seit März 2000 wieder hier. Das Haus habe ich 1972 von meiner Tante geerbt. Ich fand es immer zu groß für mich allein, hatte aber nicht das Herz, es zu verkaufen. Es war zwischendurch immer mal wieder vermietet, während ich im Ausland war. Den Jahrtausendwechsel habe ich noch in Quito gefeiert. An die Kälte in Deutschland werde ich mich wohl nie wieder gewöhnen.«

»Was genau haben Sie in Ecuador und Peru gemacht?«

»Eines meiner Projekte beschäftigte sich mit dem Volk der Shuar. Ich habe bei ihnen gelebt. Ethnologische Forschung bedeutet nun einmal teilnehmende Beobachtung. Und als ich vor Ort war und miterlebt habe, wie der Lebensraum, der tropische Regenwald, unwiederbringlich und systematisch zerstört wird, musste ich einfach etwas dagegen tun. Es gibt dort Tier- und Pflanzenarten, die noch nicht einmal entdeckt, geschweige denn erforscht worden sind. Viele Tierarten, Schlangen oder Spinnen, die den Europäern Angst machen, werden grundlos vernichtet. Dabei sind das absolut faszinierende Tiere. Das Gift einer Buschmeister oder einer Grubenotter kann einen Menschen zwar töten, aber wenn man sich zu benehmen weiß, kommt es in der Regel nicht dazu. Ich bin ja auch noch quicklebendig …« Sie verzog angesichts einer ungeschickten Drehung ihres Schultergelenks schmerzgeplagt das Gesicht. »Na ja, fast.«

»Lisanne Olsen wollte also über Ihre Arbeit schreiben?«

»Ja, über mich und meine Arbeit. Sie nannte es ein Porträt. Haben Sie etwas darüber bei ihr gefunden?«

»Nein, bisher nicht«, sagte Pia ausweichend. Dass die Festplatte des Notebooks verschwunden war, wollte sie der Mühlberg nicht auf die Nase binden. »Wann und wo ist der Artikel über Sie denn erschienen?«, fragte sie stattdessen.

»Nirgendwo. Ich war auch etwas … enttäuscht, ist zu viel gesagt. Aber ich habe einen ganzen Nachmittag hier mit ihr gesessen und ihr alles Mögliche erzählt und gezeigt, und dann kam da nichts. Sie war nach ein paar Tagen noch einmal hier und hat Fragen gestellt. Mehr über meine Zeit hier in Kirchhagen. Wann ich das Haus geerbt habe, warum ich es nicht verkauft habe, warum ich nie geheiratet habe. Sie meinte, sie müsse den Artikel noch persönlicher gestalten, damit er die Leute berührt. Aber das war mir dann zu viel des Guten. Ich habe sie recht brüsk abgefertigt, das gebe ich zu.«

»Kennen Sie diesen Artikel hier?« Pia legte die Kopie des Zeitungsausschnittes auf den Tisch.

Henriette Mühlberg warf einen Blick darauf und nickte grimmig. »Genau danach hat die Olsen mich auch gefragt. Da hat uns damals so ein Fotohansel auf dem Schützenfest aufgelauert. Marion Burmeister, meine Wenigkeit und einer von Marions Verehrern, wenn ich mich recht erinnere.«

»Der Mann hat die Arme um Sie beide gelegt. Wer war das?«

»Ich erinnere mich nicht mehr. Betrunken war er, das weiß ich noch. Ich hasse es, wenn jemand nach Alkohol stinkt. Kennen Sie unsere gute Marion Burmeister? Sie war damals ein sehr hübsches Mädel, und die Kerle sind hinter ihr hergelaufen wie die Idioten. Unmöglich, sich an die Namen der Einzelnen zu erinnern. Das Foto ist auf dem Schützenfest gemacht worden, 1972. Ich weiß das Datum noch genau, weil es der Sommer war, als Tante Friedel gestorben ist und ich den Nachlass regeln musste. Ich hatte den Verdacht, die Olsen wolle mir eine romantische, aber unglückliche Liebesgeschichte andichten, für den menschlichen Touch in ihrem Porträt, aber für so einen Stuss wollte ich mich nicht hergeben. Ich bin nun mal keine romantische Person, und der Kerl auf dem Foto hat mich nicht die Bohne interessiert.«

»Wie könnte Lisanne Olsen an diesen Zeitungsausschnitt gekommen sein?«

»Durch mich zum Beispiel. Ich war so blöd, ihr meine Pressemappe zeitweise zu überlassen, in der ich sämtliche Artikel aufbewahre, die über mich und meine Arbeit erschienen sind. Dieses Bild vom Schützenfest muss auch dabei gewesen sein, obwohl es eigentlich nichts darin zu suchen hatte.«

»Was denken Sie? Warum ist Lisanne Olsens Artikel über Sie nicht erschienen? Weil Sie es nicht wollten, oder weil die Olsen es ohne *menschlichen Touch* nicht mehr interessant genug fand?«, hakte Pia nach.

»Ich habe ihr keine Steine in den Weg gelegt, was ihre Beschreibung meiner Arbeit als Ethnologin und Bewohnerin von Kirchhagen betraf. Ich wollte nur nicht über Liebesgeschichten palavern, die sich nicht zugetragen haben.« Henriette Mühlbergs Stimme klang genervt.

»Halten Sie es für möglich, dass Frau Olsen danach zu Frau Burmeister gegangen ist und sie ebenfalls zu dem alten Zeitungsartikel befragt hat? Vielleicht, um noch mehr darüber herauszufinden?«

»Das will ich ihr nicht geraten haben«, knurrte die Mühlberg. Dann lächelte sie grimmig. »Und Marion hätte ihr sowieso nichts über mich erzählen können. Vielleicht hat sich Frau Olsen ja stattdessen entschlossen, ein Porträt über Marion Burmeister zu schreiben. Da gibt es so viel menschlichen Touch: Von der Schützenfestkönigin zur Bürgermeisterin! Und wie die Männerwelt weinte, als Simon Burmeister sie zum Altar führte … Sie hat mich manchmal an einen jungen Shuar erinnert, den ich in meinen ersten Jahren in Ecuador kennengelernt habe. Moquimbio hieß er. Er hat auch Trophäen gesammelt, die sogenannten *Tsantsa*, und sie genauso stolz präsentiert wie Marion ihre Eroberungen. Nur dass sich Marion die Köpfe ihrer Verehrer nicht um den Hals gehängt hat.«

»Meinen Sie Schrumpfköpfe?«

»Ja, damit erregt man immer Aufmerksamkeit. Man kann damit wunderbar einen Vortrag aufpeppen. Wollen Sie wissen, wie sie gemacht werden?«

»Ich denke, das tut hier nichts zur Sache …«

»Kommen Sie. Machen Sie mir die Freude. Damals überfielen die Kopfjäger Angehörige eines feindlichen Stammes, vorzugsweise nachts auf deren Grund und Boden, wenn diese gerade mal austreten mussten. Sie stießen ihm ein Messer in den Rücken, warfen ihn zu Boden, schnitten, nachdem sie die Haut von Brust und Schultern abgelöst hatten, seinen Kopf ab und hängten ihn sich, einen Riemen durch Mund und Hals gezogen, über die Schulter. Während der Flucht aus dem feindlichen Gebiet legten sie kurze Stopps ein, bei denen sie die Trophäe, die *Tsantsa*, Schritt für Schritt präparierten. Der Kopf durfte ja keinesfalls faulen, bevor die Kopfjäger in ihr Gebiet zurückkamen. Ich werde Ihnen die Einzelheiten dieser Prozedur ersparen, aber ich habe mal etwas darüber geschrieben, falls es Sie doch interessiert. Sogar an einem Tsantsa-Fest durfte ich einmal persönlich teilnehmen. Es ist eines der wichtigsten Feste der Shuar, und es brachte dem Kopfjäger Prestige, Freundschaft und den Ruf eines guten Gastgebers ein. Die etwa faustgroße Trophäe blieb über Jahre im Haus des Kopfjägers, und wenn sie nicht vorher an Weiße verkauft wurde, wurde er sogar mit der Tsantsa begraben.«

»Und Marion Burmeister hat ihrer Meinung nach Ähnlichkeit mit einem Shuar, der Schrumpfköpfe macht?«

»Nur im übertragenen Sinne natürlich. Aber all das passiert heute sowieso nicht mehr. Die Shuar haben andere Probleme, als Köpfe zu schrumpfen, das können Sie mir glauben. Sie haben sich zu einer Föderation zusammengeschlossen, die für die Landrechte der Shuar und Achuar kämpft, und sie beschäftigen sich zunehmend mit dem Umweltschutz in der südlichen Amazonas-Region.«

»Wie ist Ihr Verhältnis zu Marion Burmeister heute?«

»Wir kennen uns schon so lange. Sie meint, auf mich aufpassen zu müssen, weil ich doch so ganz allein hier lebe. Wenn ich verreist bin, kümmert sie sich um meine Katzen.«

Pia überlegte. Gab es irgendeine Verbindung zwischen den Schrumpfköpfen und dem Mord an Lisanne Olsen? »Hat Lisanne Sie zu den Knochen befragt, die bei den Probebohrungen in Kirchhagen gefunden worden sind?«, fragte sie.

»Probebohrungen? Knochen?« Die Mühlberg dachte nach und schüttelte schließlich den Kopf. »Nein.«

»Lisanne hat einen kurzen Artikel darüber verfasst.«

»Ich erinnere mich nicht. Ich lebe sehr zurückgezogen, und ich lese keine Zeitung, sehe nicht fern, und ich höre selten Radio. Ich wollte mir mal ein Handy anschaffen, zur Sicherheit, wenn ich draußen bin und mir mal was passiert, aber ich lebe auch noch in einem Funkloch.«

»Das ist aber ungewöhnlich, so nahe an der Autobahn.«

»Das Haus muss genau zwischen zwei Sendemasten liegen. Außerdem schirmen die Bäume das Haus wohl ab.«

Pia trank den letzten Rest des Grogs. Er war immer noch sehr heiß. Sie fühlte, wie ihr der Schweiß aus den Poren trat. Henriette Mühlberg starrte aus dem Küchenfenster in die Dunkelheit hinaus. Sie sah einsam und desillusioniert aus.

»Das wär's fürs Erste. Wenn Ihnen noch etwas zu Lisanne Olsen einfällt, können Sie mich unter dieser Nummer hier anrufen«, sagte Pia und legte ihre Karte auf den Küchentisch. »Und seien Sie vorsichtig«, ergänzte sie, obwohl sie wusste, dass alle Warnungen vergeblich sein würden. Eine Frau, die mit Kopfjägern zusammen im Regenwald gelebt hatte, würde sich von einem Mord im Dorf nicht aus der Ruhe bringen lassen.

»Ich weiß mich zu wehren«, antwortete die Mühlberg, »und ich fühle mich nicht bedroht. Von niemandem.«

Pia stand auf. Sie wusste selbst nicht genau, weshalb sie das Bedürfnis hatte, die Frau zu warnen. Vielleicht lag es an den vielen Katzenaugen, die sie beobachteten.

»Sie werden den Schuldigen finden. Ich verlasse mich voll und ganz auf Ihre Fähigkeiten, Frau Korittki«, sagte die Mühlberg.

16. Kapitel

Es war ungerecht, dass auch dann die neue Arbeitswoche begann, wenn man das ganze Wochenende durchgearbeitet hatte. Das jedenfalls dachte Pia, als sie in Gablers Büro trat, wo sie in die vor Müdigkeit grauen Gesichter ihrer Kollegen blickte. Die Stadt draußen lag noch in tiefer Dunkelheit. Ein nicht enden wollendender Verkehrsstrom quälte sich über die Possehlbrücke. Aus dem siebten Stockwerk sah er aus wie eine glitzernde Riesenschlange.

Drinnen saßen die Mitarbeiter des K1 über einem Berg zusammengetragener Informationen und versuchten, eine Strategie für ihr weiteres Vorgehen festzulegen. Das tiermedizinische Gutachten über die Verletzungen von Lisanne Olsens Pferd lag inzwischen vor: Der Bericht bestätigte die Vermutung der Spurensicherung, dass ein Stahlseil über dem Hindernis die Ursache des Sturzes gewesen sein musste. Gerlach sagte, er würde am Vormittag Ellen Landowsky im Polizeihochhaus erwarten, um ihre Aussage zum Fall Olsen zu Protokoll zu nehmen. Broders erklärte sich bereit, mit Pia zusammen der Geschichte von Meta Stoppe und der vom Totengräber entdeckten Anstecknadel auf den Grund zu gehen. Die rätselhafte Nadel lag, in durchsichtiges Plastik gehüllt, auf Gablers Tisch.

»Dieser Überfall auf Jan Dettendorf hat uns gerade noch gefehlt«, schimpfte Broders über seinen Notizen. »Als ob wir nicht genug zu tun hätten! Lässt sich dieser Kerl doch einfach von ein paar Halbstarken zusammenschlagen. Und das ein paar Tage nach dem Mord an seiner Freundin. Schöner Mist!«

»Wir könnten ihm und Reuter die Fotos einschlägig bekannter Schläger und Kleinkrimineller aus der Gegend vorlegen. Vielleicht bekommen wir so einen Hinweis auf die Identität der Angreifer«, schlug Gerlach vor. Der Name *Ranko* hatte der Spitznamen-Kartei, die inzwischen in die Zentrale Auskunftsdatei integriert war, keinerlei Reaktionen entlockt.

»Ich sehe keinen Zusammenhang zwischen dem Überfall auf Jan Dettendorf und dem Mord«, sagte Pia zweifelnd. »Im ersten Moment springt es einen geradezu an, aber die Vorgehensweisen sind zu unterschiedlich …«

»Vielleicht sollte er nur eingeschüchtert werden.«

»Warum? Wegen dem Mord an seiner Freundin? Wenn Jan Dettendorf irgendetwas wüsste, das mit dem Tod seiner Freundin in Verbindung steht, würde er sich kaum von ein paar Schlägern davon abhalten lassen, es der Polizei mitzuteilen.« Pia musste an den Eindruck denken, den sie am gestrigen Abend von Dettendorf gewonnen hatte. Verliebt, fast besessen von einer Frau, die seine Gefühle nicht in gleicher Weise erwidert zu haben schien. Möglich, dass er sie aus Liebe oder Eifersucht umgebracht hatte. Aber wenn er es nicht gewesen war, dann würde er mit Sicherheit alles tun, damit der Täter gefasst wurde.

»Ja, es sei denn …«, wandte Broders ein.

»Es sei denn, *was*?«

»Frank Reuter hat Schlimmeres verhindert als ein blaues Auge und ein paar Prellungen. Sie hätten ihn genauso gut umbringen können.«

»Ziemlich risikoreich, mit einem Tschacko und einem Klappmesser. Wenn eine Tötungsabsicht dahinterstand, dann hätten sie sich nicht von einem einzelnen Nachbarn davon abbringen lassen«, wandte Gabler ein.

»Frank Reuter ist kein gewöhnlicher Nachbar. Er hat eine

Nahkampfausbildung absolviert. Er war unter anderem im Kosovo. Nach einer Verletzung durch eine Landmine ist er ehrenvoll ausgeschieden.« Gerlach hatte entsprechende Erkundigungen über Frank Reuter eingezogen.

»Es gibt noch eine weitere Neuigkeit, die wir berücksichtigen müssen.« Broders' Stimme vibrierte leicht. »Heute Morgen kam ein Anruf. Es melden sich ja immer ein paar Spinner, wenn ein Kriminalfall durch die Presse geht, aber der hörte sich so an, als ob etwas dran sein könnte. Die Anruferin hat auf einen Vorfall hingewiesen, der sich am Montag vor der Tat ereignet haben soll. Lisanne Olsen hatte sie angerufen.«

»Und?«

»Die Frau, die sich bei uns gemeldet hat, besitzt einen Reitstall und nimmt Pferde in Pension. Sie sagt, Lisanne Olsen habe sich bei ihr nach einem neuen Einstellplatz für ihren Wallach Absalom erkundigt.« Broders machte eine Kunstpause und sah in die Runde. Als sein Blick auf Pia fiel, fuhr er fort: »Voilà: Jan Dettendorfs Motiv, seine Freundin Lisanne Olsen zu ermorden. Sie wollte sich von ihm trennen.«

»Bisher wissen wir nur, dass sie ihr Pferd woanders unterbringen wollte …«, entgegnete Pia. Etwas in ihr sträubte sich dagegen, in Jan Dettendorf den Mörder zu sehen.

Kuno Ehrlich passte so gar nicht in das Bild, das Pia sich von einem typischen Totengräber gemacht hatte. Er war ein stattlicher Mittvierziger mit einem rötlichen, stellenweise bereits weiß werdenden Haarschopf, wachen hellgrünen Augen und jeder Menge Sommersprossen im runden Gesicht, die auf seinem Nasenrücken zu hellbraunen Flächen zusammengewachsen waren. Man merkte, er arbeitete fast ausschließlich unter freiem Himmel.

Kuno Ehrlich trug trotz der nasskalten Witterung nur ein

schwarz-weiß kariertes Flanellhemd und eine blaue Arbeitshose mit derben Stiefeln, an denen, zumindest dieses Klischee erfüllte er, Klumpen humusreicher dunkelbrauner Erde klebten.

Pia und Broders hatten ihn an der Kapelle des Kirchhagener Friedhofs angetroffen, wo er gerade Frühstückspause machte. Er hatte sich unter das schützende Vordach zurückgezogen, auf der niedrigen Mauer neben ihm stand eine Thermosflasche mit einem Deckel, der zugleich als Becher diente. Daneben lag eine Papiertüte vom Bäcker.

»Moin«, sagte Broders und zog die Hand aus der Tasche seiner Lederjacke, um sein Gegenüber zu begrüßen. Er übernahm es, seine Kollegin und sich selbst vorzustellen und schob eine unverbindliche Bemerkung über die ungemütliche Witterung nach.

»Ich mag es so«, entgegnete Kuno Ehrlich, »besser als hart gefrorene Erde oder wenn's wochenlang knochentrocken ist im Sommer …« Sein Blick streifte über die tropfnassen Koniferen, die vom Dauerregen aufgeweichten Wege und die dunkel glänzenden Grabsteine.

»Wir sind hier, weil uns Frau Stoppe erzählt hat, dass Sie ihr neulich etwas gegeben haben. Einen Gegenstand, den Sie hier auf dem Friedhof gefunden haben«, sagte Pia.

»Hmh …« Er kratzte sich am Schädel und sah von Broders zu Pia und wieder zurück.

»Eine Nadel. Frau Stoppe hat mir von einer Nadel erzählt, die Sie gefunden haben, als das Grab ihres Vaters eingeebnet wurde.«

»Ach, das Ding …« Er machte eine wegwerfende Handbewegung. »Die hab' ich aber nicht beim Einebnen gefunden. Das Gräberfeld ist schon im Sommer aufgelöst worden. Nein, ich hab' neulich ein neues Grab ausgehoben, dort, wo vorher der alte Stoppe lag, und da blinkte mir aus der Erde dieses Ding entgegen. Die Sonne schien, sonst hätte ich es gar nicht gesehen. Sollte wohl so sein. Erst wollt' ich das lütte Ding wegschmeißen, aber die Meta ist 'ne ganz rührende Frau, ich kenn' sie schon ewig und dachte, ich könnt ihr 'ne kleine Freude machen.«

»Und? Hat sie sich gefreut?«

»Wir ham 'n Roten zusammen getrunken und 'n Augenblick zusammengehockt. Doch, ich denk', sie hat sich gefreut, dass ich da war. Die gute Meta hat mich schon auf den Knien geschaukelt, als ich noch 'n Bengel war. Damals, als sie noch im Gasthof gearbeitet hat.«

»Kannten Sie auch ihren Vater?«

»Erich Stoppe? Kann mich nicht erinnern. Aber seine Grabstelle, die kannte ich genau. Hab' Meta oft getroffen, wenn sie hier war und alles in Ordnung gebracht hat. Hat sich immer selber um die Grabpflege gekümmert, die ganzen dreißig Jahre lang.«

»Das ist eine lange Zeit«, sagte Pia nachdenklich.

»Und Sie können sich nicht vielleicht getäuscht haben, was den Fundort der Nadel betrifft?«, hakte Broders nach.

»Nee! Ich kenn' mich hier aus. Ich geb' der Meta doch nichts, was ihrem Vater nicht gehört hat, das wäre ja …« Er schien ernsthaft beleidigt zu sein. Eine Hand ballte sich um die leere Papiertüte, aus der er gerade das letzte Brötchen genommen hatte, und presste sie auf Tischtennisballgröße zusammen.

»Aber wieso konnten Sie so sicher sein, dass die Nadel wirklich aus dem Grab stammte? Es könnte sie doch auch ein Friedhofsbesucher zufällig genau an der Stelle verloren haben?«, fragte Pia trotzdem.

Kuno Ehrlich ließ keine Einwände gelten. Noch während Pia sprach, schüttelte er langsam den Kopf, dann warf er die zusammengeknüllte Tüte zielsicher in einen drei Meter entfernten Papierkorb und wischte sich die Brötchenkrümel am Hosenbein ab. »Ich weiß es genau. Ich weiß, was woher kommt, wie tief es lag, seit wann und überhaupt alles. Das ist nun einmal mein Job, genau wie Sie Ihren haben, nich' wahr?«

»Okay. Die Nadel stammt also aus dem Grab von Erich Stoppe, beziehungsweise aus dem Erdaushub aus der Grabstelle.« Pia ließ nicht locker. »Könnte die Nadel auch später dort hineingeworfen worden sein?«

Der Totengräber sah sie verständnislos an. »Warum denn? Hier ist doch kein Müllabladeplatz.«

»Können Sie uns zeigen, wo das Grab von Erich Stoppe war?«

»Wenn's weiter nichts ist.«

Broders verdrehte die Augen und rührte sich nicht vom Fleck. Dass der Nieselregen auf seine neuen Klamotten fallen würde, schien ihm gar nicht zu gefallen. »Geh du allein mit. Ich warte hier auf dich.«

Pia ließ sich nicht beirren und folgte dem Totengräber über die schmalen, von Hecken gesäumten Wege hinunter zum hinteren Teil des Friedhofs.

Das Grab lag ein gutes Stück von der kleinen Kapelle entfernt, direkt an einer Wegkreuzung. Es musste erst vor Kurzem neu belegt worden sein, denn es hatte noch keinen Grabstein, die Erde war von verwelkten Kränzen und Blumenbuketts bedeckt.

»Hier war es«, sagte Ehrlich, »das war Erich Stoppes Grabstelle. Als ich es neu ausgehoben hab', hab' ich die komische kleine Nadel zu Tage gefördert. Hätte mir denken können, dass das Ding nur Ärger macht.«

»Glauben Sie, die Nadel stammte aus dem Sarg, während alles andere – äh – verrottet ist?«, fragte Pia.

»Ich denke, schon, so, wie sie in der Erde lag. Manchmal ist alles Organische schon verrottet, aber manchmal auch nicht«, antwortete der Totengräber mit wissendem Lächeln. »Oben an der Kapelle findet man nicht mehr viel, aber noch weiter unten, auf dem ganz hinteren Teil des Friedhofs, wo es morastig ist, da entdecke ich manchmal noch Knochen.«

»Aber hier nicht?«

Er schüttelte lächelnd den Kopf.

»Ich denke, ich habe genug gesehen.« Pias Blick blieb an einer Grabstelle hängen, an der ein kleiner marmorner Engel traurig seine Hände in den grau verhangenen Himmel reckte. Das Gesicht war von dunkelgrünem Moos überzogen. Sie fröstelte. Die heitere Gelassenheit des Totengräbers begann an ihren Nerven zu zerren. »Ganz wie Sie wollen.«

Broders hatte nicht an der Kapelle auf sie gewartet. Pia traf ihn im Auto an, wo er den Motor laufen ließ, damit die Heizung funktionierte. Die Lüftung stand auf Stufe vier, Broders hatte sein Mobiltelefon am Ohr und brüllte gegen das Brummen des Ventilators an. Als Pia sich neben ihn auf den Fahrersitz setzte, bedeutete er ihr mit einem Handzeichen, ruhig zu sein.

»Verstehe, verstehe! Ein Experte auf dem Gebiet. Toll! Ja, geht klar ...« Er lauschte noch kurz mit gerunzelter Stirn und beendete das Telefonat dann mit einem barschen »Ebenso!« Mit selbstzufriedener Miene steckte er das Telefon wieder in seine Jackentasche. »Ich muss sofort weg«, sagte er anschließend zu Pia, die gerade losfahren wollte.

»Was, jetzt gleich? Warum bist du dann überhaupt mit nach Kirchhagen gekommen? Ich wollte mit dir noch einmal zu Meta Stoppe.«

»Es hat sich was anderes ergeben. Kürschner hat mich eben angerufen. Er hat herausgefunden, dass die Nadel wahrscheinlich eine sogenannte *DB-Nadel* ist. Die werden vom Dachverband der Deutschen Burschenschaft vergeben. Die Nadel ist also etwas, das Verbindungsstudenten tragen. Wir haben jemanden aufgetan, der mir etwas über diese Nadeln erzählen kann. Jetzt, wo wir wissen, wo die Nadel herstammt, können wir weitere Nachforschungen über sie anstellen.«

»Kann das nicht warten, bis wir hier durch sind?«, fragte Pia, während sie sich in den Verkehr auf der Hauptstraße einordnete.

»Nein, ich habe einen Termin. Setz mich einfach am nächstgelegenen Bahnhof ab. Ich muss dafür nach Hamburg fahren.«

Nachdem sie Broders in Bad Oldesloe am Bahnhof abgesetzt hatte, war es mittlerweile halb zwölf. Pia knurrte der Magen. Sie hatte noch nicht gefrühstückt, und sowohl die Friedhofsluft als auch die uneingestandene Sorge um Dettendorfs neu aufgetauchtes Mordmotiv drückten auf ihre Stimmung. Sie ergatterte einen Parkplatz in Bahnhofsnähe und machte sich auf die Suche nach einem Ort für ein verspätetes Frühstück.

In der Fußgängerzone begann man schon damit, die Weihnachtsbeleuchtung zu installieren, und viele Schaufenster waren bereits festlich dekoriert. Es war doch noch viel zu früh! Pia hatte das Gefühl, dass sich die Weihnachtsfeiertage auf dem Kalender von Jahr zu Jahr immer weiter nach vorne drängten. Und der verflixte Weihnachtsurlaub stellte eine zusätzliche Komplikation dar. Sie konnte ihre Kollegen doch nicht im Stich lassen, wenn die Ermittlungen im Fall Olsen noch liefen!

Mit diesen beunruhigenden Gedanken betrat Pia ein Café und suchte sich einen freien Tisch in der Nähe des Fensters. Sie bestellte sich ein belegtes Baguettebrötchen und einen

Milchkaffee und versuchte, ein paar Minuten abzuschalten. Sie beobachtete drei Frauen mit Kinderwagen am Nebentisch, die angeregt schwatzend die Köpfe zusammensteckten. Während Pia den warmen Becher in beiden Händen hielt, stellte sie sich vor, wie es wäre, wenn sie nichts anderes zu bedenken hätte als die Weihnachtseinkäufe und die Frage nach dem richtigen Outfit für die nächste Party. Es gelang ihr nicht. Sie schien schon immer von den Abgründen des Lebens angezogen worden zu sein.

»Ob mein Vater ein Studierter war?« Meta Stoppe schnaubte verächtlich und wandte sich wieder ihrem Herd zu. »Wer hat Ihnen denn diesen Floh ins Ohr gesetzt?«

»Das waren Sie selbst. Mit der Nadel, die angeblich aus dem Grab Ihres Vaters stammt. Wir vermuten, dass es sich um eine *DB-Nadel* handelt. *DB* ist die Abkürzung für *Deutsche Burschenschaft*. Das weist auf einen Verbindungsstudenten hin.«

»Die Nadel gehörte nicht meinem Vater. Der war Knecht, dann Lohnarbeiter in der Landwirtschaft. Hatte seine Volksschule und sonst nix. Studierter? Lächerlich!« Meta Stoppe rührte mit erhitztem Gesicht in einem Emailletopf, in dem es kräftig brodelte. Die Kacheln an den Wänden ihrer kleinen Küche waren vom Kochdunst matt angelaufen, hier und da klebte ein dunkelroter Spritzer. Es roch säuerlich. Pia war dankbar für das verspätete Frühstück, das sie sich gegönnt hatte. Was braute die Frau da zusammen: Schwarzsauer?

»Dann muss sich Herr Ehrlich wohl geirrt haben, als er Ihnen diese Nadel gab.«

Meta Stoppe drehte sich zu Pia um, die Stirn in strenge Falten gelegt. »Ich habe keine Ahnung, wie die Nadel in die Erde gekommen ist. Kuno Ehrlich ist genau wie sein Name: grundehrlich. Das kann man längst nicht von allen hier sagen, nicht wahr? Die vom Bestattungsinstitut haben damals geschlampt, aber das habe ich Ihnen ja schon beim letzten Mal gesagt.«

»Inwiefern geschlampt? Da müssen Sie schon etwas konkreter werden, Frau Stoppe.«

Sie probierte ihr Gebräu und nickte zufrieden, kippte aber noch ordentlich Salz hinein. Mit der leeren Schippe deutete sie auf Pia. »Fragen, Fragen, Fragen. Was weiß denn unsereins schon? Ich musste mit fünfzehn von der Schule ab, als mein Vater einen schweren Unfall hatte. Hab' ihn versorgt, Geld verdient, in der Küche vom *Dorfkrug*, und später habe ich geputzt. Meine Lehrerin hat damals zu mir gesagt: Geh nicht ab, Meta, du bist begabt. Hah! Wen interessiert das, frag' ich Sie, wen? Studierte? Der Simon Burmeister hat auch studiert, weil er was Besseres werden wollte. Aber dann hat er die Marion geschwängert, und aus war es damit. Das nenn' ich geschlampt. Und in die Binsen gegangen ist's später auch noch. Die hatten nie den rechten Respekt vor den Toten, und außerdem dachten die immer, sie wär'n was Besseres als unsereins. Bei meinem Vater ist was schief gegangen. Sonst wäre ja die Nadel nicht da gewesen, oder?«

Enttäuschung, Hass, vielleicht auch Missgunst: ein Gebräu, abstoßender als diese sauer riechende Suppe auf dem Herd.

»Es war ja nicht nur die Nadel. Wenn man's genau nimmt, war da noch was …«

»Was denn?«

»Grablichter«, sagte Meta Stoppe leise. In ihren Augen lag ein unheilvolles Funkeln.

»Was für Grablichter?«

»Rote Kerzen, wie die Katholiken sie auf die Gräber stellen, an Allerheiligen. Komische Sitte, irgendwie unheimlich … Vier Mal habe ich auf Vaters Grab so ein ausgebranntes Grablicht gefunden. Einmal, ich war auf dem Friedhof, als es schon dämmerte, hat es sogar noch gebrannt. Ich war vielleicht erschrocken! Keiner in unserer Familie ist katholisch, da können Sie unseren Pastor fragen, niemand!«

»Das ist merkwürdig. Sie haben nicht herausgefunden, wer die Grablichter dort aufgestellt hat?«

Meta Stoppe schüttelte grimmig den Kopf.

»Das hätten Sie mir schon beim letzten Mal erzählen sollen.«

»Und was hätte das genützt?«, kam es schnippisch zurück.

Pia seufzte leise. »Vielleicht wären wir dann mit unseren Ermittlungen schon ein Stückchen weiter. Haben Sie die ausgebrannten Grablichter noch?«

Meta schüttelte mit angewiderter Miene den Kopf.

»Kennen Sie hier jemanden, der katholisch ist und der Ihren Vater gekannt hat?«

»Meinen Sie nicht auch, dass ich das längst selbst überprüft habe? Ich kenne niemanden, der Grablichter auf das Grab meines Vaters stellen würde, es sei denn …«

»Es sei denn, *was*?«

»… er hätte den Verstand verloren.«

»Wie groß war Ihr Vater eigentlich?«

»Nicht sehr groß. So wie ich, einsachtundsechzig oder so. Wozu müssen Sie das wissen?«

»Es könnte vielleicht wichtig sein. Hatte er mal Verletzungen gehabt, Knochenbrüche vielleicht?«

»Ich hab' doch schon gesagt, dass ich ihn versorgt hab' nach seinem Unfall. Halb untern Trecker ist er gekommen und hat sich den Oberschenkel gebrochen. Ist schwer geheilt damals, der Mist. Und dann mal die Nase, aber das war halb so wild. Bei 'ner Klopperei. Männer halt …«

»Vielen Dank, Frau Stoppe. Sie haben mir sehr geholfen«, sagte Pia mit neuem Elan.

»Wirklich?« Ihre schmalen Lippen kräuselten sich. Sie wischte ihre Hand an der Küchenschürze ab und gab sie Pia. »Na dann, viel Erfolg, meine Liebe. Ich hoffe, Sie schnappen den Mistkerl. Diese Grablichter … eine Unverschämtheit.«

17. Kapitel

Um einen klaren Kopf zu bekommen, und auch, um ihre Kleidung und ihre Haare von den Küchenausdünstungen zu befreien, ging Pia zu ihrem nächsten Termin in Kirchhagen zu Fuß. Erst ein Stück an der Hauptstraße entlang, dann überquerte sie die Fahrbahn und schlug den Weg hinter der Kirche ein. Sie wollte sehen, wo genau man Jan Dettendorf am Samstagabend aufgelauert hatte.

Um diese Uhrzeit waren nur wenige Fußgänger unterwegs, das Dorf schien menschenleer zu sein. Der Nieselregen hatte aufgehört, aber der Himmel war immer noch graugelb, wie schmutziges Tuschwasser. Die alte Feldsteinkirche schirmte die Pfarrstraße vom Lärm der Hauptstraße ab, und der Kirchhof mit seinen alten Grabsteinen und schmiedeisernen Kreuzen lag still und verlassen unter fast entlaubten Bäumen. Man sah der Kirche an, dass sie im Lauf der Jahrhunderte immer wieder umgebaut worden war, Feldsteine wechselten sich mit Fachwerk und Backsteinen ab.

Die Kirchturmuhr schlug scheppernd zwei Mal. Ein Schwarm Krähen flatterte von einer Baumkrone zur nächsten. Pia beschleunigte ihre Schritte. Da vorn an der Ecke musste es passiert sein. Vier Angreifer, die Jan Dettendorf am Ende der Straße aufgelauert hatten. Warum hier? Hier wohnten Menschen, deren große Grundstücke immerhin direkt an diese Straße grenzten. Warum hatten sie nicht ein paar Hundert Meter weiter auf Dettendorfs Grundstück zugeschlagen? Dort gab es nachts genügend finstere Ecken. Aber es gab auch den

Hund. Vielleicht war das der Grund, weswegen die Angreifer es vorgezogen hatten, Dettendorf genau hier aufzulauern, fünf Gehminuten von seinem Anwesen entfernt. Und das hatte ihm vielleicht das Leben gerettet.

Pia ging weiter. Als sie an Dettendorfs Hof vorbeikam, warf sie einen flüchtigen Blick durch die geöffnete Stalltür, aber bis auf zwei Pferde, die ihren Kopf auf die Stallgasse hinausstreckten, war niemand zu sehen. Sollte sie genauer nachsehen? Nein, später vielleicht. Sie musste als Erstes zu Marion und Simon Burmeister. Ihr gingen Meta Stoppes Worte nicht aus dem Kopf: *Der Simon Burmeister hat auch studiert, weil er was Besseres werden wollte. Aber dann hat er die Marion geschwängert, und aus war es damit. Das nenn' ich geschlampt.* Mal sehen, wie die Burmeisters die Episode darstellten.

»Ich möchte, dass Sie sich zwei Dinge ansehen. Zum einen ein altes Foto, auf dem Sie abgebildet sind, zum anderen ein Videoband, das am letzten Samstag von einer Überwachungskamera aufgenommen wurde, als Sie Lisanne Olsen zusammen mit dem Mann in dem Café gesehen haben«, sagte Pia, nachdem sie Marion Burmeister begrüßt hatte. »Für Letzteres müssen Sie allerdings zu uns ins Kommissariat nach Lübeck kommen. Geht das?«

»Oh ja, natürlich.« Die Burmeister fuhr sich mit der Hand durch das gut frisierte Haar. »Ich weiß aber nicht, ob ich den Mann aus dem Café wiedererkenne. So genau konnte ich natürlich nicht hinschauen.«

Aber genau genug für eine Anschuldigung, dachte Pia. »Wir werden ja sehen. Ich konnte niemanden erkennen, auf den Ihre Beschreibung passte, und im Café konnte sich auch niemand an die beiden erinnern.«

»Na ja, es war auch sehr voll am Samstagvormittag«, sagte

Marion Burmeister. »Kann ich Ihnen etwas zu trinken anbieten, Frau Korittki?«

»Nein, danke. Ich werde nicht lange bleiben. Hier, schauen Sie mal: Können Sie mir sagen, wer die Personen auf diesem Foto sind?« Pia zog das kopierte Foto aus der Tasche und gab es Marion Burmeister.

»Oh, das bin tatsächlich *ich*, mit Henriette Mühlberg zusammen. Wo haben Sie das denn her?«

»Es gehört zu einem Zeitungsartikel. Wer ist der Mann neben Ihnen?«, fragte Pia hoffnungsvoll.

»Das weiß ich nicht. Das ist ja schon schrecklich lange her. Diese unmodernen Frisuren damals … lächerlich.«

»Denken Sie nach. Woher kannten Sie den Mann?«

»Ich habe keine Ahnung«, sagte Marion Burmeister fast enttäuscht.

»Nun gut, Sie haben mir letztes Mal gesagt, dass Frau Stoppe bei Ihnen putzt, nicht wahr?«, fragte Pia weiter.

»Ja. Wie bei so vielen. Ungemein tüchtig, die Gute.«

»Ich habe gerade mit ihr gesprochen. Sie behauptet, damals, bei der Beerdigung ihres Vaters, habe es Schwierigkeiten oder Unstimmigkeiten gegeben. Haben Ihre Eltern die Beerdigung von Erich Stoppe organisiert?«

»Schwierigkeiten?« Marion Burmeister griff irritiert an ihre Halskette. »Davon hat uns Meta Stoppe nie etwas gesagt. Und jetzt, nach einem Vierteljahrhundert? Das ist doch lächerlich! Was denn für Schwierigkeiten?«

Pia zuckte nur mit den Achseln und wartete. Sie wollte, dass Frau Burmeister weiterredete, solange sie noch so nervös war.

»Ich kann mir das einfach nicht vorstellen, nein. Alles lief doch völlig normal, soweit ich mich nach so langer Zeit überhaupt noch erinnern kann. Damals waren meine Eltern noch im Geschäft, das stimmt. Aber die sind beide längst tot. Ich bin felsenfest davon überzeugt, dass ihnen kein Fehler unterlaufen ist … Die Stoppe muss sich in irgendetwas hineingesteigert haben.«

»Der Totengräber hat neulich, als er an dem Platz, wo Erich Stoppes Grabstelle war, ein neues Grab ausgehoben hat, eine Anstecknadel gefunden und sie Frau Stoppe gegeben. Er hat angenommen, dass sie ihrem Vater gehört hat. Aber Erich Stoppe hat nie so eine Nadel besessen.«

»Dann muss sie jemand dort verloren haben. Seit wann kümmert sich die Polizei um solche Belanglosigkeiten? Ich dachte, Sie suchen den Mörder von Lisanne Olsen.«

»Genau das tun wir. Sie wissen also nichts über die Nadel?«

»Nein. Und mein Mann sicherlich auch nicht, denn wenn das Gräberfeld vor Kurzem eingeebnet wurde, dann ist das alles über dreißig Jahre her. Da war Simon noch in Berlin …«

»Tatsächlich? Ich dachte, er stammt von hier. Was hat er denn in Berlin gemacht?«

»Er hat Medizin studiert. Er wollte damals unbedingt Arzt werden, so ein richtiger Landarzt mit eigener Praxis.«

»Und wieso ist er dann zu diesem Bestattungsinstitut gekommen?«

»Wir haben geheiratet, und mein Vater hat ihm eine gut gehende Tischlerei mit Bestattungsinstitut in Aussicht gestellt. Damals lief auch die Tischlerei noch ganz passabel. Es war eine sichere Existenz. Ich glaube, Simon war froh, diese Möglichkeit ergreifen zu können. Das Medizinstudium war wohl letzten Endes doch nicht das Richtige für ihn.«

»Wissen Sie etwas von Grablichtern auf Erich Stoppes Grab?«

»Nein. Sollte ich? Das ist eine hier in der Gegend eher unübliche Praxis, Frau Korittki.«

»Haben Ihnen Angehörige vielleicht mal von Grablichtern erzählt, deren Herkunft sie sich nicht erklären konnten?

»Nein, bestimmt nicht. Außerdem hätte ich doch …« Marion Burmeister stockte.

»Ja, was denn?«

»Wir wohnen hier nahe am Friedhof. Wenn man im Winter, wenn kein Laub mehr an den Bäumen ist, aus dem obersten Stock unseres Hauses schaut, kann man den Friedhof fast komplett überblicken. Mir wäre bestimmt aufgefallen, wenn plötzlich Grablichter auf die Gräber gestellt worden wären, nicht wahr?«

Pia sagte nichts.

Marion Burmeister rieb sich die Arme. »Ich finde, es ist richtig ungemütlich heute. Ist Ihnen auch so kalt? Möchten Sie einen Tee oder einen trockenen Sherry?«

Bevor Pia höflich ablehnen konnte, wurde die Tür geöffnet, und Simon Burmeister kam, den Kopf vorsichtig vorgestreckt, ins Zimmer.

»Ach, Schatz, da bist du ja. Gibt es ein Problem?«, fragte die Burmeister mit sanfter Stimme.

Ihr Mann schaute unsicher zu der Kommissarin hinüber, riss sich dann aber zusammen und gab ihr unbeholfen die Hand. »Frau … äh … Wie geht es Ihnen?«

»Gut. Eigentlich bin ich auch Ihretwegen hier. Haben Sie Zeit für ein kurzes Gespräch mit mir?«

»Ich weiß nicht … Aber gut. Wenn es wichtig ist …« Dann wandte er sich an seine Frau. »Der Jan ist gerade hier und möchte mit uns über die Beerdigung sprechen. Der Onkel von Lisanne hat alles ihm überlassen. Weißt du, wo unser Terminkalender ist?«

»Hinten im Büro, auf dem Schreibtisch, wo er immer liegt. Aber wenn der Jan schon da ist, möchte ich gern selbst mit ihm sprechen.«

»Wir machen erst mal nur einen Termin für das Gespräch. Passt es dir am Donnerstag? Morgen sind wir nicht mehr frei, und am Mittwoch ist der Jan geschäftlich unterwegs.«

»Lass ihn nicht so lange warten, Simon. Morgen geht's bestimmt noch. Der Jan muss sich doch nicht an unsere Geschäftszeiten halten, nicht wahr? Er gehört doch fast zur Familie.«

Sie legte den Kopf schief und lächelte. Pia hatte das Gefühl, dass ihre Worte mehr ihr galten, auch wenn sie sie an ihren Mann gerichtet hatte.

»Morgen dann, ist gut. Ich werde es eintragen.« Er schlurfte nach hinten zum Schreibtisch und kam, den Kalender in der Hand, zurück.

»Grüß den Jan ganz herzlich«, rief Marion Burmeister ihm nach. Als die Tür sich hinter ihm geschlossen hatte, seufzte sie leise.

»Eine schreckliche Geschichte, das Ganze«, sagte sie. »Der arme Jan. Es kommt selten vor, dass mir ein Todesfall so nahegeht wie der von Lisanne Olsen.«

Pia stand auf. »Sie kommen dann also nach Lübeck ins Polizeihochhaus und lassen sich das Video aus der Überwachungskamera zeigen? Wir müssen wissen, mit wem sich Lisanne Olsen am Samstag vor ihrem Tod getroffen hat. Falls ich gerade nicht da sein sollte, wenn Sie in Lübeck sind, können Sie sich getrost an einen meiner Kollegen vom K1 wenden. Die wissen Bescheid.«

»Ich werde versuchen, den Termin irgendwo dazwischenzuschieben. Eventuell muss Simon mal ein Gespräch allein führen – obwohl die Leute lieber mich dabeihaben«, setzte sie entschuldigend hinzu.

Das war verständlich. Der unbeholfene und fast gebrechlich wirkende Simon Burmeister schien nicht gerade der optimale Gesprächspartner für trauernde Hinterbliebene zu sein.

»So, dann möchte ich jetzt noch mit Ihrem Mann sprechen«, sagte Pia.

»Müssen Sie … Ich meine, ist das notwendig?«, fragte Marion Burmeister, während sie mechanisch Pias ausgestreckte Hand ergriff. Ihre Finger waren kalt. Ihr krampfhaftes, wahrscheinlich schon gewohnheitsmäßiges Bemühen, ihren Mann vor allen Widrigkeiten des Alltags schützen zu wollen, war deutlich in ihrem Gesicht abzulesen.

»Ja, das ist es. Wo kann ich ihn finden?«

»Den Flur entlang, die zweite Tür rechts, durch unsere Sargausstellung hindurch, dahinter liegt die Tischlerei. Wir machen zwar nicht mehr viele Tischlerarbeiten, aber mein Mann werkelt trotzdem die meiste Zeit dort herum. Es ist sein Ausgleich, verstehen Sie …«

Pia nickte. »Ich finde mich schon zurecht. Danke, Frau Burmeister.«

Simon Burmeister hatte sie nicht eintreten gehört. Er stand an einer großen Maschine mit Absaugevorrichtung, den Blick konzentriert auf ein Werkstück gerichtet, und er hatte einen Gehörschutz auf den Ohren. Der Krach war durchdringend, selbst wenn man ein paar Meter weit weg stand. Als er den Motor abstellte und das Werkstück durch die Schutzbrille hindurch einer eingehenden Betrachtung unterzog, trat Pia näher und sprach ihn an.

Er zuckte zusammen, dann schob er die Brille hoch vor die Stirn und legte den Gehörschutz ab.

»Oh, Sie sind es. Die Polizei. Ich hatte Sie gar nicht gehört, die Maschine ist so laut. Stehen Sie schon lange hier?«

»Nein, ich bin gerade erst hereingekommen. Ihre Frau hat mir gesagt, wo ich Sie finden kann.«

»Ja. Ich bin viel in der Werkstatt … Ich weiß, das gefällt Marion nicht. Nun ja … Ich sollte mich mehr ums Geschäft kümmern. Aber die Toten können doch auch mal ein halbes Stündchen warten, oder nicht? Sie laufen einem ja nicht mehr weg … Das Tischlern ist nur mein Hobby: Sehen Sie, meine neue Drechselbank. Ich übe noch, aber langsam habe ich den Dreh raus. Möchten Sie einen von diesen Holzkreiseln haben? Vielleicht haben Sie Kinder. Probieren Sie mal.« Er griff nach einem der zierlichen Kreisel und setzte ihn auf der Werkbank in Schwung. »Ich schenke Ihnen gerne einen, oder auch zwei, wenn Sie wollen. Wir haben keine Kinder oder Enkel, denen wir damit eine Freude machen könnten.«

»Ich bin hier, weil ich mit Ihnen über den Mord an Lisanne Olsen sprechen möchte«, sagte Pia.

Simon Burmeister sah sie enttäuscht an. »Ach so. Ja, ich verstehe. Das geht natürlich vor. Was wollen Sie denn wissen?« Er stand vor ihr wie ein Schuljunge, der zum Rektor gerufen wurde, die Hände ineinander verschränkt und den Kopf leicht gesenkt.

»Können wir uns hier irgendwo hinsetzen?«, fragte Pia, die plötzlich das Gefühl hatte, die Befragung könnte länger dauern. Sie wollte allerdings nicht in das Büro zurückkehren, sondern auf jeden Fall mit Herrn Burmeister allein sprechen. Hier in seinem Reich wirkte er weniger verschlossen als vorhin.

»Äh, da Sie vielleicht nicht gerade auf einem der Särge nebenan Platz nehmen wollen, warten Sie …« Er zog eine Kiste unter der Werkbank hervor und befreite sie mit der bloßen Hand von einer dicken Schicht Holzstaub. Dann nahm er sich einen Schemel und setzte sich Pia gegenüber. Sie griff nach ihrem Notizbuch.

»Ich stamme aus einem Nachbarort von Kirchhagen und kenne meine Frau seit der Schulzeit«, begann Simon Burmeister zu erzählen. »Nach der Schule habe ich ein paar Semester Medizin studiert, bis ich für mich festgestellt habe, dass ich wohl nicht zum Mediziner tauge. Die Verantwortung für die Gesundheit und das Leben der Patienten hätte mich auf Dauer zu sehr belastet. Marion und ich haben geheiratet, als Marion schwanger wurde, und ihr Vater hat uns dann das Bestattungsinstitut mit der Tischlerei überlassen, die damals noch florierte. Marion hatte alte Eltern, die gern in Ruhestand gehen wollten. Kurz darauf sind sie gestorben.«

»Wollten Sie gern als Bestatter arbeiten?«

»Nun ja, es war eine Chance. Und eigentlich hat das Handwerkliche für mich im Vordergrund gestanden. Ich habe schon immer gern mit Holz gearbeitet. Aber das Geschäft mit dem Tod ist dann mehr und mehr in den Vordergrund gerückt. Marions Schwangerschaft endete mit einer Fehlgeburt im fünften Monat, und danach hat es zu unserem großen Kummer nicht mehr geklappt mit Nachwuchs. Dafür wurde Jan Dettendorf, der Nachbarssohn, fast so etwas wie ein Ersatzkind für uns. Inzwischen pflegen wir regen nachbarschaftlichen Kontakt. Darum geht uns der Tod von Jan Dettendorfs Freundin auch so nahe.«

»Wann haben Sie Lisanne Olsen zuletzt gesehen?«

»Am Montagnachmittag, als sie vorbeikam, um mit Marion einen Kaffee zu trinken. Sie hatten etwas wegen der bevorstehenden Einwohnerversammlung zu besprechen. Mal wieder das leidige Umgehungsstraßenthema, vermute ich.«

»Sie waren nicht dabei? Wo haben Sie Lisanne Olsen gesehen?«

»Ich habe ihr die Tür geöffnet, als sie kam.«

»Waren Sie mit auf der Einwohnerversammlung?«

»Nein. Dieser Streit um die Straße ist mir zuwider, ich will in Ruhe gelassen werden.«

Pia nickte. Ein seltsames Paar, diese Burmeisters. Er in sich gekehrt, wahrscheinlich auch depressiv, sie extrovertiert und erfolgreich. Wie ging das auf Dauer gut?, fragte sie sich. Aber was wusste sie denn schon von Partnerschaft, wo sie doch kaum im Stande war, eine Beziehung über das erste halbe Jahr zu bringen. Sie zog die Kopie des Fotos vom Schützenfest heraus und hielt sie Simon Burmeister hin. »Kennen Sie die Personen auf dem Bild?«

Er kniff die Augen zusammen, holte dann eine Halbbrille aus der Brusttasche seines grauen Arbeitskittels und setzte sie auf die Nase. »Woher haben Sie das? Das sind Marion, Henriette Mühlberg und ein Mann, den ich nicht kenne. Lange her, wie es aussieht. Fast schon nicht mehr wahr.«

»Wissen Sie, zu welcher Gelegenheit es aufgenommen wurde?«

»Nein. Sieht im Hintergrund nach einer Feier aus, nicht wahr? Ich kann mich nicht erinnern, dabei gewesen zu sein. Aber was hat dieses Bild mit dem Mord an Lisanne Olsen zu tun?«

»Wir haben es unter ihren Sachen gefunden«, antwortete Pia ausweichend.

»Sie hat für eine Zeitung gearbeitet.«

»Ihre Frau sagte mir, der Mann auf dem Foto sei ein Freund von Henriette Mühlberg gewesen. Aber seinen Namen wüsste sie auch nicht mehr.«

»Dann war er das wohl. Marion hat ein gutes Gedächtnis. Was sagt denn Henriette dazu?«

Die Art, wie er ihren Namen aussprach, ließ Pia aufmerken.

»Frau Mühlberg vermutet, dass der Mann ein Verehrer Ihrer Frau war.«

Simon Burmeister schüttelte verwirrt den Kopf. »Ich kann Ihnen da nicht weiterhelfen, so gern ich auch möchte. Ich habe den Mann noch nie gesehen.«

»Vielleicht fällt Ihnen ja noch etwas ein zu dem Bild. Möchten Sie die Kopie behalten?«, fragte Pia.

Simon Burmeister gab ihr das Foto zurück. »Es bringt nichts, ich bin mir sicher.«

»Also gut. Dann nehmen Sie zumindest meine Karte, falls Ihnen noch etwas einfallen sollte. Wie gut kennen Sie eigentlich Frau Mühlberg?«

»Henriette? Schon Ewigkeiten.« Er zögerte kurz, setzte dann hinzu: »Aber sie lebt sehr zurückgezogen in dem alten Haus da draußen, lässt niemanden an sich heran. Marion besucht sie ab und zu, aber mehr aus Pflichtgefühl, verstehen Sie? Sie kümmert sich gern um Menschen, sie hat ein ausgeprägtes Verantwortungsgefühl. Nicht so wie die meisten von uns, ich schließe mich da gar nicht aus. Meinc Frau ist ein bewunderungswürdiger Mensch.«

»Das freut mich zu hören«, sagte Pia, obwohl sie diese Charakterisierung eines Ehepartners befremdlich fand. Wer wollte schon bewunderungswürdig sein? Nicht zum ersten Mal spürte sie Mitleid mit der forsch auftretenden Marion Burmeister. Die zusammengesunkene Gestalt ihres Ehemannes, die Särge im Hintergrund, die Trauer und Last, die regelmäßig in dieses Haus hineingetragen wurden – Pia hatte plötzlich das Gefühl, fliehen zu müssen. Sie packte ihre Sachen zusammen und verabschiedete sich von Simon Burmeister. Als sie wieder an der Hauptstraße stand, der Geruch der Abgase sie in der Nase kitzelte und ein heftiger Windstoß ihr das Haar zerraufte, atmete Pia auf.

18. Kapitel

Ich hau' ab, Schätzchen!«

Henriette Mühlberg streichelte dem Getigerten über das dichte Fell. Der Kater verharrte einen Moment reglos auf der Kommode, dann begann seine Schwanzspitze zu zucken, er sprang auf den Fußboden und ging ungerührt seiner Wege. Den kleinen Rollenkoffer, der gepackt neben der Eingangstür stand, strafte er mit Nichtachtung.

»Es muss sein, ist einfach besser so.« Henriette hatte den Entschluss wegzufahren erst gestern Abend gefasst, und es war pures Glück gewesen, dass sie ihre Freundin erreicht hatte und sich für ein paar Tage bei ihr hatte einladen können. Am gestrigen Abend hatte sie im Wohnzimmer gesessen und sich dabei ertappt, wie sie in einem Buch geblättert hatte, ohne im Geringsten mitzubekommen, was sie gerade las. Ihre Gedanken waren um Lisanne Olsen gekreist, den heimtückischen Mord und die Folgen, die er noch haben mochte. Sie war in ihrem Sessel immer tiefer zusammengesunken, und trotz des Heizlüfters zu ihren Füßen und zweier Wolldecken war ihr eiskalt gewesen.

Dann hatte ein lautes Knacken in dem alten Gebälk sie zusammenfahren lassen, und ihr Herz hatte lange gebraucht, um wieder normal zu schlagen. An diesem Punkt hatte Henriette das getan, was sie immer tat, wenn sie verunsichert war: Sie hatte gehandelt.

Jetzt, bei Tageslicht, konnte sie nicht mehr so ganz nachvollziehen, was sie gestern so beunruhigt hatte. Aber eines wusste sie: Auch heute würde es gegen fünf Uhr wieder stockdunkel sein, und sie hatte keine Lust, wie ein verschrecktes Kaninchen in ihrem Bau zu hocken, während … ja, während *was* eigentlich? Besser, sie war nicht hier, um es herauszufinden.

Henriette humpelte durch das ganze Haus, prüfte, ob die Fenster fest verschlossen und die Heizkörperventile zugedreht waren. Heute schmerzte ihr rechtes Knie, während ihr Schultergelenk sich mit gelegentlichen Stichen begnügte. Sie vergewisserte sich, dass alle ihre Tiere für ein paar Tage gut versorgt waren. Die Katzen würden durch die Katzenklappe in der Küchentür rein- und rauskommen, und Marion würde zwischendurch für frisches Wasser und Futter sorgen. Das Terrarium stand eingeschlossen im Büro. Marion musste sich nicht darum kümmern. Mit dem *Kriechzeug*, so hatte sie Henriette unmissverständlich zu verstehen gegeben, wollte sie nichts zu tun haben.

Henriette hatte nur Simon angetroffen und ihn gebeten, Marion Bescheid zu sagen, dass sie wegfuhr. Sie hoffte, dass die Kapazitäten seines vertrockneten Hirns noch ausreichten, um seiner Frau eine einfache Nachricht zu übermitteln. Wenn nicht, dann mussten sich die Katzen mit ein paar Mäuschen begnügen, die es rund um das Haus zur Genüge gab. Konnte ihnen auch nicht schaden, wenn sie für ihr Futter mal etwas tun mussten.

Draußen ertönte ein kurzes Hupen, das bestellte Taxi war da. Henriette schnappte ihr Köfferchen – das mit den Jahren immer leichter wurde, da sie sich mit immer weniger Gepäck belasten wollte – und verließ ihr Haus.

Als das Taxi die schmale Zufahrt hinunterfuhr, nickte sie zufrieden. Es war die richtige Entscheidung gewesen. Zum ersten Mal in ihrem ereignisreichen Leben fühlte sie sich in ihrem eigenen Haus bedroht …

Zur lustigen Ecke … Na, wenn das nicht ein unterhaltsamer Nachmittag zu werden versprach! Gerlach zog die Kneipentür auf. Eine dichte Wolke abgestandener Luft quoll ihm entgegen, als er den Schankraum betrat. Er brauchte einen Moment lang, bis er sich an das schummrige Licht im Innern gewöhnt hatte, und als ihm das gelungen war, sah er nichts, was ihn sonderlich überrascht hätte: eine hohe Theke mit einer Handvoll Barhockern davor, einen Spielautomaten und drei Kneipentische an der linken Wand. Das einzig Überraschende war die große Zahl der Gäste an einem Montagnachmittag um vier. Es waren ausnahmslos Männer, und sie hatten allesamt Biergläser vor sich stehen, der Inhalt variierte zwischen frisch gezapft und *am letzten Rest festhalten*.

Gerlach sah zweifellos nicht so aus, als gehöre diese Art Kneipe zu seinen bevorzugten Lokalitäten, also gab er sich gar nicht erst die Mühe, den Anschein zu erwecken. Er trug Designerjeans, ein frisch gebügeltes hellblaues Hemd und eine modisch abgewetzte Cordjacke. Sein Haar war frisch gewaschen und kostete ihn monatlich dreißig Euro für einen perfekten Schnitt.

Er hätte auch *Bulle in Zivil* auf der Stirn stehen haben können, es wäre hier auf dasselbe herausgekommen. Gerlach vermutete aber, dass er nach ein paar Stunden in Ellen Landowskys Gesellschaft aus dem Stand von seiner mühsam geschliffenen Sprechweise sofort in den Jargon seiner Kindheit zurückfallen könnte.

Der Wirt, ein hagerer Mann mit pomadigem Haarschopf und schwarzer Lederweste, hob fragend eine Augenbraue, als Gerlach an die Theke trat.

»Gerlach, Kriminalpolizei Lübeck. Es geht um einen Stammgast von Ihnen: Conrad Kruse. Sie kennen den Mann?«

Etwas zu forsch vielleicht, zu künstlich, dachte Gerlach noch während er sprach. In so einem Milieu würde er sich wohl nie wieder normal benehmen können.

Der Wirt ging sofort in Abwehrstellung, während ein paar Männer an der Bar verstohlene Blicke wechselten. Er kreuzte die Arme vor seiner Lederbrust und legte die Stirn in Falten. »Weiß nicht, was Sie hier wollen. Ich kenn' keinen Conrad Kruse.« Er sprach den Namen aus, wie Gerlach es getan hatte, übertrieben deutlich. Einer der Gäste schnaubte leise.

»Er kommt fast jeden Nachmittag hierher. Etwa einssiebzig groß und schlank, dunkles Haar, Ende fünfzig ...«

»Könnte jeder Zweite hier sein«, gab der Wirt zur Antwort und grinste.

Gerlachs Nackenmuskulatur verkrampfte sich. Der Wirt wandte sich zu seiner Anlage um und drehte die Musik lauter.

»Wenn Sie das nicht wieder leiser drehen, sodass wir uns unterhalten können, muss ich Sie aufs Revier mitnehmen, wo wir ungestört miteinander reden können. Wie heißen Sie? Gehört Ihnen der Laden hier?«

»Manskeroth, ich bin der Pächter«, sagte er aufmüpfig, stellte aber die Musik wieder leise. »Was hat der Conny denn ausgefressen?«

Na bitte, die gute alte Freundin *Neugierde*, er kam der Sache schon näher.

»Seine Nichte ist ermordet worden. Ich bin hier, um sein Alibi zu überprüfen.«

Der Wirt riss überrascht die Augen auf und beugte sich über die Theke. »Was – Mord? Ich wusste nicht mal, dass der Conny eine Nichte hat.«

Gerlach zwang sich, nicht vor ihm zurückzuweichen. »Er hatte zwei Nichten, die ältere von beiden, Lisanne Olsen, wohnte in Kirchhagen. Sie wurde am letzten Dienstag in aller Frühe ermordet.«

Obwohl er nicht laut gesprochen hatte, sahen ihn plötzlich alle an. Ein undeutliches Gemurmel hob an.

»Ruhe!« Der Wirt schlug mit der Faust auf die Theke, dass die Biergläser wackelten. »Sie glauben doch nicht im Ernst, dass unser Conny was damit zu tun hat?«

»Mit Glauben hat das nichts zu tun. Ich brauche verlässliche Informationen, um mir ein Bild zu machen.«

Manskeroth hantierte an seiner Zapfanlage und stellte Gerlach kurz darauf ein Glas Bier vor die Brust. »Also schön, was wollen Sie wissen?«

»Ist Conrad Kruse am letzten Montag und Dienstag hier gewesen? Wenn ja, von wann bis wann? Und hat er irgendetwas erwähnt, was mit dem Tod seiner Nichte zusammenhängen könnte?«

»Er ist normalerweise jeden Tag hier. Gehen Sie also unbesorgt davon aus, dass er auch letzte Woche Montag und Dienstag hier war. Meistens kommt er so zwischen vier und fünf nachmittags und bleibt bis zehn oder elf. Heute ist er fast schon etwas spät dran. Aber erzählt hat er nichts. Er redet nicht viel.«

»Hat er sich zufällig ein Auto von jemandem hier geliehen?«, fragte Gerlach.

»Hey, hat hier jemand dem Conny seinen Schlitten geliehen, mit Chauffeur oder ohne?«, rief Manskeroth in die Runde. Dumpfes Schweigen war die Antwort.

»Hier hat keiner ein Auto, das er verleihen könnte. Andi hat 'n alten Toyota, aber der ist aufgebockt. Wenn Conny irgendwohin will, dann nimmt er den Proletencontainer. Für Taxis hat er keine Kohle. Ich glaube, Sie sind hier an der völlig falschen Adresse, Herr Kommissar.«

Conrad Kruses Alibi war mehr als löcherig. Er konnte in der Nacht von Montag auf Dienstag und auch am frühen

Dienstagmorgen überall gewesen sein, also auch am Tatort. Die Landowsky hatte ihm versichert, sie schlafe tief wie ein Murmeltier und würde sowieso nichts hören, also konnte sie nicht bezeugen, dass er zu Hause gewesen war. Andererseits, wie hätte Conrad Kruse von Bad Oldesloe nach Kirchhagen kommen sollen, mitten in der Nacht, und am frühen Morgen zurück? Sicher hätte er ausnahmsweise in eine Taxifahrt investieren können, wenn es ihm lohnend erschienen wäre. Das ausstehende Erbe war sicher eine kleine Investition wert. Aber das ließ sich nachprüfen. Ein Täter, der mit dem Taxi zum Tatort fuhr? Oder mit einem Mietwagen? Per Anhalter? Es klang wenig wahrscheinlich. Letzten Endes konnte man die Strecke auch mit einem Fahrrad zurücklegen, wenn man einigermaßen in Form war. So weit war es gar nicht. Er würde alle Möglichkeiten überprüfen müssen.

Er bedankte sich für das Bier, das er nicht angerührt hatte, und verabschiedete sich. Aus dem Augenwinkel sah er noch, wie der Mann, der neben ihm auf einem Barhocker gesessen hatte, das Glas verstohlen zu sich herüberzog.

»Diese Nadeln sind nichts Besonderes«, berichtete Broders, als sie am Abend wieder zu einer Einsatzbesprechung zusammengekommen waren. »Jeder, der einmal Mitglied einer Burschenschaft war oder ist, die zum *Dachverband der Deutschen Burschenschaft* gehört, kann im Besitz einer solchen Anstecknadel sein. Es gibt keinerlei Hinweis darauf, in welcher Burschenschaft der Betreffende war. Wir sind damit also keinen Schritt weiter.«

»Aber warum hat diese Nadel im Grab von Erich Stoppe gelegen? Dafür haben wir keine Erklärung«, sagte Pia, die nicht so einfach aufgeben wollte. »Wir sollten bei den Personen ansetzen, die in Kirchhagen mit dem Opfer in Verbindung standen und außerdem studiert haben. Simon Burmeister zum Beispiel hat, wie ich heute erfahren habe, ein paar Semester Medizin studiert. Und Henriette Mühlberg ist Ethnologin.«

»Meinst du, einer von den beiden war Mitglied in einer Studentenverbindung?«, fragte Broders ungläubig.

»Lass mich noch einmal das Originalfoto des Zeitungsausschnittes ansehen«, sagte Pia.

Gerlach schob die Klarsichthülle zu ihr hinüber. Sie griff nach einer Lupe und legte das Foto unter die Schreibtischlampe. »Seht mal da, das könnte was sein …«

»Ein Punkt, vielleicht ein Schmutzfleck am Revers?«, sagte Gerlach, der ihr über die Schulter schaute.

»Oder aber eine Anstecknadel. Guckt mal hier, unter dem Jackett des Mannes, das sieht doch merkwürdig aus, oder?«

»Die Krawatte hat ein scheußliches Muster«, kommentierte Broders, der bei jeder Gelegenheit sein neu erwachtes Modebewusstsein unter Beweis stellen musste.

»Kannst du das auch in Schwarz-Weiß erkennen?«, murrte Gerlach.

Pia griff nach einem Bleistift und deutete mit der Spitze auf einen Streifen, der diagonal über der Krawatte verlief.

»Ist das ein Schatten, eine Falte in der Krawatte, oder ist es ein Band?«, fragte sie.

»Was für ein Band?«

»Verbindungsstudenten tragen so etwas bei festlichen Anlässen: eine Mütze und ein Band in den Farben ihrer Burschenschaft. Vielleicht finden wir im Internet mehr darüber …«

»Du hast recht«, gab Broders zu, während er das Bild durch die Lupe betrachtete. »Es könnte so ein Band sein. Das wäre genial. Wenn wir die Farben wissen, finden wir vielleicht heraus, welcher Verbindung der Bursche angehört hat. Das wäre schon mal ein Fortschritt. Ich kümmere mich darum.«

»Freu dich nicht zu früh«, warnte Pia, »oder kannst du bei einem Schwarz-Weiß-Bild erkennen, um welche Farben es sich handelt?«

Als Gabler mit einiger Verspätung zu der Besprechung kam, hatten Pia, Broders und Gerlach elf Burschenschaften herausgesucht, zu denen das Band auf dem Foto passen konnte. Gabler klickte angespannt mit dem Verschluss seines Kugelschreibers, während er sich die neuesten Ergebnisse anhörte, und ordnete an, das Foto unter diesem Gesichtspunkt noch einmal von einem Fachmann analysieren zu lassen. »Was war sonst noch?«, fragte er anschließend.

»Ich habe mit der Frau gesprochen, die uns wegen des Pferdestellplatzes angerufen hat. Die Olsen hatte der Stallbesitzerin doch am Telefon erzählt, dass sie für ihren Wallach einen neuen Stall sucht«, berichtete Broders. »Die Olsen hat angeblich angedeutet, dass persönliche Gründe ausschlaggebend seien, nicht der jetzige Stall oder die Trainingsmöglichkeiten.«

Pia runzelte die Stirn. Über Jan Dettendorf schienen sich immer mehr dunkle Wolken zusammenzuziehen.

»Damit rückt Dettendorf auf unserer Liste der Tatverdächtigen ziemlich weit nach oben«, stellte Gerlach fest. »Sein Motiv ist die Angst vor einer Trennung von seiner Freundin, vielleicht auch Eifersucht auf einen Nebenbuhler. Er ist derjenige aus dem Umfeld des Opfers, der am ehesten die entsprechenden Kenntnisse und Fähigkeiten hat, den Plan zu entwerfen und umzusetzen. Und ein Alibi hat er auch nicht.«

»Was uns fehlt, ist ein Beweis, wenigstens eine Spur davon. Dadurch, dass er Lisanne Olsen am Tatort gefunden hat, hat er für jede Faser und jedes Haar, das die Spurensicherung gefunden hat, eine einfache Erklärung. Wie sieht es eigentlich mit der Tatwaffe aus, sind wir da schon ein Stückchen weiter?«, fragte Pia.

Gerlach, der nach seiner Rückkehr aus der Kneipe in Bad Oldesloe noch einmal mit den Spurensicherungsleuten gesprochen hatte, schüttelte den Kopf. »Sie haben Wald und Wiesen in der gesamten Umgebung durchkämmt, die Stallanlagen, Schuppen, Scheunen. Möglich, dass sie bei der Größe des Areals etwas übersehen haben, aber die Eisenstange, oder was immer es war, ist noch nicht gefunden worden. Vielleicht ist die Olsen auch mit einem Wagenheber erschlagen worden. Dann kann sich die Tatwaffe auch in einem x-beliebigen Fahrzeug befinden.«

»Sind Dettendorfs Fahrzeuge schon untersucht worden?«, fragte Pia.

»Ja, und auch der Wagen von Lisanne Olsen selbst. Aber ohne Ergebnis.«

Alle dachten nach. Gabler blätterte missmutig in der Akte, die schon eine beachtliche Stärke hatte.

»Wir brauchen einen DNA-Vergleich«, sagte Pia in die Stille hinein.

»Wie bitte?« Gabler sah irritiert auf.

»Ich spreche von dem Knochenfund in Kirchhagen. Lisanne Olsen hat einen Artikel darüber geschrieben und die Fundstelle der Knochen auf der Karte in ihrem Büro vermerkt. Sind diese Knochen eigentlich schon auf ihre DNA hin analysiert worden?«

»Womit soll denn verglichen werden?«, fragte Gerlach, der ihrem Gedankengang nicht folgen konnte.

»Es ist nur eine Möglichkeit, und eine unwahrscheinliche dazu«, gab Pia zu, »aber ich möchte die DNA dieser Knochen mit der von Meta Stoppe vergleichen, um festzustellen, ob zwischen ihr und dem unbekannten Toten ein Verwandtschaftsverhältnis besteht.«

»Wozu?«

»Der Totengräber hat einen Gegenstand im Grab ihres Vaters gefunden, der dort nicht hingehört. Des Weiteren haben wir in der Nähe von Kirchhagen bisher nicht identifizierte menschliche Knochen gefunden. Es wäre gut zu wissen, ob zwischen diesen Ereignissen ein Zusammenhang besteht.«

»Ich werde darüber nachdenken«, antwortete Gabler, was bedeutete, dass ihm die Laborkosten Sorgen bereiteten. Das stimmte Pia nicht gerade optimistisch für ihr nächstes Anliegen: »Unser wichtigster Zeuge im Fall Lisanne Olsen, Jan Dettendorf, wurde am Samstagabend in Kirchhagen Opfer eines Überfalls. Vier unbekannte Täter haben ihm auf dem Nachhauseweg aufgelauert und ihn zusammengeschlagen. Sie hatten laut Dettendorf ein Tschacko und ein Messer dabei, und nur das Eingreifen eines Nachbarn hat Dettendorf vor etwas Schlimmerem als Prellungen und einem blauen Auge bewahrt. Es besteht die Möglichkeit, dass der Überfall mit dem Mord an seiner Freundin in Zusammenhang steht, auch wenn er das selbst nicht wahrhaben will. Was ist, wenn sich so ein Vorfall wiederholt?«

»Glauben Sie, die Angreifer wollten Dettendorf ermorden?«, fragte Gabler scharf.

»Wir können es zumindest nicht ausschließen. Und egal, wie wir es drehen, es handelt sich um einen Fall von vorsätzlicher Körperverletzung.«

»Frau Korittki, dann machen Sie Jan Dettendorf klar, dass er uns alles, was er über den Mord an seiner Freundin weiß, sagen muss«, sagte Gabler.

»Das ist nicht so einfach. In der Zwischenzeit braucht er Personenschutz. Wir können es uns nicht leisten, dass noch jemand umgebracht wird.«

Broders, der in den letzten Minuten die Pinnwand studiert hatte, drehte sich zu Pia um. Er sagte nichts, doch sie entnahm seinem Gesichtsausdruck, dass er dem Wortwechsel aufmerksam folgte.

»Die Hinweise darauf, dass der Überfall mit dem Mord zu tun hat, sind ziemlich dürftig, Frau Korittki. Genauso dürftig wie der Zusammenhang zwischen Lisanne Olsens Tod und irgendwelchen alten Knochenfunden!«

»Kirchhagen ist ein Nest. Wie groß ist die Wahrscheinlichkeit, dass dort mehrere Kapitalverbrechen begangen werden, ohne dass ein Zusammenhang besteht?«

»Das fragen Sie am besten einen Statistiker, Frau Korittki. Wir werden die Knochen analysieren lassen, aber Personenschutz ist nicht drin. Machen Sie Jan Dettendorf unmissverständlich klar, dass er keine Informationen zurückhalten darf. Wir könnten höchstens diesen Frank Reuter zu dem Überfall befragen …« Gabler ließ seinen Aktenkoffer zuschnappen. »Wenn sich dadurch bestätigt, dass der Überfall auf Dettendorf mit dem Mord in Zusammenhang steht, denke ich noch einmal über Personenschutz nach.«

»Das hätte ich dir gleich sagen können«, bemerkte Broders, als Gabler den Raum verlassen hatte. Pia kickte frustriert den Bürostuhl in Richtung Heizung, wo er mit einem lauten Knall gegen das Metall stieß.

Broders reckte sich und ließ dabei seine Schultergelenke knacken. »Warum sorgst du dich so um diesen Dettendorf, Pia? Er ist immerhin unser Hauptverdächtiger.«

»Ich weiß es nicht genau«, sagte sie, »aber er sah wirklich übel zugerichtet aus. Die, die da zugelangt haben, hatten keinerlei Hemmungen. Glaubst du da noch an einen Zufall, Broders?«

»Nein. Vielleicht hat er ja den Überfall selbst inszeniert, um den Verdacht von sich abzulenken …«

»Möglich wär's.« Pia war nicht überzeugt.

»Es ist doch nur«, Broders machte einen Schritt auf sie zu, »weil es dir schon einmal passiert ist. Deshalb hast du jetzt das Gefühl, etwas tun zu müssen. Aber du kannst nicht alles kontrollieren.«

»Was ist mir passiert?«, fragte sie verwundert.

»Dass während der Ermittlungen ein Zeuge hopsgegangen ist. In Grevendorf, mit Unruh zusammen. Du erinnerst dich bestimmt, es war dein erster Fall bei uns.«

»Ach das … Aber da lag der Fall vollkommen anders. Ich habe nicht eine Sekunde daran gedacht«, sagte sie.

Broders grinste freudlos. Es war immer noch Montag: Die Woche konnte endlos werden.

19. Kapitel

Als sie ihre Wohnungstür aufschloss, nahm Pia sich vor, die Gedanken über den Mord an Lisanne Olsen aus ihrem Kopf zu verbannen, wenigstens für ein paar Stunden. Sie schmiss ihre Jacke über einen Stuhl und fiel Hinnerk in die Arme, der aus der Küche in das Halbdunkel des kleinen Flures trat.

»Hey, schön, dass du da bist! Das war vielleicht ein Tag«, sagte sie nach einem ausgiebigen Kuss.

Er strich ihr das Haar aus dem Gesicht und musterte sie. »Das sieht man. Möchtest du was trinken? Zu Essen ist nämlich nichts mehr da. Ich bin schon eine halbe Stunde hier und habe gerade den Rest Salzstangen aufgegessen, den ich im Schrank gefunden habe.«

»Wie waren die?«

»Bisschen weich.«

Pia schüttelte sich. »Die waren noch vom letzten Silvester, fürchte ich«, sagte sie und streifte die Stiefel von ihren Füßen.

»Ich bin ziemlich hungrig, und im Kühlschrank ist nur noch dein obligatorischer Tomatensaft, Pia. Irgendwie müssen wir uns etwas Essbares organisieren. Hast du eine Idee?«

Sie spürte einen Anflug von schlechtem Gewissen, weil sie ihn nach seiner Arbeit hergelockt hatte, ohne sich über das Essen irgendwelche Gedanken gemacht zu haben.

»Chinesisch?«, fragte sie hoffnungsvoll. Das war bei ihr des Öfteren die letzte Rettung, und gar nicht weit von ihrer Wohnung konnte man sich etwas Gutes holen.

»Ich habe befürchtet, dass du das sagen würdest. Manchmal weiß ich nicht, weshalb ich mich überhaupt noch darauf einlasse, zu dir zu kommen«, sagte er, doch sein spöttisches Lächeln milderte seine Worte ab.

»Weil Moritz bei dir durch die Wohnung schleicht und du meine Gesellschaft seiner Nörglerei vorziehst.« Und du weißt noch nicht, dass ich bisher noch keinen Urlaub eingereicht habe, setzte sie im Stillen hinzu. Doch bevor sie nicht beide etwas im Magen hatten, waren Diskussionen sowieso zwecklos.

Eine gute halbe Stunde später saßen sie im Schneidersitz auf dem Sofa, ein Tablett mit Pappschalen vom China-Imbiss zwischen sich. Hinnerk trank Bier, Pia hatte eine selbst gemixte Bloody Mary neben sich auf dem Fußboden stehen. Der Mond war gerade aufgegangen und zeigte sich als überdimensionale orangefarbene Scheibe über den Dächern von Lübeck. Im Wetterbericht hatten sie für die Nacht Temperaturen weit unter null angesagt. Das bedeutete, dass es in Pias Schlafzimmer unter der Dachschräge eiskalt werden würde, selbst wenn der Gasofen im Wohnzimmer auf Hochtouren lief und alle Türen offen standen.

»Du bleibst doch heute hier?«, fragte sie darum nicht ganz uneigennützig, als sie die letzte Schale ausgekratzt hatte. Sie trank noch ein paar Schlucke. Die Schärfe trieb ihr die Tränen in die Augen. Aber es fühlte sich gut an: Langsam entspannte sie sich. Pia rutschte ein Stückchen näher an Hinnerk heran und strich ihm über den Rücken. An seiner Haltung, der Spannung seiner Muskeln unter seinem T-Shirt, spürte sie, dass er es ihr nicht leicht machen wollte. Das Ultimatum lief heute ab, und sie hatte sich noch nicht entschieden, was den gemeinsamen Urlaub zwischen Weihnachten und Neujahr betraf.

»Du hast gestern am Telefon besorgt geklungen«, sagte Hinnerk unvermittelt.

»Wegen des Überfalls auf unseren Zeugen. Ja, er ist übel zugerichtet worden.«

»Wer ist der Typ?«

»Der Freund der Ermordeten.«

Die Spannung in seinem Rücken ließ nicht nach.

»Glaubst du, dass es derselbe Täter war wie bei seiner Freundin?«

»Ich weiß es nicht.« Nach ihrem Fehlschlag bei Gabler hatte Pia keine Lust, das Thema noch einmal durchzugehen.

»Könnt ihr ihn nicht schützen?«

»Wie denn? Das kostet zu viel Geld, Personenschutz und solche Dinge. Überall wird gespart, wahrscheinlich so lange, bis alles kaputt ist …« Sie brach verblüfft ab, weil ihr auf einmal bewusst wurde, wie sehr die Geschichte in ihr brodelte.

»Verstehe. Sieht bei uns nicht viel anders aus. Aber du kannst die Situation im Moment nicht ändern, Pia. Vergiss diesen Typ mal einen Augenblick.«

»Es hat nichts mit dem Mann persönlich zu tun. Der Fall ist … aufreibend.«

»Bist du dir sicher?«

Wer schrieb eigentlich ihre Drehbücher, fragte sich Pia, weil diese Art Gespräche so oft mit einem Missklang endeten? Hinnerks Gesicht verriet, dass er sich von diesem Abend auch etwas anderes erhofft hatte. Aber es war eben, wie es war: Sie konnte nicht auf Kommando von der Arbeit abschalten. Er musste damit leben – oder es lassen.

»Offensichtlich bist du in Gedanken bei diesem Mann oder bei der ermordeten Frau. Jedenfalls bist du noch nicht hier zu Hause angekommen. Ich kenne das. Bis vor ein paar Monaten ging es mir mit der Arbeit genauso: Ich konnte nicht abschalten. Immer wieder bin ich haarklein jeden Handgriff durchgegangen, den ich gemacht hatte. Wenn wir jemanden nicht hatten retten können, habe ich mich persönlich dafür verantwortlich gefühlt. Aber das ist auf Dauer ungesund, Pia.« Er war ein Stück von ihr weggerückt.

Sie fühlte sich durchschaut, und das ärgerte sie. »Sind wir nur in guten Tagen zusammen oder auch, wenn es uns mal nicht so prächtig geht?«, fragte sie wütend.

»Du weißt, dass ich für dich da bin, wenn du mich brauchst. Aber heute scheinst du etwas oder jemand anderen zu brauchen«, kam es kühl zurück.

Hinnerks Profil zeichnete sich scharf vom hellen Nachthimmel ab. Die Kerze, die sie zum Essen angezündet hatten, war inzwischen erloschen. Pia sehnte sich nach seiner Nähe, aber gleichzeitig spürte sie, dass ein Körnchen Wahrheit in seinen Worten lag.

»Das bildest du dir nur ein«, sagte sie.

Die Erleichterung darüber, dass das Thema Urlaub nicht zur Sprache gekommen war, stellte sich nicht bei Pia ein.

Genau das Richtige für ein romantisches Wochenende zu zweit, dachte Anke Loss, als sie vor Leo Körtings Hotel stand. Er musste viel Geld investiert haben, um das ehemalige Forsthaus in dieses exklusive kleine Hotel zu verwandeln. Der Anbau mit dem großen Wintergarten war, wie das ursprüngliche Haus, mit Reet eingedeckt. Ein Feldsteinwall mit Heckenrosen schloss das gepflegte Anwesen ein. Wer hier wohl Urlaub machte? Der Parkplatz für die Hotelgäste war leer, nur Leo Körtings zitronengelber Sportwagen stand mitten in der elegant geschwungenen Auffahrt. Anke Loss ging zu dem Seiteneingang, der zu Leo Körtings Privatwohnung führte, und drückte auf den Klingelknopf.

Sie hatte eine Mordswut auf den Mann. Vor einer guten Stunde hatte sie zufällig Jan Dettendorf im Supermarkt getroffen. Der Anblick seines malträtierten Gesichtes mit dem zugeschwollenen Auge hatte ihr einen Schock versetzt. Außerdem hatte er sich mit seinem Einkaufswagen durch die Gänge bewegt wie ein Neunzigjähriger nach einem Sturz die Treppe hinunter. Vom Pferd gefallen, hatte er behauptet, aber Anke Loss hatte ihm kein Wort geglaubt. Was, zum Teufel, war auf einmal los in Kirchhagen?

Sie streckte den Arm aus, um noch einmal und mit etwas mehr Nachdruck zu klingeln, und fuhr erschrocken zurück, als sich die Tür öffnete. Leo Körting starrte sie verwirrt an. Er trug einen schwarzen Seidenkimono, das sonst sorgfältig nach hinten gegelte Haar stand nach allen Seiten ab, und er hatte dunkle Ringe unter den Augen. »Ach, du … War es wirklich nötig, mich zu wecken? Brennt es hier irgendwo?«

»Und ob es nötig war, Leo. Ich bin sauer, richtig sauer«, sagte sie und hörte, dass ihre Stimme schrill klang.

»Komm rein. Kannst mir ’nen Kaffee kochen, während ich mich ein bisschen frisch mache.«

»Du hast sie wohl nicht mehr alle«, sagte sie, trat aber trotzdem ein. Er schlurfte ihr voraus in die Diele und deutete mit dem Daumen auf eine der Türen. »Da ist die Küche. Kannst du mit einer echt italienischen Espressomaschine umgehen? Ich komme gleich zu dir runter.«

Anke unterdrückte ein Fluchen. Sie hatte gewusst, worauf sie sich einließ, wenn sie es mit Leo Körting aufnehmen wollte. Also biss sie die Zähne zusammen und betrat die Küche. Sie stolperte über eine Pappkiste, die mitten auf den schwarz-weißen Fliesen stand.

Im Inneren raschelte und scharrte es. Anke ging in die Hocke, zog die Klappe des Deckels ein Stückchen hoch und spähte durch den Spalt. Ihr Blick fiel auf einen walzenförmigen Körper mit schwarzen Knopfaugen. Ein zweites Tier drängte sich gegen das erste und versuchte, seine rosa Nase durch den Spalt zu schieben. Meerschweinchen? Sie zog den Deckel etwas weiter auf und steckte eine Hand in den Karton. Sie fühlte warmes struppiges Fell: ein Rosettenmeerschweinchen. Leo Körting hielt Meerschweinchen?

Anke Loss stand wieder auf, wischte sich die Hände an der Jeanshose ab und sah sich um. Sie entdeckte die italienische Espressomaschine, die auf der schwarzen Granitarbeitsplatte aussah wie ein notgelandetes Ufo. Sie würde den Teufel tun, hier für Leo einen Kaffee zu kochen. Stattdessen hockte sie sich wieder zu den Meerschweinchen, und da sie kein Futter in dem Karton sah, nahm sie einen Apfel aus der Obstschale, schnitt ihn in zwei Hälften und legte ihn in den Karton.

Der Apfel war schon zur Hälfte verspeist, als Leo hereinkam, offensichtlich Kaffee erwartend und kurzzeitig verstimmt, als er sah, dass die Maschine von ihr noch nicht in Betrieb genommen worden war. Er sah sie fragend an. »Kein Kaffee? Was dann? Ich bin nicht in Stimmung für schlechten Sex«, sagte er. »Mir tun die Eier noch von letzter Nacht weh, also was willst du hier?«

Sie spürte, wie ihr vor Wut die Hitze in die Wangen schoss. »Bilde dir bloß nichts ein, Leo. Ich bin hier, weil ich stinksauer auf dich bin.«

»Du wiederholst dich. Und ich dachte, vormittags bist du immer scharf auf eine schnelle Nummer mit der Nachbarschaft …«

Sie holte tief Luft. Es war klar, dass er nicht davor zurückschrecken würde, sein Wissen gegen sie zu verwenden. Aber damit kam er dieses Mal nicht durch. »Ich habe Dettendorf heute Morgen gesehen. Was hast du mit ihm angestellt? Willst du ihn umbringen? Ich kann zur Polizei gehen, und wenn du nicht ein paar sehr gute Erklärungen parat hast, werde ich genau das tun!«

Er antwortete nicht, sondern gähnte nur ausgiebig.

»Hast du mich nicht verstanden? Das war schwere Körperverletzung!«

»Polizei, ja, gute Idee. Tu dir keinen Zwang an, wenn du unbedingt alles kaputt machen willst, was wir bisher erreicht haben.«

»Erreicht? Du hast jemanden halb tot geprügelt. *Das* haben wir erreicht.«

»Freut mich, dass du *wir* sagst, Anke. Zeigt mir, dass du die Dinge richtig einschätzen kannst. Willst du einen Kaffee?«

»Nein, danke. Ich will, dass so was nie wieder vorkommt, hast du mich verstanden?«

Er hantierte an seiner Espressomaschine herum, ohne sie weiter zu beachten.

Ankes Wut verflog. Es war sowieso sinnlos. Es war nicht mehr zu ändern, und irgendwie hing sie da mit drin.

»Was machen die Meerschweinchen hier in der Küche?«, fragte sie, um sich von ihrer Niederlage abzulenken.

»Futter«, sagte er.

»Ich habe ihnen eben einen Apfel gegeben. Sie scheinen hungrig zu sein. Hast du kein Futter für sie?«

Er schnaubte leise. »Die sind Futter für meine Schlangen.«

»Was? Futter für deine Schlangen? Diese niedlichen kleinen Meerschweinchen! Woher hast du sie?«

»Ein Bekannter wollte sie loswerden, weil seine Kinder sich nicht mehr darum kümmern.«

»Aber du kannst doch nicht …« Anke wusste nicht wieso, aber sie war völlig am Ende.

Er drehte sich zu ihr um und lächelte. Offenbar machte ihm

ihr Entsetzen auch noch Spaß. »Sonst fressen meine Köpis Laborratten, heute mal Meerschweinchen, wo ist denn da der Unterschied? Ein schneller, sauberer Abgang. Beneidenswert geradezu. Du kannst zugucken, wenn du möchtest.«

Sie hatte schon mal gehört, dass er Königspythons in einem Terrarium hielt. Er behauptete, auch eine Grüne Mamba zu besitzen, obwohl die noch niemand im Ort je zu Gesicht bekommen hatte.

Leo griff mit seinen manikürten Händen in den Karton und holte ein Rosettenmeerschweinchen heraus. Er hielt es vor seine Brust und streichelte das struppige Fell. Das Bild war grotesk. Anke konnte den Blick nicht von ihm abwenden.

»Oder willst du sie haben, für deine Kinder?«

»Nein, danke.«

»Schade.«

Er bewegte kurz eine Hand, es gab ein knackendes Geräusch, das Meerschweinchen zuckte noch einmal und hing dann leblos in seiner Hand. Anke starrte ihn mit aufgerissenen Augen an. Leo lächelte immer noch. »Eine meiner Köpis frisst nur Lebendfutter, die andere mag es lieber so.«

»Du hast ihm das Genick gebrochen«, sagte Anke.

Leos Stimme klang plötzlich ganz sanft. »Dagegen sah Dettendorf heute doch noch richtig frisch aus, oder?«

Nein! Das war das Erste, was Jan Dettendorf heute Morgen beim Aufwachen gedacht hatte. Nein, ich will nicht. Ich kann nicht. Nicht heute, niemals!

Aber nun stand er doch hier, als hätte eine geheimnisvolle Kraft, die stärker war als sein Wille, ihn in das Haus der Burmeisters geführt. Simon Burmeister hatte doch noch einen Termin frei gehabt.

Er war hier, um Lisannes Beerdigung zu organisieren.

Der letzte Dienst, den er ihr erweisen wollte, weil ihr Onkel sich der Verantwortung entzog. Wie schwer es ihm auch fiel, er musste es durchstehen, so gut es ging.

Er zog sich die Stiefel im Hausflur aus, wie er es seit seiner Kindheit tat, und folgte Simon Burmeister auf Wollsocken ins Wohnzimmer. Er spürte den ausgetretenen Teppich unter den Füßen, hörte das vertraute Ticken der alten Standuhr und fühlte sich schutzlos und völlig fehl am Platze. Ich hätte ein anderes Bestattungsinstitut nehmen sollen, dachte er bestürzt. Sonst werde ich nie mehr herkommen können, ohne an diesen Tag zu denken.

Burmeister wirkte verlegen, bot ihm einen Platz an und schlich zwischen Schreibtisch und Tisch hin und her, um zahllose Prospekte und das dicke Auftragsbuch zu holen. Dettendorf setzte sich unbeholfen, rieb sich seine kalten Hände, stoppte aber mitten in der Bewegung, weil ihm die Geste geschmacklos und unpassend erschien.

Burmeister musterte ihn mit seinen hellen, wässrig aussehenden Augen. »Wollen wir gleich anfangen, Jan? Oder möchtest du noch etwas, einen heißen Tee oder so, zur Stärkung?«

»Wir können gleich anfangen. Ich möchte, dass Lisanne ein stilvolles Begräbnis bekommt. Ihre … äh … ihr Körper ist gestern von der Rechtsmedizin freigeben worden. Ich habe denen gesagt, dass sie zu euch gebracht werden soll. Das ist doch in Ordnung so?«

»Sicher, Jan. In den Kühlraum … überhaupt kein Problem. Wir kümmern uns um alles. Du musst nur sagen, wie du es haben willst. Gibt es irgendwo ein Familiengrab der Olsens, oder soll sie bei uns in Kirchhagen begraben werden?«

»Bei uns. Von ihrer Familie lebt nur noch ihr Onkel. Lisanne hatte wohl auch eine Schwester, aber die soll in Frankreich gestorben sein, vor ein paar Monaten schon. Ich habe gerade erst davon erfahren. Da ihr Onkel kein Interesse an der Angelegenheit zu haben scheint, kann sie genauso gut hier beerdigt werden. Ich kümmere mich dann darum.«

»Das ist großzügig von dir, wo ihr doch nicht mal …«

»Wir wollten heiraten, diesen Sommer noch«, warf Dettendorf rasch ein, und er war erstaunt, wie selbstverständlich das klang. Er musste es nur oft genug sagen, dann glaubte er zuletzt sogar selbst daran.

Burmeister begann, etwas in sein Buch zu schreiben. Als der dabei den Kopf beugte, fiel Dettendorf zum ersten Mal das dünne Haar an seinem Hinterkopf auf, durch das die wachsbleiche Kopfhaut deutlich zu sehen war. Wie alt mochte er sein? Marion wirkte viel jünger als er. Jan Dettendorf hatte schon als Kind Simon Burmeister als gebeugten, fast willenlosen Mann wahrgenommen, der allein in seiner Tischlerwerkstatt glücklich zu sein schien. Arme Marion, sie hatte es bestimmt nicht leicht mit ihm. Was sie wohl früher einmal in ihm gesehen hatte? Selbst in den Siebzigern war eine Schwangerschaft doch kein zwingender Grund mehr gewesen, irgendwen zu heiraten.

Burmeister fragte ihn nach den Einzelheiten der Bestattung, dem Sarg, der Sargausstattung und dem Blumenschmuck. Dettendorf ließ es über sich ergehen, fühlte sich wie eine Vogelscheuche im Hagelschauer. Er nickte hier, deutete dort auf eine Abbildung und schaffte sogar einen Rundgang durch die Sargausstellung, um die geeignete *Kiste*, wie er es heimlich nannte, auszusuchen.

Nachdem er das hinter sich gebracht hatte, fühlte er sich wie von einem Eispanzer überzogen. Als er wieder am Tisch saß und Burmeister ihm den Auftrag hinüberschob, hatte er Mühe, den Stift für die Unterschrift zu führen, so kalt und gefühllos war seine Hand geworden.

»Das hätten wir«, sagte Burmeister mit einer gewissen Befriedigung in der Stimme. Mit plötzlich erwachtem Elan, wie es Dettendorf schien, ging er in die Küche, um bei seiner Frau doch noch einen Tee zu bestellen. Die Angelegenheit hat ihm bestimmt auch zugesetzt, dachte Dettendorf. Aber nun ist er erleichtert, während ich hier sitze und mich immer noch scheußlich fühle. Fast so, als hätte ich eigenhändig Lisannes Todesurteil unterschrieben, und nicht den Auftrag zu ihrer Beerdigung.

Zu seiner Überraschung kam Marion Burmeister ins Zimmer. Er stand auf.

»Jan, es tut mir so leid!« Sie stutzte. »Mein Gott, wie siehst du denn aus? Was ist passiert?«

Dettendorf verstand zuerst nicht, was sie meinte, doch dann fiel ihm sein blaues Auge wieder ein. »Ach, das ist nichts. Ich bin nur vom Pferd gefallen. Komisch nicht, ausgerechnet ich …« Er ließ ihre Umarmung über sich ergehen, die eine Spur zu lang ausfiel. Dann nahm er sich eine Tasse Tee.

»Es tut mir so leid für dich, Jan«, sagte Marion noch einmal. »Aber ihr habt alles sehr gut geregelt, nicht wahr? Du wirst sehen, wenn das alles überstanden ist, fühlst du dich schon ein kleines bisschen besser.«

Er nickte. Was sollte er auch sagen? Er musterte Marion, die in ihrem marineblauen Kostüm mit gestreifter Hemdbluse und hellgelbem Halstuch wie eine moderne Geschäftsfrau aussah. Simon stand schräg hinter ihr und wirkte in seiner alten Strickjacke mit den Flicken auf den Ellbogen wie ein armer Verwandter.

»Es ist ein abgenutzter Spruch, dass die Zeit alle Wunden heilt. Aber glaub mir, mit der Zeit lernt man, mit seinen Wunden zu leben. Außerdem hast du schöne Erinnerungen, nicht wahr? Du und Lisanne, ihr seid nicht im Streit voneinander getrennt worden.«

Täuschte er sich, oder klang ihr letzter Satz wie eine Frage? »Am Samstag vor ihrem Tod hatten wir zum letzten Mal richtig viel Zeit füreinander. Als wir zusammen in Hamburg waren und Touristen gespielt haben …« Er lächelte, als er sich an ihre Begeisterungsfähigkeit für Dinge erinnerte, die sie eigentlich schon ihr Leben lang kannte. »Sonntag und Montag hatten wir beide zu viel zu tun, und am Dienstag …« Er stockte, weil er nicht weiterwusste.

»Denk an die schönen Dinge. Versuch sie in Erinnerung zu behalten, wie sie an dem Samstag war.« Marion Burmeister und sah ihn eindringlich an. Er senkte verlegen den Blick. Was mischte sie sich ein?

»Ich wollte, ich könnte noch ein bisschen hier bleiben, aber ich muss jetzt gleich nach Lübeck fahren. Zur Polizei«, sagte sie.

Jan Dettendorf hatte die letzten Stunden gar nicht mehr an die Ermittlungen gedacht. »Ich habe das Gefühl, die kommen überhaupt nicht voran. Nichts passiert …«

»Jan, du musst fest daran glauben, dass sie den Schuldigen finden werden. Wir müssen nur etwas Geduld haben.«

»Was will die Polizei denn von dir?«, fragte er. Er selbst hatte nichts mehr von denen gehört, seit diese Korittki bei ihm hereingeplatzt war und sich beschwert hatte, dass er den Überfall nicht gleich gemeldet hatte.

»Ach, nichts Besonderes. Eine Aussage unterschreiben«, sagte sie ausweichend.

Er wollte schon nachhaken, als Simon Burmeister sagte: »Und dafür musst du bis nach Lübeck fahren? Sei bloß vorsichtig bei dem Wetter. Es könnte Eisregen geben.«

»Ach, was. Ich fahre ja nur nach Lübeck, nicht bis nach Niedersachsen. Nur für Niedersachsen haben sie heute Eisregen angesagt, Simon«, belehrte ihn seine Frau und stand auf.

»Haben sie das?« Dettendorf trank einen Schluck Tee. »Ich wollte nachher noch nach Wilhelmshaven fahren. Ich habe eins von meinen Fohlen dorthin verkauft«, sagte er und stand ebenfalls auf.

»Da hast du dir aber einen ungünstigen Tag ausgesucht, Jan. Bei Eisglätte und dann mit dem Hänger unterwegs …« Burmeister klang vorwurfsvoll.

»Die Autobahnen werden ja gesalzen. Ich fahre auf jeden Fall. Der Termin ist schon einmal verschoben worden, am Ende tritt der Kunde sonst noch vom Kauf zurück.« Dettendorf hatte sich schon ein wenig auf die Fahrt gefreut, die es ihm ermöglichte, ein paar Stunden aus Kirchhagen rauszukommen. Er fühlte sich seit Lisannes Tod noch angebundener als früher, denn er konnte den Hof ja nie länger als für ein paar Stunden allein lassen.

Sie verabschiedeten sich im Hausflur voneinander, wo Marion ihren Pelzmantel für besondere Gelegenheiten überstreifte, während Jan seine derben Stiefel und seinen Parka anzog.

Burmeister öffnete die Haustür, und ein Schwall kalter, feuchter Luft wurde hereingeweht.

Dettendorf stand schon draußen, als ihm einfiel, dass er eine wichtige Frage vergessen hatte. »Kann ich sie noch einmal sehen, Simon, bevor …« Er stockte und sah Burmeister bittend an.

»Lass es lieber, Jan«, mischte sich Marion Burmeister ein.

Dettendorf sah zu ihrem Mann hinüber, doch der hatte den Kopf gesenkt und schwieg.

»Ja, dann …«, sagte er, drehte sich um und ging.

20. Kapitel

Pia war auf den Hof von Frank Reuter abgebogen und sah sich um. Im Gegensatz zu Jan Dettendorfs gepflegtem Anwesen sah es hier nach Arbeit aus. Viel zu viel unerledigter Arbeit. Wo bei Dettendorf sauber gefegtes Pflaster, alte, aber recht gut erhaltene Gebäude und gepflegte Fahrzeuge das Bild beherrschten, regierte bei Reuter das Chaos. Pia parkte ihren Citroen zwischen einer rostigen Scheibenegge und einem Berg alter Autoreifen und stieg aus. In diesem Augenblick fuhr ein grüner Traktor aus der Scheune heraus und steuerte auf sie zu. Direkt neben Pia bremste der Fahrer ab und sah zu ihr hinunter.

»Moin! Kann ich Ihnen irgendwie helfen?« Der unfreundliche Tonfall des Mannes ließ das Hilfsangebot wenig glaubwürdig erscheinen.

»Ich suche Frank Reuter. Mein Name ist Korittki von der Kripo in Lübeck.«

»Der bin ich. Ich hab' aber keine Zeit für Sie. Ich muss um dreizehn Uhr bei einem Kunden sein. Mit Schlepper und Anhänger bin ich da bestimmt drei Stunden pro Tour unterwegs. Kommen Sie morgen wieder.«

»Nein, wir müssen jetzt miteinander sprechen. Es geht um die Ermittlungen im Mordfall Olsen, und ich brauche ein paar Informationen von Ihnen.«

»Worum sollte es auch sonst gehen«, murrte Frank Reuter. Pia konnte seine Worte wegen des immer noch laufenden Treckermotors kaum verstehen, aber sein unwilliger Gesichtsausdruck sprach für sich. Die Kollegen vor Ort hatten ihn als eigenwillig und schwer zugänglich beschrieben. Vielleicht hatte Gabler es deshalb für eine gute Idee gehalten, eine Frau zu ihm zu schicken.

»Es dauert nicht lange. Rufen Sie Ihren Kunden kurz an, und erklären Sie ihm, warum Sie eine halbe Stunde später kommen werden.« Pia kam sich vor wie ein Zahnarzt, der einen misstrauischen Patienten zu einer Wurzelbehandlung überreden will. Und Reuter sah so aus, als stünde ihm genau das bevor. Sein schmales Gesicht war verzerrt, und er dachte offensichtlich nicht daran, von seinem Gefährt herunterzusteigen. Stattdessen machte er sogar Anstalten, langsam vom Hof zu rollen. Die Reifen des Treckers waren fast so groß wie Pia selbst, die Wülste des Profils so dick wie ihr Unterarm. Sie hatte wenig Lust, sich vor den Trecker zu stellen, um Reuter am Wegfahren zu hindern.

Sie trat ein paar Schritte zurück und warf einen prüfenden Blick auf die Deichsel des Anhängers. »Sie wissen, dass Ihr Gespann nicht verkehrssicher ist, oder? Sie dürfen damit keine öffentlichen Straßen befahren«, rief sie zu Reuter hoch. Es war zwar schon lange her, dass sie etwas über diese Dinge gelernt hatte, aber einen Versuch war es wert.

»Wieso das denn?« Er warf einen wütenden Blick zu ihr hinunter und mimte den Unwissenden.

»Die Deichsel ist krumm gezogen, und außerdem haben Sie die Auflaufbremse des Anhängers festgeschweißt.«

»Soll ich etwa jedes Mal, wenn ich rückwärts fahren will, aussteigen und die Bremse lösen?«

»Die Auflaufbremse muss funktionstüchtig sein. Und am Anhänger fehlt außerdem noch die Lichtanlage.«

»Es ist doch hell, verdammt …«

»Sie haben doch gerade gesagt, dass Sie heute drei Stunden

pro Strecke brauchen. Da ist es längst dämmrig, wenn Sie wieder hier ankommen, oder? Außerdem ist es Vorschrift.«

»Scheiß Vorschriften! Wie soll man denn da einen Betrieb führen, frag' ich Sie?«

»Ich will nur einen Augenblick mit Ihnen reden. Ansonsten werde ich die Kollegen von der Verkehrspolizei verständigen, wenn Sie so Ihren Hof verlassen. Ein Anruf genügt.«

Wenn Blicke töten könnten, dachte Pia, aber nach ein paar Sekunden stellte er den Motor dann doch ab. Pia wusste, dass das, was sie soeben hier abgezogen hatte, unfair war, aber veralbern lassen wollte sie sich von diesem Reuter nicht. Er beugte sich ein Stück zu ihr hinunter. »Also schön. Worum geht es? Ein paar Minuten mehr oder weniger spielen jetzt auch keine Rolle mehr.«

»Ich schlage vor, wir gehen zusammen in Ihr Haus, setzen uns an einen Tisch, und Sie erzählen mir, was ich wissen will. Mit etwas Glück habe ich Ihren Anhänger dann nie zu Gesicht bekommen.«

Er murmelte etwas Unfreundliches in sich hinein, schob dann aber die Kabinentür auf und sprang hinunter. Als er neben ihr stand, war er einen halben Kopf kleiner als sie.

Sein Gesicht sah eigentümlich schief aus, eine helle Narbe teilte seine rechte Augenbraue. Seine Augen glänzten hart wie nasses Schiefergestein. Er stapfte ihr voraus auf das Haus zu, riss die Haustür auf und ging hinein, ohne sich noch einmal nach ihr umzusehen. Pia folgte ihm durch einen engen Flur in die Küche. Sie ignorierte das Chaos aus benutztem Geschirr, herumliegenden Zeitungen und einem überquellenden Mülleimer und setzte sich zu ihm an den schmalen Küchentisch.

»Kaffee?«, fragte Reuter, ohne sie dabei anzusehen.

»Nein, danke. Kommen wir lieber gleich zur Sache. Erzählen Sie mir, was Sie am Samstagabend gemacht haben.«

»Hat Jan doch noch Anzeige erstattet? Ich dachte, er erspart sich das.«

»Keine Anzeige, Herr Reuter, aber seine Blessuren waren einfach nicht zu übersehen. Was ist passiert?«

»Ich war noch in meiner Werkstatt am Samstag, es war ziemlich spät geworden. Als ich zum Haus rüberging, sah ich Jan Dettendorf vorbeigehen. Ich dachte mir, dass er bei Heinrich war, denn viel mehr gibt es nicht in der Richtung, aus der er kam. Erst wollte ich ihn rufen, aber dann entschied ich mich dafür, erst ins Haus zu gehen um … na ja, um zu pinkeln, wenn Sie es ganz genau wissen wollen. Dann bin ich ihm hinterher, weil ich noch mit ihm reden wollte.«

»Wie spät war es da?«

»Kurz nach elf. Ich arbeite den ganzen Tag lang allein vor mich hin, das Wochenende eingeschlossen. Da muss man doch auch mal mit einem Menschen reden dürfen. Der Jan ist in Ordnung, also dachte ich, ich geh' ihm nach und schau mal, ob er noch Lust auf ein Bier und einen Klönschnack hat.«

»Was geschah dann?«

»Müssen wir das alles durchkauen? Er hatte einen ziemlich großen Vorsprung. Als ich fast am Ende der Pfarrstraße angekommen war, sah ich diese Prügelei. Ich dachte erst, das ist ein Witz. Hier bei uns im Dorf erwartet man so was einfach nicht. Aber es war wohl ernst gemeint. Ich bin hin und habe die Typen ein bisschen aufgemischt. Sie haben schnell das Weite gesucht. Dann hab' ich Jan nach Hause gebracht und verarztet. Das war's.«

»Das klingt, als hätten Sie ein paar lästige Fliegen verscheucht. Die Angreifer waren zu viert. Wie kommt es, dass Sie sie *aufmischen* konnten?«

Er sah auf seine Hände hinunter, die reglos auf der Tischplatte lagen. Pia bemerkte, dass an Mittel- und Ringfinger seiner rechten Hand je ein Fingerglied fehlte. Es waren kurze, kräftige Hände, rau und mit dunklen Rändern unter den Nägeln. Frank Reuter räusperte sich. »Ich war Berufssoldat. Zwei Jahre Kosovo … Da werde ich es ja wohl mit ein paar Halbstarken aufnehmen können.«

»Warum haben Sie bei der Bundeswehr aufgehört?« Pia beobachtete, wie es in seinem Gesicht zuckte, seine dichten Brauen zogen sich über seinen Augen zu einer fast durchgehenden Linie zusammen.

»Es war einfach Zeit, aufzuhören. Was ich da unten gesehen habe, das reicht für mehrere Leben.« Der Satz klang einstudiert. Reuter wollte nicht darüber reden.

»Bekommen Sie Hilfe?«

Er sah sie überrascht an. »Das ist nicht die Reaktion, die ich normalerweise kriege, wenn ich das erzähle. Ja, ich bin im Bundeswehrkrankenhaus in Behandlung. *Posttraumatische Belastungsstörung* ist der Fachbegriff für das, was ich habe. Die wollen die blockierten Verarbeitungsprozesse zwischen meinen beiden Gehirnhälften wieder in Gang setzen.« Aus seinem Mund klang es wie ein technisches Verfahren, um einen festgefahrenen Motor wieder zum Laufen zu bringen.

Pia nickte. Sie wusste, dass auch Polizisten unter solchen posttraumatischen Belastungsstörungen litten. Die Betroffenen konnten besonders reizbar werden oder sich aggressiv verhalten. Andere wirkten gefühlskalt, zogen sich zurück oder wurden suchtkrank und damit zu einer Gefahr für sich und ihre Umwelt. Ein menschliches Pulverfass. Pia hatte gehört, dass es Betroffene gab, die sich zur Krisenintervention ab und zu aus freien Stücken in die Psychiatrie einweisen und mit Medikamenten ruhigstellen ließen, wenn ihr mühsam aufrecht gehaltenes Gleichgewicht zu kippen begann. Wenn Frank Reuter unter einer posttraumatischen Belastungsstörung litt, konnten sie das in ihren Ermittlungen nicht außer Acht lassen. Beim richtigen Auslöser konnte er überreagieren.

»Ich weiß, was Sie jetzt denken«, sagte Reuter mit kalter Stimme. »Dass ich die Olsen vielleicht umgebracht habe. Aus Eifersucht oder so? Schließlich bin ich nicht voll zurechnungsfähig. Das legen Sie sich doch gerade so zurecht, oder?«

»Der Mord an Lisanne Olsen war keine spontane Tat. Sie wurde genau geplant. Das passt nicht zu einer posttraumatischen Belastungsstörung, okay? Aber vielleicht haben Sie ja etwas beobachtet. Können Sie nachts schlafen?«

Frank Reuters Anspannung schien etwas nachzulassen. Einen kurzen Moment lang glomm so etwas wie ein Erkennen in seinen dunklen Augen auf. Schlaf war ein heikler Punkt. Sein Tonfall blieb aber weiterhin abweisend, fast aggressiv. »Was meinen Sie denn? Ich schlafe in der Morgenzeit, zwischen halb fünf und halb acht. Mein Schlafzimmer liegt direkt zur Hauptstraße raus. Wenn ich höre, dass die ersten Pendler zur Arbeit fahren, dann weiß ich, dass ein neuer Tag begonnen hat. Das beruhigt mich irgendwie, und ich dämmere noch ein paar Stunden vor mich hin. Ich war also nicht im Wald, als Lisanne ermordet worden ist. Ich wollte, ich wäre da gewesen, dann hätte ich … Ach, egal!« Er stand polternd auf und ging zum Fenster. Vorsichtig schob er die vergilbten Gardinen auseinander und warf einen Blick hinaus.

»Kannten Sie Lisanne Olsen gut?«

»Ja, früher mal. Das war, als ich noch okay war. Wir sind ein paar Mal zusammen unterwegs gewesen. Sie war 'ne tolle Frau, etwas anstrengend vielleicht, aber sonst gut drauf.«

»Wie stehen Sie zu Jan Dettendorf?«

»Ich hab' ihm Lisanne gegönnt, falls Sie das meinen. Passte doch auch zu gut, oder? Beide verrückt nach Pferden. Ich mache mir nichts aus Tieren. Habe alles, was vier Beine hat, verkauft, seit ich den Hof übernommen habe. Ein paar Katzen sind noch da, wegen der Mäuse. Aber wenn Lisanne *mich* gefragt hätte, dann hätte ich für ihren Zossen sogar den Pferdestall wieder auf Zack gebracht.« Er lachte freudlos, ging zum Tisch und wieder zurück zum Fenster, immer hin und her. Pia kam sich vor wie in einem Raubtierkäfig.

»Sie mochten sie also. Aber sie hat Jan Dettendorf vorgezogen, zumindest, seit sie aus dem Kosovo zurück sind.«

»Wir waren nie richtig zusammen, das hat mit meinem Einsatz im Kosovo nichts zu tun. Und umgebracht habe ich sie schon gar nicht. Ich renne doch nicht herum und murkse jede Frau ab, die nicht meinem Charme erliegt.« Zum ersten Mal seit Pias Eintreffen lächelte er. Es sah so aus, als wäre ein Sonnenstrahl durch das Fenster auf sein Gesicht gefallen.

»Wer waren die Männer, die Jan Dettendorf zusammengeschlagen haben?«

»Ich kannte sie nicht.«

»Keine Idee?«

»Nein.«

»Schade. Nicht, dass die eines Tages bei Ihnen vor der Tür stehen, um sich dafür zu rächen, dass Sie sie von ihrem Job abgehalten haben.«

»Die Bürschchen sollen nur kommen. Aber wieso sagen sie *Job?* Das waren doch nur Rowdys.« Zum ersten Mal während des Gesprächs hörte sich Reuter beunruhigt an.

»Es sieht mehr nach einem Auftrag aus. Das spricht dafür, dass Sie nichts mit der Sache zu tun haben. Ich nehme an, dass Sie es selbst in die Hand nehmen würden, wenn Sie eine Rechnung mit Dettendorf offen hätten. Aber vielleicht haben Sie eine Idee, wer der Auftraggeber war?«

Frank Reuter blieb stehen und sah sie durchdringend an. »Da fällt mir schon der eine oder andere ein. Aber eins sage ich Ihnen: Wenn Sie mich später darauf festnageln wollen, dann leugne ich alles.«

Pia sagte nichts.

»Haben Sie schon mit Leo Körting gesprochen? Ich bin mit ihm zur Schule gegangen, und er war damals schon ein unangenehmer Zeitgenosse. Er glaubt, er muss sich wegen der geplanten Umgehungsstraße mächtig ins Zeug legen. Außerdem denkt er aus unerfindlichen Gründen, Jan Dettendorf würde ihn wegen der Straße irgendwie austricksen. Dabei ist das alles lächerlich. Der Witz an der Sache ist doch der: Wenn die sich endlich entschieden haben, wo die neue Straße um Kirchhagen rumführen soll, fehlt sowieso die Kohle, um diese Straße jemals zu bauen.«

»Wer fällt Ihnen noch ein?«

»Thorsten Maybach, auch so ein ganz Eifriger. Oder aber Anke Loss, auch nicht zu unterschätzen. Die hat hier in Kirchhagen schon früher die Leute aufgemischt. Sie war mal … egal. Jedenfalls hatte sie Jan angerufen, um sich mit ihm bei Heinrich zu treffen. Er hat mir erzählt, dass es ihm im Nachhinein seltsam vorgekommen ist …«, sagte Frank Reuter nachdenklich.

»Warum fand Dettendorf es seltsam?«

»Anke Loss war mal mit Lisanne befreundet, doch seit der Sache mit der Umgehungsstraße hätte sich die Freundschaft merklich abgekühlt. Das hat Jan gesagt. Die beiden Frauen hätten sich schon länger nicht mehr getroffen. Warum also diese Bitte, sich mit ihr zu treffen?«

»Wir werden es herausfinden. Sie haben mir sehr weitergeholfen, Herr Reuter.«

»Tatsächlich?« Er klang nicht erfreut.

»Ich denke, schon. Wenn Ihnen noch etwas einfällt, rufen Sie mich an.« Sie gab ihm ihre Karte.

»Wirklich keinen Kaffee? Ich brüh' einen neuen für Sie auf.« Er schien erleichtert zu sein.

Hatte sie eine wichtige Frage vergessen? Pia zog den kopierten Zeitungsartikel mit dem Foto aus ihrer Mappe.

»Wissen Sie eigentlich, wer das ist?«

»Was? Das ist doch schon älter, oder? Nein, die kenne ich alle nicht. Oder, verdammt, ist das unsere gute Henriette Mühlberg in jungen Jahren?«

»Volltreffer. Und die anderen?«

»Keine Ahnung, wirklich nicht.«

»Also gut. Ich werde Sie jetzt in Ruhe lassen. Sie wollten doch noch zu Ihrem Kunden fahren.«

»Ist nun nicht mehr so eilig. Ich komme eh zu spät. Ich werde erst den Anhänger klarmachen. Zufrieden?« Er grinste sie verlegen an.

Mit einer Ahnung davon, wie Frank Reuter vor ein paar Jahren gewesen sein mochte, verließ Pia das Haus.

»Korittki, endlich! Sag mal, wo steckst du bloß, dass man dich nicht erreichen kann?«, tönte Broders' Bass an ihr Ohr.

»In Kirchhagen, wo sonst? Ich war bei Frank Reuter. Bei ihm auf dem Hof scheint kein Empfang zu sein.«

»Ich bin in Berlin.«

»In Berlin? Wieso?«

»Ich habe mich noch mal um die Burschenschaften gekümmert.«

»In Berlin?«

»Ich hatte einen Termin mit dem Vorsitzenden des Altherrenbundes einer Berliner Burschenschaft, einem Walter Finkenbach. Es war höchst aufschlussreich. Ich fühle mich, als hätte ich einen Sechser im Lotto!«

»Erzähl der Reihe nach, Broders«, forderte Pia ihn auf.

»Ich bin heute früh im Kommissariat die möglichen Farbkombinationen der Bänder noch mal durchgegangen, um herauszufinden, um was für eine Studentenverbindung es sich handeln könnte. Ich habe mich dabei auf Berlin konzentriert.«

»Wieso auf Berlin?«

»Es sind drei Personen auf dem Foto zu erkennen: Marion Burmeister hat nicht studiert, Henriette Mühlberg hat angegeben, dass sie in Berlin studiert hat, die dritte Person suchen wir, also … Es blieb am Ende nur eine Burschenschaft übrig, die in Frage kam. Ich habe dort angerufen und herausgefunden, dass die sich schon vor ein paar Jahren vertagt haben, weil es an Nachwuchs fehlt, aber die alten Unterlagen existieren natürlich alle noch. Also musste ich hinfahren.«

»Und was hast du herausgefunden?«

»Ich hatte zugegebenermaßen Glück. Herr Finkenbach hat sich zuerst ein bisschen geziert, aber dann haben wir doch zusammen in ein paar Aktenordnern geblättert, und da ist mir ein alter Bekannter über den Weg gelaufen …«

»Wer?«

»Simon Burmeister war mal in der Aktivitas dieser Burschenschaft, aber als er sein Studium aufgegeben hat, ist er ausgetreten. Das war 1973. Lang ist's her.«

»Hast du auch was über Henriette Mühlberg erfahren?«

»Nein. In der Burschenschaft waren keine Frauen zugelassen. Stattdessen habe ich mir angeschaut, wer zur selben Zeit wie unser Burmeister dort aktiv war. Vor allem, wer *auf dem Haus gewohnt hat*, wie die sagen.«

»Was heißt das?«

»Es gab ein Verbindungshaus, in dem die Studenten wohnen konnten, so ähnlich wie in einem Studentenwohnheim.«

»Okay, was hast du gefunden?«

»Die Namen haben mir alle nichts gesagt, also habe ich den

Finkenbach überredet, mir ein paar Fotos zu zeigen. Ich habe mich durch Berge von Bildern mit feschen jungen Männern in Couleur gewühlt, habe jedes Gesicht mit dem Bild von dem Zeitungsausschnitt verglichen …«

»Das war bestimmt ganz zauberhaft für dich, aber komm zur Sache, Broders!«, drängte Pia und presste angespannt den Lautsprecher ihres Mobiltelefons an ihr Ohr. Ihr Akku war bald leer.

»Einer war dem Typen auf unserem Bild ziemlich ähnlich. Nein, sehr ähnlich sogar: Er heißt Arnold Plessow und hat an der TU Berlin Schiffbau studiert. Er war von 1967 bis 1972 in der Burschenschaft aktiv, dann verliert sich jede Spur von ihm. Finkenbach konnte mir nicht sagen, wo dieser Plessow abgeblieben ist. Unter der angegebenen Heimatadresse ist er schon seit ewigen Zeiten nicht mehr zu erreichen. Finkenbach vermutet, dass er nach Abschluss seines Studiums zur See gefahren ist. Er meinte sich zu erinnern, dass das mal im Zusammenhang mit Arnold Plessow erwähnt wurde. Er hat sich dann nie wieder bei denen gemeldet.«

»Ist das ungewöhnlich?«

»Herr Finkenbach sagt, ja. Die Ähnlichkeit von Arnold Plessow mit dem Mann auf unserem Foto ist jedenfalls verblüffend. Und wenn es sich um ein und dieselbe Person handelt, sollte Simon Burmeister ihn gekannt haben. Schließlich haben sie dann beide zur gleichen Zeit auf dem Haus gewohnt.«

»Simon Burmeister behauptet steif und fest, den Typen auf dem Foto noch nie gesehen zu haben«, sagte Pia. Sie fühlte, wie sich angesichts dieser Neuigkeit Optimismus und frischer Tatendrang in ihr regten. Der trübe Novembertag sah plötzlich nicht mehr halb so grau aus. Auf der Rückfahrt nach Lübeck musste sie sogar lächeln, wenn sie an den Triumph in Broders' Stimme dachte.

In ihrem Büro angekommen, schlug Pia die Akte Olsen auf. Was hatte Broders gesagt? Der Student, der dem Mann auf dem Foto so ähnlich sah, hieß Arnold Plessow. Dieser Finkenbach vermutete, er sei nach seinem Studium zur See gefahren, doch man hatte in der Burschenschaft nie wieder etwas von ihm gehört. Da war doch noch etwas? Hastig blätterte sie in ihrem Notizbuch, bis sie die Aufzeichnungen gefunden hatte, die sie suchte. Das Gespräch mit Dettendorf am Sonntagabend und das Betriebstagebuch als schwacher Ersatz für Lisanne Olsens Terminkalender, der immer noch nicht wieder aufgetaucht war.

Am Samstag waren Dettendorf und die Olsen gemeinsam in Hamburg gewesen. Hier, sie hatte sich nicht getäuscht: Um 15 Uhr hatte Lisanne Olsen angeblich einen Termin bei der *Hapag-Lloyd* gehabt. Dettendorf hatte nicht gesagt, worum es dabei gegangen war. Die Reederei *Hapag-Lloyd* … und dieser Plessow war angeblich zur See gefahren. Möglicherweise passte das. Lisanne Olsen war Journalistin, und sie schien einer Story auf der Spur gewesen zu sein. Hatte sich Lisanne bei der *Hapag-Lloyd* nach dem Verbleib des Mannes auf dem Foto erkundigt? Hatte sie seinen Namen in Erfahrung gebracht? Und wenn ja, was hatte sie bei der *Hapag-Lloyd* über ihn erfahren? Pia tätigte ein paar Telefonanrufe und machte sich auf den Weg nach Hamburg.

Zweieinhalb Stunden später stand Pia Korittki in der Rosenstraße in Hamburg und war nicht klüger als vorher. Sie war bis in die heiligen Hallen der Reederei *Hapag-Lloyd* vorgedrungen, doch hier endete ihre Spur. Lisanne Olsen war möglicherweise am Samstagnachmittag hier gewesen, aber es hatte sich niemand gefunden, der sich an sie erinnern konnte. Vielleicht hatte sie sich privat mit jemandem von der *Hapag-Lloyd* getroffen, von dem sie sich Informationen erhofft hatte. Nur mit wem? Fast unmöglich, das ohne ihren Terminkalender oder andere Aufzeichnungen festzustellen. So hatten sie nur Dettendorfs Aussage, dass seine Freundin sich bei der *Hapag-Lloyd* mit jemandem verabredet hatte. Über einen Mann namens Arnold Plessow hatte sie ebenfalls keinerlei Informationen erhalten. Man hatte ihr erklärt, dass die Personalunterlagen in der Reederei nur zehn Jahre nach Ausscheiden eines Mitarbeiters aufbewahrt wurden. Ähnlich verhielt es sich mit den Mannschaftslisten der Schiffe für die einzelnen Reisen. Blieb noch das Seemannsamt, das die amtlichen Musterrollen führte. Aber die Olsen war wohl nicht mehr dazu gekommen, dieser Spur nachzugehen.

Gleichwohl war Jan Dettendorfs und Lisanne Olsens letzter gemeinsamer Ausflug damit noch nicht zu Ende gewesen. Dettendorf war angeblich in der Zwischenzeit an der Alster spazieren gegangen, dann hatten er und Lisanne dort zusammen Kaffee getrunken. So weit, so schön, das nachzuprüfen konnte Pia sich wohl sparen. Danach waren sie in Richtung Hafen gefahren, und Lisanne hatte ihrem Freund das *Erotic Art Museum* und *Harrys Hafenbasar* gezeigt.

Ein abschließender Besuch in diesen Etablissements konnte nicht schaden. Pia wollte, wo sie nun schon einmal hier war, nichts unversucht lassen.

Ihre Erkundigungen im *Erotic Art Museum* in der Bernhard-Nocht-Straße verliefen ergebnislos. Niemand erinnerte sich an Lisanne Olsen oder Jan Dettendorf. Anschließend ging sie in die Erichstraße und fand *Harrys Hafenbasar* in einem Eckhaus. Es war ein Laden mit Kuriositäten aus aller Welt, die ursprünglich von Seeleuten an den Vater der jetzigen Besitzerin verkauft worden waren. Die Tochter führte das Geschäft weiter, und Pia traf sie gleich hinterm Tresen ihres Ladens an.

Pia fühlte die leeren Augen unzähliger geschnitzter Masken und Statuen auf sich ruhen, während sie sich vorstellte und das Foto von Lisanne Olsen aus ihrer Tasche zog. Es waren gerade keine Besucher im vorderen Teil des Ladens, sodass Pia kurz erläutern konnte, was es mit ihrem Besuch auf sich hatte.

Die Besitzerin des Ladens betrachtet das Foto von Lisanne Olsen, zog kurz die Stirn kraus und nickte dann. »Ich erinnere mich an die Frau. Sie war mit einem Mann hier, offenbar ihrem Freund. Sie sind erst einmal durch den Laden gegangen und haben sich alles angesehen, doch hinterher kam die Frau zu mir an den Tresen und hat mich in ein Gespräch verwickelt«, erzählte sie.

»Hat Frau Olsen gesagt, was sie hier wollte?«, fragte Pia, während sie einen wachsamen Blick auf die Vogelspinne warf, die auf dem Tresen in einem Terrarium saß und sich an einer überdimensionalen Küchenschabe gütlich tat.

»Das ist Pauli, vollkommen harmlos«, interpretierte die Besitzerin Pias Blick. »Der Biss einer Vogelspinne ist zwar giftig, aber nicht tödlich. Eher so wie zwei oder drei Wespenstiche … Diese Frau, nach der Sie fragen, die interessierte sich für meinen Schrumpfkopf. Sie wollte ihn anschauen. Ich konnte ihr aber nicht weiterhelfen, weil er zurzeit gar nicht hier ist. Er ist beschädigt und muss restauriert werden. Ich habe bisher kein Angebot für die Restaurierung bekommen, das akzeptabel ist.«

»Was passierte dann?«

»Ich habe der Frau stattdessen diese hier gezeigt. Warten Sie.«

Sie holte zwei Plastiktüten aus einem der hinteren Regale und nahm zwei Gegenstände in der Größe von Tennisbällen heraus. Vorsichtig wickelte sie sie aus der Verpackung und legte sie vor Pia auf den Tresen.

Pia hielt unbewusst die Luft an: Es waren zwei Köpfe, faustgroß, einer dunkel, einer etwas heller. Sie betrachtete sie neugierig. »Die sind nicht echt?«

»Richtig. Sie sind aus Ziegenhaut gemacht. Der eine ist leicht als Fälschung zu erkennen, der andere sieht ziemlich echt aus, nicht wahr?«

Fasziniert betrachtet Pia den Kopf mit der dunkel gefärbten Haut. Er hatte einen Schopf grauschwarzer Haare und zugenähte Augen und Lippen.

»Hat Frau Olsen gesagt, weshalb sie sich dafür interessiert?«

»Sie wollte wissen, wie sie echte von unechten unterscheiden kann. Sehen Sie hier, ein wichtiges Merkmal sind die Augenbrauen. Bei der Nachbildung gibt es nur eine Wuchsrichtung der Haare über beiden Augen, während sie beim Menschen immer von der Nasenwurzel nach außen geht. Das ist mit einer Tierhaut schlecht nachzumachen. Außerdem sieht man bei einem echten Schrumpfkopf die Gesichtsbehaarung viel deutlicher, weil sich die Haare nach dem Schrumpfungsprozess auf einer kleineren Fläche befinden. Dadurch sieht ein echter Kopf ein wenig wie ein Affenkopf aus. Die Ziegenhaut wird dagegen rasiert, dadurch weist der unechte Kopf nicht die typische Gesichtsbehaarung auf. Und dann kann man den Unterschied auch am Ohr gut sehen. Das ist sehr schwer nachzubilden. Beim echten Schrumpfkopf sieht das Ohr noch recht natürlich aus, während es hier nur als Ausbuchtung geformt ist.«

Pia starrte den dunklen kleinen Kopf mit den zugenähten Lippen an, registrierte all die Merkmale, die darauf hinwiesen, dass sie es nicht mit einem echten Menschenkopf zu tun hatte. Warum hatte sich Lisanne Olsen dafür interessiert? War es nicht eigentlich ein netter Ausflug mit ihrem Freund Jan Dettendorf nach Hamburg gewesen? Erst Kaffee trinken an der

Alster und erotische Kunst, und nun das hier? Andererseits konnten sich bestimmt nur wenige Menschen der morbiden Faszination von Schrumpfköpfen und ähnlichen Grausamkeiten entziehen. Es musste gar nichts bedeuten.

Pia bedankte sich bei der Besitzerin des Ladens für die Information und ging nach draußen. Obwohl sie mitten in der Stadt war, roch die Luft hier frischer, ein wenig nach Fisch, fast nach Meer. Zwischen den Häusern am Ende der Balduinstraße war die Elbe zu sehen. Gerade schob sich ein voll beladenes Containerschiff langsam flussaufwärts. Ein Anblick, der bei Pia Korittki einen Anflug von Fernweh auslöste. Vielleicht brauchte sie tatsächlich einen Tapetenwechsel? Nachdenklich fuhr sie nach Lübeck zurück.

21. Kapitel

Stadtbummel, Schrumpfköpfe, erotische Kunst!«, deklamierte Gabler. »Lisanne Olsen und Jan Dettendorf haben sich einen bunten Nachmittag gemacht, und damit hat es sich.«

»Lisanne Olsen hatte aber auch einen Termin bei der *Hapag-Lloyd*, wenn wir Herrn Dettendorfs Aufzeichnungen Glauben schenken wollen«, wandte Broders ein. Er warf Pia am anderen Ende des Tisches einen verschwörerischen Blick zu. Ihr gemeinsames Interesse an Studentenverbindungen schien ihre Beziehung verbessert zu haben.

»Dettendorf könnte uns aber genauso gut auf eine falsche Spur locken. Ein Ablenkungsmanöver. Außerdem ist uns nur dann geholfen, wenn wir die Kontaktperson in der Reederei finden und herausbekommen, was Frau Olsen dort überhaupt recherchiert hat. Es kann auch sein, dass das überhaupt nichts mit dem Zeitungsartikel von Henriette Mühlberg zu tun hat.«

Broders starrte den Chef missmutig an. Pia musterte ihren Kollegen über die papierübersäten Schreibtischplatten hinweg. Wie sehr er sich verändert hatte! Schon diese Bräune war im November ungewöhnlich. Legte er sich auf die Sonnenbank? Was trieb den Guten dazu, neuerdings seine Haut zu Markte zu tragen? Wer oder was steckte dahinter? Sie schüttelte den Kopf, um die ablenkenden Gedanken zu vertreiben. »Wir sollten all diejenigen, die mit dieser Ermittlung zu tun haben, mit unseren neuen Erkenntnissen konfrontieren. Dass der Mann auf dem Foto Arnold Plessow sein könnte, dass er mit Simon

Burmeister zur selben Zeit auf einem Verbindungshaus gewohnt hat. Die Reaktionen darauf könnten ganz aufschlussreich sein«, sagte Pia.

»Ja. Das werden wir tun müssen«, antwortete Gabler und machte sich eine Notiz. »Aber die Zeit arbeitet gegen uns. Ich habe nachher noch eine Pressekonferenz …«

»Und das Erotische Museum, die Schrumpfköpfe?«, fragte Gerlach interessiert. Er hatte mit einer Literflasche Cola Position auf der Fensterbank bezogen.

»Ich werde Jan Dettendorf noch einmal direkt danach fragen. Er hat zwar aufgezählt, was er am Samstag alles mit Lisanne unternommen hat, aber er ist nicht ins Detail gegangen«, sagte Pia, die verärgert war, weil sie Dettendorf nicht schon längst danach gefragt hatte. »Es ist gut möglich, dass er weiß, warum ihn seine Freundin ausgerechnet dorthin geführt hat. Was sie zum Beispiel an diesen Schrumpfköpfen interessiert hat. Sie wird sich ihm gegenüber ja geäußert haben.«

»Gute Idee. Erledigen Sie das, Frau Korittki, aber nehmen Sie jemanden mit, wenn Sie heute Abend noch losfahren.«

Pia zog überrascht die Augenbrauen hoch. Gabler winkte zerstreut mit dem Kugelschreiber, als Zeichen dafür, dass die Besprechung beendet war. Broders sprang auf und eilte zur Tür. Vielleicht wollte er draußen auf dem Flur ein paar vertrauliche Worte mit dem Leiter wechseln. Gerlach und Pia sahen ihm nach, wie er mit Gabler aus dem Raum verschwand.

»Verkehrte Welt, oder?«, sagte Gerlach. »Hast du bemerkt, wie schick er heute wieder angezogen ist?«

»Gleiches Recht für alle«, antwortete Pia. Gerlach sah schließlich jeden Tag aus wie ein Verkäufer in einer Herrenboutique.

»Ich komme mit dir nach Kirchhagen, wenn du nichts dagegen hast. Ich brauche noch ein bisschen frische Luft.«

Pia nickte zerstreut, während sie versuchte, ihren Besuch in Kirchhagen telefonisch anzukündigen. »Jan Dettendorf geht nicht ans Telefon.«

»Wir fahren trotzdem«, sagte Gerlach. »Vielleicht ist er gerade im Stall.«

Pia zögerte, doch dann nickte sie. Die Zeit drängte. Irgendwann an diesem Abend würden sie Dettendorf schon zu Hause erwischen.

Als sie vom Parkdeck fuhren, schaffte es die Tanknadel des Passats noch bis knapp oberhalb des roten Bereichs. Sie fuhren einen Schlenker, um zu tanken, und dann einen zweiten, weil Pias Magen vernehmlich knurrte. Es gelang ihr, Gerlach zu einem kurzen Zwischenstopp bei ihrem Lieblingsasiaten zu überreden, wo sie, einer alten Wette zufolge, die Getränke stets frei hatte, wenn sie es schaffte, ihre extrascharfe Portion aufzuessen. Der Koch guckte wie jedes Mal interessiert aus der Durchreiche und zwinkerte ihr zu.

Während der Fahrt nach Kirchhagen war Nebel über den Feldern und Wiesen aufgestiegen, und als sie kurz vor acht Uhr abends in den Ort hineinfuhren, war er bereits so dicht, dass sie kaum noch etwas sehen konnten. Pia hatte Mühe, die Dettendorfsche Hofeinfahrt zu finden. Das Wohnhaus sah stockfinster aus. Als sie auf den Hofplatz fuhren, sprang eine kleine Laterne an und tauchte das gepflasterte Areal in ein milchiges Licht.

»Wir haben wohl Pech, er scheint wirklich nicht zu Hause zu sein.« Pia schaffte es, jegliche Enttäuschung aus ihrer Stimme herauszuhalten. Einen Moment lang saßen sie unschlüssig im dunklen Wagen. Im Motorraum tickerte und knackte es leise. »Komm, ein Versuch schadet nicht«, sagte sie dann.

»Es ist keiner da, das sieht man doch.«

Pia stieg trotzdem aus. Sollte Gerlach doch dort drinnen

schmollen und Wurzeln schlagen. Als sie auf die Haustür zuging, sah sie, dass das kleine Fenster neben der Eingangstür gekippt war. Sie wertete das als gutes Zeichen dafür, dass Dettendorf nicht allzu weit weg sein konnte. Vielleicht war er in der Dorfkneipe auf ein Bier oder bei seinen Nachbarn?

Sie klingelte, und der Hund schlug an. Er klang nicht drohend, eher verhalten, und Pia hörte Kratzgeräusche und ein Schnüffeln am unteren Spalt der Haustür. Sie wartete einen Moment, dann klingelte sie noch einmal. Wieder bellte der Hund kurz auf, dann winselte er leise. Pia zog ihr Telefon hervor und wählte erneut Dettendorfs Nummer. Kurz darauf hörte sie das leise Klingeln eines Telefons irgendwo im Haus.

Hinter ihr wurde eine Autotür zugeschlagen, und Gerlach trat durch den Nebel zu ihr an die Tür. »Keiner da, sag' ich doch.«

»Sieh doch bitte mal nach, ob du Dettendorfs Auto irgendwo finden kannst«, forderte Pia ihn auf.

»Okay«, sagte Gerlach gedehnt und war Sekunden später wieder von Nebel und Dunkelheit verschluckt.

Pia versuchte, ihr stärker werdendes Unbehagen abzuschütteln. Sie musste an den Überfall auf Dettendorf vor ein paar Tagen denken, an den hässlichen Draht im Wald …

Der Hund bellte wieder auf und kratzte weiter an der Tür. Pia hämmerte gegen das Holz, lauschte, klingelte noch einmal. Wahrscheinlich war es kompletter Blödsinn, aber sie musste irgendetwas tun. Nach kurzem Nachdenken rief sie bei den Burmeisters an und erkundigte sich nach Dettendorfs Verbleib. Simon Burmeister teilte ihr mit, dass Jan Dettendorf heute nach Wilhelmshaven gefahren sei, um ein Fohlen zu verkaufen.

»Wie viele Pferdehänger hat er?«, fragte Pia. *Einen* Hänger hatte sie auf dem Hofplatz gesehen.

»Tut mir leid, das weiß ich nicht«, kam es von Simon Burmeister zurück. Er klang so emotionslos wie ein Sprachcomputer.

»Wissen Sie, wann er zurück sein wollte?«

»Nein. Auch das weiß ich nicht.«

Herrgott noch mal!

»Frag ihn, ob Dettendorf einen dunkelblauen Mercedes fährt«, raunte ihr Gerlach zu. Er hatte seinen Rundgang beendet und stand wieder hinter ihr. Der Nebel schien nicht nur die Sicht zu nehmen, sondern auch jegliche Geräusche zu verschlucken.

»Fährt Herr Dettendorf einen dunkelblauen Mercedes?«

»Einen blauen Mercedes, ja, den fährt er.«

Pia beendete das Gespräch beunruhigter, als sie es begonnen hatte. Jan Dettendorfs Auto war da, ebenso sein Hund. Pia klopfte so hartnäckig an die Tür, dass das Tier drinnen aufheulte und immer hektischer am Holz kratzte. Warum öffnete Dettendorf nicht? »Wir müssen rein!«

Gerlach beobachtete sie mit gekrauster Stirn.

»Findest du nicht, dass du übertreibst? Er ist nicht da. Pech gehabt! Du hattest recht, wir hätten uns vorher anmelden sollen, aber was soll's. Lass uns zurückfahren und morgen wiederkommen. Jemand, dem so was hier gehört«, er machte eine ausladende Armbewegung, »der haut nicht einfach ab.«

»Der Hund spielt verrückt. Da stimmt was nicht! Entweder wir machen die Tür selbst auf, oder wir lassen einen Streifenwagen kommen.«

»Ohne Beschluss?«

Pia seufzte. »Ich gehe mal ums Haus rum. Vielleicht kann ich irgendwas sehen.« Mit etwas Glück stand ein Fenster offen, oder es gab einen unverschlossenen Seiteneingang.

»Ich frag' die Nachbarn, ob sie einen Schlüssel haben. Vielleicht helfen die uns, nachzusehen, ob bei Dettendorf alles in Ordnung ist«, schlug Gerlach vor und wandte sich zum Gehen.

Pia sah ihm erleichtert nach. Dann tastete sie den Rahmen über der Haustür nach einem Schlüssel ab. Als sie damit keinen Erfolg hatte, holte sie ihre Taschenlampe, zog gewissenhaft Schutzweste und Handschuhe über und umrundete das Haus.

Sie leuchtete in jedes Fenster im Erdgeschoss und versuchte, durch die grobmaschigen, vergilbten Tüllgardinen und die staubigen Fliegengitter in die Wohnräume zu spähen. Alles sah leer und verlassen aus. Am Küchenfenster war es etwas einfacher, weil keine Gardinen die Sicht behinderten. Der Lichtkegel ihrer Taschenlampe glitt über den Terrazzoboden und die Küchenzeile, streifte die zerfledderte Zeitung auf dem Küchentisch und das dunkle Rechteck der offen stehenden Tür zum Flur. Etwas Dunkles huschte auf sie zu – Pias Herz machte einen Satz, doch es war nur Dettendorfs Hund, der sie bemerkt hatte. Er schlug aber nicht an, sondern schnüffelte an etwas Dunklem herum, das im Durchgang zum Flur auf dem Fußboden lag. Es sah aus … wie ein menschlicher Körper. Lag dort Jan Dettendorf?

Pia klopfte gegen die Fensterscheibe. Der Hund fing wieder an zu bellen, aber die Person auf dem Fußboden reagierte nicht.

Sie musste ins Haus. Unbedingt. Der Hund würde sie schon nicht beißen … Die Fenster waren nur einfach verglast. Pia schlug die Scheibe mit der Taschenlampe ein. Sie brach die Scherben neben dem Fenstergriff heraus und öffnete den Fensterflügel. Ein paar Topfpflanzen fielen zu Boden. Gerlach würde sie für verrückt erklären. Wo blieb der Kerl nur so lange?

Sie stemmte sich an der Fensterbank hoch und kletterte hinein. Der Hund kam sofort näher, kläffte und knurrte aber nicht. Vielleicht erkannte er sie wieder.

Im Lichtkegel ihrer Taschenlampe sah sie, dass die Gestalt auf dem Fußboden Jan Dettendorf war. Sie knipste das Deckenlicht an und kniete sich neben ihn. Pia sprach ihn an, berührte ihn am Arm, doch er reagierte nicht: Er war bewusstlos, aber er atmete. Es roch nach Erbrochenem, jedoch nicht nach Alkohol, wie sie zunächst vermutet hatte. Ein Mann allein zu Hause, die Freundin tot – ermordet. Wer wollte es ihm verdenken? Als sie an seinem Handgelenk nach dem Puls fühlen wollte, sah sie die Schwellung. Er hatte sich am Arm verletzt! Sein Puls ging schnell, viel zu schnell, seine Haut fühlte sich feucht an. Pia stellte sicher, dass seine Atemwege frei waren, und brachte ihn in eine stabile Seitenlage. Dann rief sie über ihr Mobiltelefon die Rettungsleitstelle an.

Nachdem sie wusste, dass Hilfe unterwegs war, fühlte sie sich etwas ruhiger. Was war Dettendorf zugestoßen? Er trug Jeans und einen grob gestrickten Pullover, dessen Ärmel bis über die Ellbogen hochgeschoben waren. An den Füßen hatte er dicke Wollsocken, keine Schuhe. Eine Verletzung wie die an seinem Handgelenk hatte Pia noch nie gesehen. Es war eine rötliche, entzündlich aussehende Schwellung mit zwei punktförmigen Blutungen in der Mitte, die an Einstiche erinnerten.

Da Jan Dettendorf offensichtlich eine Art Schock erlitten hatte, deckte sie ihn mit ihrer Jacke zu und redete, beruhigend wie sie hoffte, auf ihn ein. Was war passiert? Der Hund hatte sich in den Flur gelegt und beobachtete jeden ihrer Handgriffe. Die Minuten dehnten sich endlos, und der Fußboden war eiskalt. Das leere Haus wirkte finster, fast bedrohlich auf sie. Wenn nur der Rettungswagen käme …

Und wo blieb Gerlach so lange? Sie fühlte sich hilflos, weil sie nicht wusste, was Dettendorf zugestoßen war. Einer spontanen Eingebung folgend, wählte sie Hinnerks Nummer. Mit Situationen wie dieser hatte er als Rettungsassistent schließlich jeden Tag zu tun. Hinnerk war sofort am Apparat. Mit knappen Worten berichtete sie, was los war.

»Ist der Mann verletzt? Hast du ihn untersucht?«, fragte er.

»Ich … Da ist nur diese seltsame Verletzung am Handgelenk …«

»Du musst nachsehen. Vielleicht verliert er irgendwo Blut.«

Pia tastete Dettendorf ab, konnte aber keine weiteren Verletzungen finden.

»Beschreib mir die Stelle am Arm, wie sieht sie aus? Hat er versucht, sich die Pulsadern aufzuschneiden?«

»Nein, glaub' ich nicht. Hinnerk, er blutet nicht! Die Stelle ist rot und geschwollen. Ich sehe zwei rote Stellen, keine Einschnitte. Es sieht eher so aus, als hätte er sich gestochen.«

»Liegen irgendwo Kanülen herum? Pass auf, dass du dich nicht verletzt!«

»Hier liegt nichts.«

Jan Dettendorf fühlte sich so an, als bekäme er Fieber. Schweiß glänzte auf seiner Stirn.

»Hinnerk, ich kann hier nichts für ihn tun. Wo bleibt nur der Rettungswagen?«

»Die Zeit kommt einem immer unendlich lang vor. Wichtig ist, dass du bei ihm bist. Sag ihm, dass Hilfe kommt.«

Jemand hämmerte gegen die Haustür. »Jetzt höre ich was. Ich leg' auf.«

»Bis später, Pia.«

Pia rappelte sich hoch, ging den Flur hinunter und riss die Tür auf.

Gerlach starrte sie verwundert an. »Was ist los? Ich habe mit einem Mal Licht drinnen gesehen. Wo ist Dettendorf?«

»Ich habe ihn hier drinnen gefunden. Er ist bewusstlos. Ich

musste einen Rettungswagen anfordern. Kannst du die Rettungskräfte einweisen, wenn sie kommen? Nicht, dass sie vorbeifahren bei diesem Nebel und der Dunkelheit. Sie müssten jeden Augenblick hier sein.« Rasch ging sie zu Dettendorf zurück.

Das Nächste, was sie wahrnahm, war das Blaulicht im Hof und dann den Notarzt und den Rettungsassistenten, die das Haus betraten. Sie stand auf und brachte den aufgeregt winselnden Hund in das Arbeitszimmer am anderen Ende des Flures, damit die Rettungskräfte ungestört arbeiten konnten. Als sie wieder zurückkam, wurde Jan Dettendorf schon mit routinierten Handgriffen untersucht.

»Was hat er da am Handgelenk?«, fragte der Notarzt verwundert.

»Seltsam. Ich kann mir eigentlich nicht vorstellen ...« Der Rettungsassistent runzelte die Stirn.

»Ein entzündeter Insektenstich?«

»Es sieht eher aus wie ein Schlangenbiss«, sagte der Rettungsassistent verwundert. »Ich hab' das schon mal gesehen, als ich in Kenia war.«

»Sind Sie sicher?«

»Es sieht aus wie die Bissmarke einer Schlange.«

»Wissen Sie, ob der Verletzte Schlangen hält?«, wandte sich der Notarzt an Pia.

Sie schüttelte den Kopf. »Das weiß ich nicht. Ich habe ihn so hier gefunden.«

»Können Sie vielleicht nachsehen, ob Sie im Haus ein Terrarium finden? Wenn er tatsächlich von einer Giftschlange gebissen worden sein sollte, müssen wir wissen, um was für eine Art es sich handelt. Wir bringen ihn am besten sofort in die Bernhard-Nocht-Klinik im UKE. Vielleicht braucht er ein Antiserum.«

Gerlach kam in die Küche. »Was hat Dettendorf?«

»Er ist immer noch bewusstlos. Sie vermuten, dass er von einer Schlange gebissen wurde. Komm, wir müssen nachsehen, ob er ein Terrarium hat.«

»Was sagst du? Von einer Schlange gebissen? Und was mache ich, wenn mir so eine Schlange über den Weg läuft?«

»Lass dich nicht beißen.«

Pia und Gerlach durchsuchten das weitläufige Haus vom Keller bis zum Dachboden. Oben angekommen, hörten sie, wie sich ein Hubschrauber dem Haus näherte.

»So eilig ist es also«, sagte Gerlach.

»Aber ein Schlangenbiss? Und wo bitte ist die Schlange?«, fragte Pia. »Es gibt im ganzen Haus nicht die geringste Spur von exotischen Tieren, überhaupt von Tieren, wenn man vom Hund, den Pferdefotos im Büro und dem ausgestopften Marderkopf an der Wand einmal absieht.«

»Komm, das hat doch keinen Sinn«, sagte Gerlach entnervt. »Vielleicht hat ihn sein Hund oder einer der Gäule gebissen, und der Dreck hat sich entzündet. Ich sehe hier keine Schlangen.«

Pia zog wieder ihr Telefon hervor. Dieses Mal erwischte sie Marion Burmeister. Sie fragte sie, ob Jan Dettendorf Schlangen hielt. Die Burmeister verneinte und schlug vor, es bei Henriette Mühlberg zu versuchen. Die würde sich bestimmt mit solchem Getier auskennen. Pia notierte sich die Rufnummer der Mühlberg und versuchte dort ihr Glück. Aber bei Henriette Mühlberg ging niemand ans Telefon.

Als sie wieder das Erdgeschoss erreicht hatten, lag Dettendorf auf einer Trage und sollte gerade zum Hubschrauber transportiert werden. Ein Infusionsschlauch hing aus seinem linken Arm. Er schien wieder bei Bewusstsein zu sein.

»Sehen Sie mal in seinem Bad nach, er hat was vom Badezimmer gesagt«, rief der Rettungsassistent Pia über die Schulter hinweg zu. »Er benötigt mit hoher Wahrscheinlichkeit ein Antiserum, und dafür brauchen wir die Schlange ... egal, ob tot oder lebendig. Aber seien Sie um Gottes willen vorsichtig!«

»Die spinnen doch«, knurrte Gerlach, dem eine feuchte Haarsträhne an der Stirn klebte. In das einzige Badezimmer des Hauses, das im Erdgeschoss lag, direkt neben der Eingangstür, hatten Pia und er bisher nur einen kurzen Blick geworfen.

»Ich mach's, solange der Hubschrauber noch da ist«, sagte Pia und streifte wieder ihre Handschuhe über.

»Und wie fängt man eine Schlange?« Gerlach sah alles andere als mutig aus.

»Wir brauchen einen Stock und ein Gefäß. Gib mir den Regenschirm da vorn an der Garderobe, und nimm du den Schirmständer, diese alte Milchkanne. Ein wunderbares Schlangetransportmittel, nur beim Deckel musst du improvisieren.«

»Kann ich sie nicht einfach erschießen?«, fragte Gerlach gezwungen scherzhaft.

Pia zog fragend eine Augenbraue hoch. Sie nahm den Schirm am unteren Ende fest in die Hand und betrat das Badezimmer. Gerlach blieb im Flur stehen. Eine einzelne Glühbirne an der Decke verbreitete gelbliches Licht auf den lindgrünen Kacheln. Der Fußboden war in schwarz-weißem Pepitamuster gefliest, einzelne Fliesen waren gesprungen und verkalkt. In einer Ecke stand das Klo mit einem Wasserkasten darüber und einer altmodischen Kette zum Ziehen. Eine Dusche mit stockfleckigem Vorhang befand sich rechts davon, ein Waschbecken hing an der linken Wand. Die Schlange, die sich hier versteckt hielt, tat Pia fast leid. Aber wo steckte das Tier, und wie sah es aus?

Sie hörte, wie sich der Hubschrauber wieder in die Luft erhob. Jetzt war sie mit Gerlach allein.

Aufmerksam suchten ihre Augen den spärlich möblierten Raum ab. Ein wackeliges Regal, mit Fön, Gästehandtüchern und ein paar Rattankörbchen bestückt, bot sich vielleicht als Schlangenversteck an. Pia stocherte mit dem Griff des Regenschirms vorsichtig in Dettendorfs Habseligkeiten, doch es rührte sich nichts.

In Pulli, Jeans, Schutzweste, Stiefeln und dicken Handschuhen fühlte sie sich einigermaßen geschützt, aber es war viel zu warm. Ihr Rücken und ihre Beine waren inzwischen klitschnass. Sie konnte ihren eigenen Angstschweiß riechen. Unter dem gekippten Badezimmerfenster befand sich ein altmodischer Rippenheizkörper, über dem ein paar Socken hingen. Dunkelgrün und … Da war noch etwas Grünliches …

»Ich glaube, ich habe sie entdeckt«, sagte Pia angespannt. Sie erinnerte sich, dass Schlangen nicht hören, nicht gut sehen, dafür aber hervorragend riechen und Wärme erspüren konnten. Und sie waren wechselwarm, deshalb vielleicht das Versteck hinter dem Heizkörper? Das Heizungsventil stand auf 3 – wahrscheinlich gerade richtig kuschelig für ein heimatloses Reptil.

In einem Film, den Pia einmal über Schlangen gesehen hatte, hatte der Schlangenexperte die Giftschlange mit einem Schlangenstock hinter dem Kopf fixiert, damit sie nicht beißen konnte. Aber sie sah keinen Kopf, nur einen langen Schlangenkörper, grün, mit braunen Flecken gemustert.

»Kriegst du sie zu fassen?«, fragte Gerlach, der sie durch den Türspalt beobachtete.

»Ich weiß nicht einmal, wo der Anfang und wo das Ende ist. Sie ist ziemlich groß. Irgendwelche Vorschläge?«

»Ich könnte schießen.«

»Aber nur, wenn du erkennen kannst, wo der Kopf ist. Und was ist, wenn du nicht richtig triffst? Dann springt sie mir ins Gesicht.«

»Dann mach du …«

»Die Ärzte können Dettendorf nur helfen, wenn sie wissen, um was für eine Giftschlange es sich handelt.«

»Hast du eine Digitalkamera im Wagen? Dann könnten wir ein paar Fotos machen«, schlug Gerlach vor.

»Ja, und vorher überreden wir die Schlange, dass sie sich in Positur legt. Ich sehe nur ein verschwommenes Muster …«

Pia streckte den Arm aus und berührte die Schlange mit dem Griff des Regenschirms. Zuerst rührte sich nichts, dann zuckte unterhalb der Heizrippen eine Schwanzspitze. Ihr Herzschlag erinnerte Pia an den Trommelwirbel im Zirkus, kurz bevor sich der Artist von Trapez zu Trapez stürzt. Ein kleiner, dreieckiger Kopf tauchte unter dem Heizkörper auf, direkt neben der vibrierenden Schwanzspitze. Lidlose Augen mit senkrecht geschlitzten Pupillen schienen sie zu fixieren. Sie hörte Gerlach hinter sich heftig ausatmen.

»Komm raus hier …«

»Warte. Hol die Milchkanne an die Tür!«

Der Griff des Schirms war noch etwa zehn Zentimeter vom Kopf der Giftschlange entfernt. Pia sah die Zunge hervorschnellen.

»Pass auf, die sind blitzschnell!«, kommentierte Gerlach aus dem Hintergrund.

Die Schlange hatte ihre Witterung aufgenommen.

22. Kapitel

Die Muskeln in dem langen Körper bewegten sich, der Kopf der Schlange näherte sich dem Fußboden. Als er unten war, stieß Pia den Griff des Schirms nach vorn, um die Schlange kurz hinter ihrem Kopf zu fixieren. Aber das Tier war schneller als sie. Pia erwischte sie nicht direkt hinter dem Kopf, sondern nur ein Stück weiter hinten, und versuchte, den kräftigen Schlangenkörper nach unten zu drücken. Das Tier schnellte mit dem Kopf hoch und attackierte den Stock. Pia konnte die gefährlich aussehenden Zähne sehen, die gegen den Griff des Schirms prallten. Gerlachs Arm tauchte neben ihr auf, zwei Schüsse hallten laut, viel zu laut, zwischen den gekachelten Wänden wider, und die Patronenhülsen flogen direkt an Pias Gesicht vorbei. Sie sah die Schlange zucken, Blut spritzen und lindgrüne Kacheln bersten – der zerfetzte Schlangenkörper sackte zu Boden.

Pia ließ den Schirm fallen und ging ein paar Schritte rückwärts. Gerlach senkte die Waffe und atmete aus.

»Ist sie tot?«, fragte er.

»Sieht so aus. War das nötig? Ich hatte sie doch.«

»Sie hätte dich beinahe gebissen!«, rechtfertigte sich Gerlach. »Sei bloß vorsichtig, manche haben sogar noch ihren Bissreflex, wenn sie tot sind.«

Pia nahm den Schirm wieder auf und tippte den Schlangenkörper an. Als sich nichts rührte, machte sie sich daran, die tote Schlange in die bereitstehende Milchkanne zu bugsieren. Anschließend verschloss sie das Gefäß, indem sie ein Handtuch in die Öffnung stopfte.

»Falls sie wieder aufersteht«, kommentierte Gerlach ihre Vorsichtsmaßnahme mit düsterer Stimme.

An die halsbrecherische Fahrt durch dichten Nebel zur Bernhard-Nocht-Klinik erinnerte Pia sich später nur noch bruchstückhaft.

»Du willst schon weg?«

Henriette Mühlberg fuhr erschocken zusammen. Ihre Freundin Gerda stand im Türrahmen zu ihrem Schlafzimmer und sah sie mit müden Augen an. Henriette ärgerte sich: Sie fühlte sich ertappt, so wie sie in Schal und Mantel im Flur stand, ihren Koffer in der Hand und im Begriff, ohne ein Wort des Abschieds aus dem Haus zu schleichen.

»Ich muss abreisen! Ich habe hier auf einmal keine Ruhe mehr. Es liegt ein Brief für dich auf dem Küchentisch, der alles erklärt …«

»Henri, es ist erst kurz vor halb fünf!«

»Ich wollte zu Fuß zum Bahnhof gehen. Der erste Zug geht um Viertel vor sechs.«

»Du musst es ja wirklich bemerkenswert eilig haben, meine Liebe. Und ich bezweifle, dass du es irgendwie erklären kannst.« Gerdas Gesicht sah zerknittert aus, ein geblümter Morgenmantel hing schlaff an ihrem dürren Körper herunter. Ihr weißes Haar trug sie nachts zu zwei Zöpfen geflochten, die ihr fast bis auf die Hüften reichten.

»Ich muss dringend nach Hause. Die Katzen …«

»Deine kleinen Monster kommen gut ohne dich zurecht, Henriette. Aber ich habe dich schreien gehört. Hattest du einen Albtraum?« Gerda machte ein paar Schritte auf Henriette zu und streckte den Arm nach ihr aus. »Komm. Ich mache uns einen heißen Kakao. Einschlafen kann ich jetzt sowieso nicht mehr. Und du ziehst deinen Mantel wieder aus und erzählst mir alles …«

Einen Augenblick war Henriette versucht, nachzugeben. Es war verlockend, sich jemandem mitzuteilen. Doch wie sollte sie Gerda, deren Probleme sich darauf beschränkten, die passende Bluse für den Bridgeabend auszuwählen, ihre Befürchtungen begreiflich machen? Henriette hatte sich noch nie anderen Menschen anvertrauen können, und je älter sie wurde, desto mehr fürchtete sie ihr altes Schreckgespenst: Dass man ihre Exzentrik für eine Gemütskrankheit halten könnte. Sie schüttelte so nachdrücklich den Kopf, dass ihr alter Wollschal an ihrem Hals kratzte. »Ich muss los, Gerda. Vielen Dank für deine Gastfreundschaft. Aber mein Zug …«

Sie gab ihrer überraschten Freundin noch einen freundschaftlichen Knuff gegen die Schulter und eilte in die Dunkelheit hinaus. Nur weg. Zurück nach Kirchhagen. Sie glaubte weder an Geister noch an Visionen. Aber sie glaubte an ihr Unterbewusstsein, und wenn Moquimbo ihr im Traum erschien und sich vor ihren Augen in eine Anaconda verwandelte, dann war das ein Hinweis auf drohendes Unheil. Sie hatte keine Zeit zu verlieren!

»Hey, hast du unsere Begegnung mit der Giftschlange gut überstanden?« Nach einer etwas hektischen Frühbesprechung im Kommissariat waren Pia Korittki und Michael Gerlach wieder unterwegs in Richtung Kirchhagen.

»Bestens. Und du?« Er wirkte entspannter als sonst in ihrer Gegenwart. Es geht doch nichts über gemeinsam bewältigte Gefahren, wenn man eine Beziehung verbessern will, dachte Pia belustigt. Vielleicht sollte sie mit Hinnerk ein Überlebenstraining absolvieren, anstatt in den Schweizer Alpen zu kuscheln.

Während der Besprechung hatten sie erfahren, dass Jan Dettendorfs Zustand seit dem frühen Morgen stabil war. Bei dem von Gerlach erlegten Tier handelte es sich um eine in Südmexiko, Venezuela und Ecuador heimische Greifschwanzlanzenotter. Ein Biss dieser Schlangenart konnte tödlich sein. Jan Dettendorf hatte Glück gehabt, dass er über eine gute Konstitution verfügte und schnell medizinisch versorgt worden war. Des Weiteren hatte Gabler nun auch das Ergebnis der DNA-Analyse der Knochenfunde aus Kirchhagen vorliegen, die von Pia angeregt worden war. Sie würden Meta Stoppe heute noch einen Besuch abstatten müssen.

Die neuen Entwicklungen im Fall Lisanne Olsen hatten Gabler dazu bewogen, ihre gesamten Kräfte vor Ort zu konzentrieren. Broders und Kürschner, Gablers Stellvertreter, waren ebenfalls auf dem Weg nach Kirchhagen.

Die Burmeisters standen als Erste auf Pias und Gerlachs Liste. Als Pia in die schmale Einfahrt zum Bestattungsinstitut einbog, überfiel sie ein Frösteln. Sie hatte kaum vier Stunden im Bett verbracht, von Schlaf gar nicht zu reden. Aufgrund ihrer streikenden Gastherme hatte sie nur kalt duschen können und außerdem noch nicht gefrühstückt.

Die schmale Rasenfläche vor dem Haus der Burmeisters, die entlaubten Zweige der Büsche und Bäume waren mit Raureif überzogen. Der Bodennebel, der zwischen Lübeck und Kirchhagen über den Feldern und Wiesen lag, streckte seine feuchtkalten Finger bis ins Innere des Dorfes.

Pia zog den Reißverschluss ihrer Jacke zu und stellte den Kragen hoch, bevor sie aus dem gut beheizten Auto stieg. Auf der Fußmatte vor der Haustür entdeckte Sie den Kopf und den Schwanz einer kleinen Spitzmaus. Die musste sich zumindest keine Gedanken mehr über den bevorstehenden Winter mit Frost und Nahrungsmangel machen, dachte Pia und drückte auf die Klingel.

»Keiner zu Hause«, murmelte Gerlach, nachdem Pia es zum zweiten Mal vergeblich versucht hatte.

»Wir gehen hinten rum«, verkündete sie. Es war, als führten

sie das gleiche Stück zum zweiten Mal auf. Kurz danach hörten sie das Singen einer Kreissäge. Hinter dem Haus befand sich ein lang gezogener Anbau, durch dessen staubige Fensterscheiben Neonlicht fiel: die Tischlerwerkstatt. Die Arbeitsgeräusche drinnen waren so laut, dass es wenig Sinn machte, zu klopfen. Pia drückte die Klinke der Tür hinunter, und sie und Gerlach traten ein. Der Geruch nach frisch aufgesägtem Holz und Leim schlug ihnen entgegen. In einer Ecke entdeckten sie Simon Burmeister im blauen Arbeitsanzug mit einem Paar Mickeymäuse als Lärmschutz auf den Ohren. Er bediente mit konzentrierten Bewegungen eine Bandsäge. Als er die Polizeibeamten erblickte, trat ein verwirrter Ausdruck in sein Gesicht. Er beendete seine Arbeit, schaltete die Säge aus und wischte sich die Handflächen an seiner Arbeitshose ab.

»Oh – Sie sind es. Ich … Es tut mir leid, dass ich Ihnen gestern Abend nicht weiterhelfen konnte. Ich … Wollen Sie zu meiner Frau? Sie ist weggefahren.«

»Wir würden gern zuerst mit Ihnen reden«, erklärte Pia. »Ihre Frau können wir später sprechen.«

»Marion ist sehr besorgt wegen Jan. Ich meine, ich natürlich auch. Sie müssen also entschuldigen, wenn ich … Wollen Sie sich vielleicht setzen?« Er hüstelte und sah sich suchend um. Pia schüttelte den Kopf. Simon Burmeister zu befragen kam ihr fast ein wenig vor, wie kleinen Kindern ihren Lutscher zu klauen – unfair.

»Es gibt zwei Dinge, weswegen wir Sie sprechen müssen: zum einen der Unfall gestern Abend. Jan Dettendorf ist in seinem Haus von einer … Giftschlange, einer Greifschwanzlanzenotter, gebissen und lebensgefährlich verletzt worden.« Das klang blöd, so nach Sherlock Holmes und »Das gefleckte Band«, dachte sie. Eine Schlange, die an einer Klingelschnur hinuntergleitet …

Burmeister knetete seine roten Hände. »Ein Schlangenbiss? Was hatte Jan mit Schlangen zu tun? Die gibt es hier bei uns doch nur im Zoo.«

»Hat er vielleicht mal erwähnt, dass er sich ein Terrarium zulegen möchte? Hat er je von Schlangen erzählt?«

»Nein. Nichts dergleichen. Ich glaube nicht, dass ein Mensch wie Jan sich für Schlangen erwärmen könnte. Nein. Wo war die Schlange überhaupt, dass sie ihn beißen konnte?«

»Im Badezimmer«, sagte Gerlach. »Wir nehmen an, dass sie durch das gekippte Badezimmerfenster ins Haus befördert worden ist.«

Burmeister riss die Augen auf. Sein Mund öffnete sich und schloss sich wieder, ohne dass er einen Laut von sich gegeben hatte.

»Kennen Sie jemanden, der Schlangen hält?«

Burmeisters Blick wanderte ziellos durch seine Werkstatt, als vermutete er, jeden Moment einen züngelnden Schlangenkopf auf den offenen Dachbalken zu entdecken.

Pia hätte ihn gern ein wenig wachgerüttelt. »Hat mal jemand hier im Ort oder in ihrem Bekanntenkreis über Schlangen gesprochen? Versuchen Sie sich zu erinnern.«

»Nein. Da war nichts. Ich kann Ihnen nicht helfen.«

»Dann zum zweiten Punkt: Existieren noch Aufzeichnungen über die Aufträge des Bestattungsinstituts aus der Zeit ihres Vorgängers?«

»Von Marions Vater? Das ist lange her. Vielleicht auf dem Dachboden, aber ich bin mir nicht sicher. Meine Frau sortiert viel aus. Sie ist sehr ordentlich, wissen Sie, sie bewahrt nichts Überflüssiges auf.«

»Wir benötigen Unterlagen über das Jahr 1972. Die Beisetzung von Erich Stoppe, erinnern Sie sich daran?«

»Nein. Wir bewahren die Akten nur zehn Jahre auf. Außerdem lief schon damals alles immer genau so ab, wie es sich gehört. Dieser Betrieb existiert seit über fünfzig Jahren und genießt das Vertrauen der Menschen bis weit über Kirchhagen hinaus. Glauben Sie anständigen Menschen, oder glauben Sie, was eine Meta Stoppe herumerzählt? Seit sie ihren Vater zu Tode gepflegt hat, ist sie etwas wunderlich geworden.«

Simon Burmeister richtete sich plötzlich kampfeslustig auf. Nun sah Pia, dass er größer war als sie mit ihren einsachtzig. Er war auch größer als Gerlach, wenn auch nur halb so breit im Kreuz. Burmeister hatte sich einen herumliegenden Holzkeil gegriffen und schlug ihn mehrmals in seine Handfläche. Schweißtropfen glitzerten auf seiner Stirn. Pia hatte sich geirrt: Nichts erinnerte mehr an das Kind mit dem Lolli, jetzt wirkte er eher wie ein in die Enge gedrängtes Tier.

»Was haben Sie gestern gemacht?«, fragte sie.

»Gearbeitet, was denn sonst?«

»Waren Sie den ganzen Tag über hier?«

»Ja, die ganze Zeit. Im Büro und in der Werkstatt.«

»Gibt es dafür Zeugen?«

Simon Burmeister verzog seinen Mund zu einem verächtlichen Grinsen. »Wissen Sie, mein Haus«, er machte mit seinem Arm eine ausladende Geste, »lädt nicht gerade zu spontanen Besuchen ein. Die meisten Leute kommen nur hierher, wenn sie es müssen. Vielleicht liegt es an mir, vielleicht an dem Gewerbe, wer weiß? Sie sind da eine Ausnahme.«

Der Temperamentsausbruch endete so jäh, wie er begonnen hatte. Als sich Pia und Gerlach von ihm verabschiedeten, richtete sich sein Blick wieder nach innen. Seine Augen sahen so leblos aus wie Glasmurmeln.

»Wann kommt Ihre Frau voraussichtlich wieder?«, fragte Gerlach beim Hinausgehen.

»Das weiß ich leider nie so genau. Leben Sie wohl«, sagte

Simon Burmeister betont förmlich. »Ich wünsche Ihnen noch viel Erfolg bei Ihren Ermittlungen. Lisanne Olsen und Jan Dettendorf haben es verdient, dass die Wahrheit ans Licht kommt.«

Broders und Kürschner starrten auf die Schlange, die es sich in Leo Körtings beringter Hand bequem gemacht hatte.

Sie hatten ihre Befragungen im *Dorfkrug* begonnen und waren von einem frühen Gast bereitwillig darüber informiert worden, dass Leo Körting angeblich Schlangen hielt. Der Mann hatte ihnen sogar den Weg zu Körtings Hotel beschrieben. Manchmal brauchte man einfach ein Quäntchen Glück für die Ermittlungen.

Leo Körting hatte sie äußerst entgegenkommend in seine Wohnung geführt, die direkt an das Hotel grenzte. Er genießt es ganz offensichtlich, neuen Besuchern sein exquisites Heim zu zeigen, dachte Broders.

»Wie kommen Sie ausgerechnet auf mich?«, fragte Körting, während er sie durch die Diele ins Wohnzimmer führte. »Nein, lassen Sie mich raten: Anke Loss hat geplaudert.«

»Nein.«

»Dann Frank Reuter – neuerdings hängt er manchmal vormittags schon im *Dorfkrug* herum, habe ich gehört. Der Alkohol und die Einsamkeit, das kann einen Mann kaputt machen … Wenn die Leute neidisch sind, fangen sie an zu reden. Irgendwann trauen Sie einem einfach alles zu …« Er sonnte sich in seinem schlechten Ruf, wie sonst unter der Sonnenbank, wie seine frisch gebräunte Haut verriet. Seine Brust, die unter dem weit offen stehenden Hemd zu sehen war, sah so glatt und braun aus wie Karamellpudding. Ob er sie rasiert?, schoss es Broders durch den Kopf. Er räusperte sich und richtete seine Konzentration wieder auf die Befragung.

»Wir suchen nach dem Halter einer grünen Greifschwanzlanzenotter«, sagte er. *»Bothriechis schlegelii«*, ergänzte Kürschner, als hätte er tagtäglich damit zu tun.

Leo Körting pfiff anerkennend durch die Zähne. »Nicht schlecht, der Specht, die hat nicht jeder. Da sind Sie bei mir an der völlig falschen Adresse. Ich halte ausschließlich Köpis, und in meinem Bekanntenkreis besitzt auch niemand solche Greifschwanzlanzenottern.«

»Köpis?« Das klang mehr nach Bier.

»Königsphytons. Würgeschlangen. Die können zwar auch beißen, aber sie sind nicht giftig. Und diese hier, meine kleine *Shakira*, die ist ganz zutraulich. Wenn Sie nicht gerade nach Nagetier riechen, kann ich sie Ihnen bedenkenlos in die Hand geben.«

»Nein, danke.« Broders war sich zwar sicher, dass er nicht nach Nagetier roch, aber er verzichtete trotzdem nachdrücklich. Er verschränkte die Hände hinter seinem Rücken und musterte die Einrichtung. »Dürfen wir uns umschauen, nur um sicherzugehen …«

»Klar, ich führe Sie rum, auch ohne Beschluss.« Körting grinste überheblich. Während er sie einen Flur mit etlichen Zimmertüren entlangführte, die er nacheinander aufstieß, sagte er über seine Schulter hinweg: »Ihr Problem ist nur: Wie wollen Sie überhaupt feststellen, ob ich bis gestern nicht vielleicht eine Greifschwanzlanzenotter besessen habe?«

»Wie beschafft man sich solche Tiere? Im Zoohandel?«, fragte Broders und warf einen Blick in ein Schlafzimmer mit einem zerwühlten runden Doppelbett.

»Schlangen, die man legal kaufen und halten darf, bekommt man im Fachhandel. Im Zweifelsfall bestellt der nach Wunsch. Bei Tieren, die unter den *Anhang B* des Tierschutzgesetzes fallen, wird es schon komplizierter. Da brauchen Sie Papiere, die belegen, dass die Schlangen in Deutschland nachgezüchtet wurden. Hier in Schleswig-Holstein sind giftige Schlangen meldepflichtig.«

»Das haben wir bereits geprüft. In Kirchhagen und Umgebung sind keine gemeldet«, sagte Kürschner. »In Hamburg, wo keine Meldepflicht besteht, wimmelt es wahrscheinlich nur so von giftigen Tieren. In Hamburg-Ottensen ist neulich ein Mann von seiner eigenen Klapperschlange gebissen worden. Die Kollegen haben anschließend in seiner Dreizimmerwohnung in dreizehn Terrarien einundzwanzig Giftschlangen gefunden. Ach ja, und eine Wolfsspinne.«

»Menschen, die den Hals nicht voll genug bekommen können, gibt es überall«, bemerkte Körting, während er die Tür zu seinem dritten Badezimmer aufstieß. »Sehen Sie, alles Marmor, aber auch hier keine Giftschlangen!«

»Wie kommt man eigentlich noch in den Besitz einer Giftschlange?«

»Zum Beispiel über das Internet. Gegen entsprechende Bezahlung bekommen Sie jedes gewünschte Exemplar per Post zugeschickt. Aus Polen oder Tschechien beispielsweise.«

»Das ist also kein Problem?«

Körting grinste breit. »Nicht, dass ich wüsste.«

»Ich hab's doch gewusst!« Im ersten Augenblick dominierte bei Meta Stoppe die Befriedigung darüber, dass sie das Übel erahnt hatte. Unmittelbar darauf folgten die Wut und das Unbehagen darüber, dass die sterblichen Überreste ihres Vaters sich nicht dort befanden, wo sie hingehörten: in seinem Grab.

Meta Stoppe saß mit den Überbringern der schlechten Nachricht, Pia Korittki und Michael Gerlach, in ihrer Küche. Zu dritt war es klaustrophobisch eng, und Pia bezweifelte inzwischen, dass es in dem schmalen Häuschen überhaupt noch andere bewohnbare Zimmer gab. Sie klemmte Meta Stoppe gegenüber auf dem Klappstuhl am Küchentisch, während Gerlach halb auf dem Gasherd hockte. Neben ihm im Spülbecken badete gerade ein Wirsingkohl.

»Bei der DNA-Analyse wurde lediglich geprüft, ob zwischen Ihnen und der Person, deren Knochen gefunden wurden, ein Verwandtschaftsverhältnis besteht. Das Labor hat nun ein nahes Verwandtschaftsverhältnis zwischen Ihnen und der Person nachgewiesen, deren Skelett gefunden wurde. Bei der großen Übereinstimmung, wie sie sich hier gezeigt hat, kommen nur ein Elternteil, leibliche Kinder oder Geschwister in Frage. Gibt es noch jemanden außer ihrem Vater, dessen Knochen dort eventuell hätten gefunden werden können?«

Meta Stoppe schürzte nachdenklich die Lippen. »Es müssen Vaters Knochen sein. Ich habe außer meinen Eltern keine nahen Verwandten, seit Vaters Tod bin ich allein. Und dass die ganze Beerdigung damals sehr merkwürdig ablief, das habe ich ja schon immer gesagt. Nun haben wir den Beweis: Es sind bestimmt die Knochen von meinem Vater!«

»Wir versuchen herauszufinden, was damals passiert ist. Wer an seiner statt beerdigt worden ist. Wir sind allerdings auf die Hilfe von Leuten angewiesen, die sich an Vorkommnisse erinnern, die sich vor etwa dreißig Jahren hier zugetragen haben.«

»Ihren Optimismus möchte ich haben, junge Frau. Egal, ich glaube nicht, dass Sie noch viel aus den Leuten rausbringen. Ist viel zu lange her. Viel zu lange!« Meta Stoppe fingerte mit ihren rauen Händen an einer Schüssel herum, die vor ihr auf dem Tisch stand. Ihr Blick wanderte zur Spüle.

»Erinnern Sie sich an das Schützenfest in Kirchhagen in dem Jahr, als Ihr Vater starb?«

»1972? Komisch, dass Sie danach fragen. Mein Vater wollte unbedingt noch einmal den Spielmannszug morgens um fünf hören, wenn sie den Schützenkönig abholen. Ich musste ihm schwören, dass ich ihn rechtzeitig wecke. Er war selbst mal Schützenkönig gewesen, ein guter Schütze und vor allem ein guter Säufer! Sei's drum. Er ist ganz kurz bevor es losging gestorben. Ironie des Schicksals.«

»Waren Sie auf dem Schützenfest, Frau Stoppe?«, fragte Gerlach.

Sie schnaubte, dass ihre Nasenflügel bebten. »Wohl kaum. Wenn mein Vater kurz vorher gestorben ist, geh' ich doch nicht zum Tanz!«

»Wir vermuten, dass das Schützenfest 1972 mit dem Toten zu tun haben könnte, der unrechtmäßig im Grab Ihres Vaters beigesetzt wurde.«

»Es hat aber zu der Zeit keine weiteren Todesfälle in Kirchhagen gegeben. Mir ist das damals richtiggehend aufgefallen. Auf den Dörfern hieß es zu der Zeit noch, es gibt immer drei! Wenn einer stirbt, bangen schon die Nächsten, weil der Tod sich niemals nur einen holt. Immer drei Tote! Nie davon gehört? Sie kommen wohl aus der Stadt …«

»Und als Ihr Vater starb, gab es keine weiteren Todesfälle in der Umgebung?«, fragte Pia interessiert.

»Nix.«

Gerlach beugte sich vor. »Haben Sie damals etwas Ungewöhnliches gehört, beispielsweise über Simon Burmeister, die heutige Bürgermeisterin oder Henriette Mühlberg?«

»Was soll ich gehört haben? Damals wurde noch anständig gefeiert. Zwischen dem Simon und der Marion hat sich wohl schon etwas angebahnt. Aber war Henriette auch da? Ich dachte, die hätte sich noch in Südamerika rumgetrieben. Nicht der richtige Aufenthaltsort für eine junge Frau aus gutem Hause, wenn Sie mich fragen. Damals waren die Mühlbergs noch wer. Aber heute … Da stinkt es überall nach Katzenpisse.«

»Arbeiten Sie auch für Frau Mühlberg?«

»Nein, Kindchen. Die Zeiten haben sich geändert. Die könnte heute besser für *mich* arbeiten, um über die Runden zu kommen.«

»Kennen Sie jemanden namens Arnold Plessow?«

»Nie gehört.«

»Wir fahren noch mal zu Henriette Mühlberg«, sagte Pia, als sie am frühen Abend mit ihren Befragungen in Kirchhagen durch waren. Sie hatten im Laufe des Tages ein paar Mal versucht, Frau Mühlberg telefonisch zu erreichen – ohne Erfolg. Gerlach wählte erneut ihre Nummer und wartete ab.

»Geht sie immer noch nicht ans Telefon?«, fragte Pia.

»Sie ist bestimmt nicht da«, vermutete Gerlach. Er hatte ganz offensichtlich wenig Lust, jetzt noch hinaus zum Mühlbergschen Haus zu fahren.

»Lass uns irgendwo einen Happen essen gehen, anschließend fahren wir zu ihr rüber«, schlug Pia vor.

»Also gut, wir essen im *Dorfkrug*. Das geht am schnellsten«, sagte Gerlach. Er musste sehr hungrig sein.

Bei Heinrich war kaum Betrieb. Die wenigen Gäste schienen sie misstrauisch zu mustern, als sie sich an den Ecktisch setzten. Es waren keine bekannten Gesichter darunter. Nachdem sie beide eine Currywurst und etwas zu trinken bestellt hatten, wandten sich die anderen Gäste wieder eigenen Gesprächsthemen zu.

Gegen halb acht Uhr abends bogen Pia und Gerlach in die *Tiefe Trift* ein, die zum Haus von Henriette Mühlberg führte. Zwischen den Bäumen, die die schmale Straße säumten, war es stockdunkel. Im Licht der Scheinwerfer sahen die moosigen Baumstämme graugrün und tot aus. Erster feiner Pulverschnee ließ die jenseits der Straße liegenden Äcker wie mit

Puderzucker bestäubt aussehen. Über der Tür des Mühlberg-schen Hauses brannte ein einsames Licht. Die Nacht würde bitterkalt werden.

Als sie näher kamen, sahen sie auch im Erdgeschoss hinter einem der Fenster einen schwachen Lichtschein. Henriette Mühlberg schien also wieder zu Hause zu sein. Gerlach parkte den Wagen neben dem Haus unter einem ausladenden Busch. Pia und er stiegen aus und gingen die Stufen zur Eingangstür hoch. Auf ihr Klopfen hin tauchte Henriette Mühlbergs kräftige Gestalt im Türrahmen auf. »Ach, Sie sind es, Frau Korittki. Dieses Mal mit Verstärkung. Kommen Sie rein. Ich muss schnell die Tür wieder zumachen. Behalten Sie ihre Jacken an. Es ist kalt hier drinnen. Ich bin selbst erst vor Kurzem nach Hause gekommen.«

»Wo waren Sie denn?«

»Zu Besuch bei einer alten Freundin. Sie wohnt in einem kleinen Kaff in der Nähe von Mannheim. Ich war fast den ganzen Tag unterwegs.«

»Was machen Sie mit Ihren Tieren, wenn Sie weg sind?«, fragte Pia, die sich von mindestens drei gelben Augenpaaren beobachtet fühlte. Die Katzen saßen auf der Truhe neben der Treppe, auf der schmalen Fensterbank, und oben zwischen den Geländerstäben der Galerie vermeinte sie auch einen schwarzen Katzenkopf zu sehen.

»Marion Burmeister kümmert sich dann immer um meine Katzen. Etwas Futter hinstellen, für Wasser sorgen, mehr ist es ja nicht.«

»Sind Sie mit Marion Burmeister gut befreundet?«, fragte Gerlach.

»Wir kennen uns seit Ewigkeiten. Sie kann mit meinen Macken umgehen, ich weiß über die ihren Bescheid. Wir sehen uns regelmäßig und helfen uns, wenn nötig. Aber Marion gehört nicht zu den Menschen, die ich auf die berühmte einsame Insel mitnehmen würde, wenn Sie verstehen, was ich meine …«

»Wen würden Sie denn mitnehmen?«

»Ha, ertappt. Da habe ich mich wohl selbst reingeritten. Wenn man so lange allein lebt wie ich, verlernt man den verbalen Schlagabtausch. Ich würde *niemanden* mitnehmen. Nur … Gegenstände.«

Sie führte Pia und Gerlach in die Küche, steckte den Stecker des Heizstrahlers in die Steckdose und bot ihnen einen Platz am Tisch an. »Soll ich Teewasser aufsetzen? Ich habe nichts anderes zu trinken da.«

»Nein. Wir wollen Ihnen nur ein paar Fragen stellen.«

Henriette Mühlberg griff trotzdem zum Teekessel und füllte ihn mit Wasser. Der Wasserhahn ächzte und gurgelte. Der Rücken der Mühlberg mit dem ausladenden Poncho über den Schultern sah massiv und kräftig aus.

»Ich brauche jetzt etwas Warmes. In den modernen Zügen zieht es fürchterlich. Früher gab es Fenster zum Auf- und Zumachen, heute ist man den Launen der Klimaanlage ausgeliefert.«

»Haben Sie gehört, was Jan Dettendorf passiert ist?«

Die Mühlberg fuhr herum, den Teekessel noch in beiden Händen haltend, während das Wasser hinter ihr in den Spülstein plätscherte. »Nein. Nicht schon wieder ein … Todesfall?«

»Wir gehen davon aus, dass es ein Mordanschlag war. Aber er lebt. Er ist allerdings noch im Krankenhaus.«

»Was hat er? Was ist passiert?«

Pia zog es vor, diese Frage nicht direkt zu beantworten. Information gegen Information. »Wir suchen jemanden aus Jan Dettendorfs oder Lisanne Olsens Umfeld, der Giftschlangen hält oder sie sich beschaffen könnte.« Sie beobachtete Henriette Mühlbergs Reaktion. Deren Gesichtsausdruck veränderte sich. Die Selbstsicherheit schwand, stattdessen presste sie die Lippen zusammen und zog die Schultern hoch.

»Ist er … Er ist doch nicht etwa von einer Giftschlange gebissen worden?«, fragte die Mühlberg mit rauer Stimme.

»Kennen Sie sich mit so etwas aus?«

»Hören Sie: Ich habe die Hälfte meines Lebens in den Tropen verbracht. Ich habe mal einen erwachsenen Mann am Biss einer Buschmeister sterben sehen. Aber das ist etwas, das man nicht in Kirchhagen erwartet, nicht wahr?«

»Nein. Wir hatten das auch nicht erwartet, als wir Herrn Dettendorf gestern bewusstlos in seinem Haus aufgefunden haben. Es ging ihm sehr schlecht, ohne dass ich gleich feststellen konnte, was geschehen war. Glücklicherweise hat der Rettungsassistent an der Bissmarke erkannt, womit er es zu tun hatte. Dettendorf ist mit dem Rettungshubschrauber abgeholt worden. Er ist immer noch im Krankenhaus in Behandlung … Es sieht sehr ernst aus.«

Gerlach warf Pia einen überraschten Blick zu.

Die Mühlberg war sichtlich erschüttert. »Oh nein, nicht Dettendorf, nicht das!« Langsam drehte sie sich um, stellte den Kessel weg und drehte – endlich – den Wasserhahn zu. Als sie sich wieder umwandte, wirkte sie nachdenklich.

»Zum Glück haben wir die Schlange sicherstellen können, sodass er ein Antiserum bekommen hat, aber es war knapp. Irgendjemand hat es ernst gemeint mit seinem Versuch, Jan Dettendorf zu schaden. Schwere Körperverletzung oder versuchter Mord.«

»Was für eine Schlange hat ihn gebissen?«

»Tut das etwas zur Sache? Kennen Sie Leute, die giftige Schlangen halten?«

»Sagen Sie mir, was für eine!« Es klang heiser.

»Wen kennen Sie, der mit Schlangen zu tun hat?«

Sie hob resigniert die massigen Schultern. »Leo Körting hält ein paar Würgeschlangen, soweit ich informiert bin. Vor Giftschlangen hat er den nötigen Respekt. Er ist im Amphibienclub.«

»Sonst noch jemand?« Pia hatte Mühe, ruhig zu bleiben.

»Giftschlangen kann sich jeder beschaffen. Es ist ganz einfach.«

»Das ist es nicht, was wir von Ihnen wissen wollen, Frau Mühlberg. Wir wollen von Ihnen wissen, wer in Ihrem Umfeld Giftschlangen besitzt.«

»*Ich* halte Schlangen.«

Pia war nicht wirklich überrascht. Wer lange in den Tropen gelebt hatte …

»Tatsächlich? Was für Schlangen?«, hakte Gerlach sofort nach.

»Greifschwanzlanzenottern. *Bothriechis schlegelii* – wunderschöne Tiere. Aber sie sind sicher weggeschlossenen in ihrem Terrarium. Es ist völlig unmöglich …«

»Wie bitte? Dettendorf wurde von genau so einer Schlange gebissen.«

»Aber bestimmt nicht von einer meiner Schlangen!«

Statt in sich zusammenzusinken, straffte sich die Mühlberg. »Kommen Sie mit. Ich beweise es Ihnen. Niemand kann das Terrarium öffnen. Den einzigen Schlüssel dazu besitze ich.«

Sie eilte voraus. Gerlach warf Pia einen beunruhigten Blick zu, dann folgten sie ihr. Henriette Mühlberg führte sie quer durch die Halle zu einer verschlossenen Tür. Umständlich hantierte sie mit einem riesigen Schlüsselbund, öffnete die Tür und schaltete das Licht ein. Vor ihnen öffnete sich ein länglicher Raum, der von einem großen gläsernen Terrarium beherrscht wurde. Pinkfarbenes Licht verlieh ihm eine geheimnisvolle Aura.

Pia trat näher heran, konnte aber nur tropische Pflanzen mit Kletterästen und ein Wasserbecken darin erkennen. Der Deckel des Terrariums war mit einem Vorhängeschloss gesichert – gewesen.

»Nein!«, stieß die Mühlberg hervor, als sie sah, dass der Bügel durchtrennt und das Schloss aufgebrochen worden war. »Wer kann das gewesen sein?«

»Jeder. Dazu reicht ein Seitenschneider aus«, kommentierte Gerlach aus dem Hintergrund. Er hielt vorsichtshalber Abstand zu dem Glaskasten. Der Deckel lag fest auf.

»Wann haben Sie das Terrarium zuletzt kontrolliert?«

»Bevor ich zu Gerda gefahren bin. Als ich vorhin zurückkam, habe ich nur einen kurzen Blick ins Büro geworfen und mich dann einen Augenblick hingelegt. Es ging mir nicht besonders gut. Wenn ich hier aus den Latschen kippe, merkt das kein Mensch …«, verteidigte sich die Mühlberg.

Pia beugte sich hinunter und spähte durch die Scheibe in das Terrarium. »Da ist eine gelbe Schlange, unter der Borke«, sagte sie. »Die Schlange, die Dettendorf gebissen hat, war aber eher grünlich …«

»Bothriechis schlegelii gibt es in verschiedenen Farben, aber die gelben sind die schönsten. Die zweite gelbe liegt auf ihrem Lieblingsplatz auf der Astgabel«, sagte die Mühlberg. Dann verstummte sie.

»Und die dritte? Gibt es eine dritte?«, fragte Pia. Es musste eine dritte gegeben haben. Warum sonst hätte sich jemand die Mühe machen sollen, das Schloss des Terrariums aufzubrechen?

»Sie muss auch da sein«, beharrte Henriette Mühlberg. Unter ihrem dünnen grauen Pony bildeten sich dicke Schweißtropfen.

23. Kapitel

War es eine grüne Schlange?«, fragte Gerlach scharf. »Einem solchen Exemplar haben wir gestern Abend in Dettendorfs Badezimmer gegenübergestanden.«

Pia deutete auf das Fenster neben dem Terrarium. Es war ein altmodisches Modell, bei dem man den unteren Fensterflügel hochschieben konnte. Der kleine Sicherungsriegel war aus seiner Verankerung gerissen worden. Henriette Mühlberg würde ihre dritte Schlange nicht in dem Terrarium vorfinden.

»Ist hier sonst noch etwas verändert worden?«, fragte Pia.

Henriette Mühlberg sah sich um. »Der Schlangenstock, er hängt nicht an seinem Platz. Ansonsten … Ich kann es nicht sagen. Ich verstehe nicht, warum jemand meine Leni gestohlen hat.«

»Leni?«, fragte Gerlach. »Das Grauen hatte einen Namen?«

»Was ist mit ihr passiert?«

»Die beißt niemanden mehr«, sagte Gerlach nur.

Als sie den Raum genauer untersuchte, stellte die Mühlberg fest, dass nicht nur eine ihrer Schlangen und ein Schlangenstock fehlten, sondern auch der Transportbehälter, den sie benötigte, wenn sie das Terrarium reinigte oder reparierte.

»Wer weiß alles, dass Sie Schlangen halten?«, fragte Pia.

»Ich gehe damit nicht hausieren. Immerhin habe ich die Schlangen nicht gemeldet. Und die Leute in Kirchhagen haben sowieso schon merkwürdige Vorstellungen von meinem Leben. Nicht, dass ich viel auf das Gerede geben würde … Früher war ich auch Mitglied im Amphibienclub. Das ist aber schon ein paar Jahre her, genauer gesagt, seitdem Leo Körting dort eines Abends aufgetaucht ist.«

»Also wusste zumindest dieser Körting über Ihre Schlangen Bescheid, und mit ihm die anderen Mitglieder dieses Clubs, deren Partner, Kinder, Nachbarn, Arbeitskollegen und Freunde. Gibt es eine Mitgliederliste?«

»Das weiß ich nicht. Die Treffen waren eher zwanglos.«

»Sonst noch jemand?«

»Marion Burmeister füttert meine Katzen, wenn ich mal ein paar Tage auf Reisen bin. Früher war das öfter der Fall, da wurde ich noch hin und wieder zu Vorträgen eingeladen. Aber ich glaube, Marion hat nie einen Blick hier hineingeworfen. Offiziell ist es mein Büro, und der Raum ist immer verschlossen, wenn ich nicht da bin. Ich hatte die Befürchtung, sie könnte es nicht mit ihrem Gewissen vereinbaren, weil die Haltung der Schlangen doch illegal ist, verstehen Sie, und sie als Bürgermeisterin …«

»Wie konnten Sie dann wegfahren?«

»Ein oder zwei Tage sind kein Problem. Die *Bothriechis* frisst nur ab und zu eine Maus oder einen Frosch und braucht ansonsten nicht viel, wenn Luftfeuchtigkeit und Temperatur stimmen. Das kann ich alles über Zeitschaltuhren regeln.«

»Also gut. Es besteht trotzdem die Möglichkeit, dass sie es wusste. Marion Burmeister, wahrscheinlich auch ihr Ehemann, alle, mit denen Frau Burmeister spricht, Leo Körting, die Mitglieder des Amphibienclubs nebst Anhang. Sonst noch jemand?«

»Die Angestellten der Zoohandlung, wo ich das Futter kaufe. Denen habe ich allerdings gesagt, dass ich ungiftige Regenbogenschlangen halte. Ansonsten fällt mir niemand mehr ein.«

Gerlach trat einen Schritt zurück, als eine der Schlangen aus ihrem Versteck hervorkam. »Und Sie waren also in den letzten Tagen in der Nähe von Mannheim?«

»Bei Gerda Höffner, fragen Sie sie ruhig. Sie ist eine alte Schulfreundin. Wir waren zusammen im Pensionat. Ich bin heute früh dort abgereist und vorhin erst wieder zu Hause angekommen.«

»Was meinen Sie, wie lange kann eine Ihrer Schlangen in einem normal geheizten Badezimmer überleben?«, fragte Pia.

»Ich verstehe. *Bothriechis schlegelii* ist in Mittel- und Südamerika heimisch. Ich kenne die genauen Verhältnisse in Jan Dettendorfs Badezimmer nicht, aber ein paar Tage könnte sie dort sicherlich überleben.«

»Ist die Schlange aggressiv? Greift sie einen Menschen an?«

»Sie beißt nur, wenn sie sich bedroht fühlt. Ich nehme aber an, dass sie sich nach einem unsachgemäßen Transport in einer ungewohnten Umgebung bedroht gefühlt haben muss.«

»Ja, es war bestimmt für beide Seiten ein unangenehmes Zusammentreffen …«, kommentierte Gerlach.

»Kann ich zu ihm?«, fragte die Mühlberg unvermittelt.

»Wie bitte?«

»Ich möchte Jan Dettendorf besuchen, um ihm zu sagen, wie leid mir das alles tut.«

»Damit warten Sie besser noch eine Weile, bis wir …«

»Bis Sie *was?* Den Täter gefasst haben?« Die Mühlberg hatte schon wieder zu ihrer alten Form zurückgefunden und funkelte Gerlach streitlustig an.

»Als Erstes sichern Sie bitte das Terrarium mit den verbliebenen Schlangen. Dann können wir unser Gespräch in der Küche fortsetzen.« Pia fand, dass es an der Zeit war, Klartext mit Henriette Mühlberg zu reden. Die Frau führte sie mit ihrem scheinbar leicht wirren Verstand und ihren Marotten an der Nase herum. Dabei funktionierte ihr Gehirn, da war sie sich sicher, so unerbittlich wie die Giftzähne ihrer kleinen Haustierchen.

»Entweder haben Sie selbst vor Ihrer Abfahrt Ihre Schlange in Dettendorfs Badezimmer platziert, oder jemand, der von Ihren Schlangen wusste, hat in Ihrer Abwesenheit eine entwendet und auf Dettendorf angesetzt. Wir unterstellen dem Täter die Absicht, schwere Körperverletzung zu begehen oder sogar Dettendorf zu töten«, erklärte Pia, als sie wieder in Henriette Mühlbergs Küche waren. »Durch die Haltung der Tiere haben Sie bereits gegen ein paar Gesetze verstoßen, Frau Mühlberg. Außerdem können Sie, was den Bissunfall betrifft, wegen fahrlässiger Körperverletzung aufgrund der Verletzung Ihrer Aufsichtspflicht belangt werden.«

»Es wäre gut, wenn Sie zur Abwechslung mal mit uns kooperieren und uns sagen, wer Ihre Schlange derart für seine Zwecke missbraucht haben könnte«, setzte Gerlach hinzu. Er hatte die Arme auf den Tisch gestützt und sah die Mühlberg drohend an.

Henriette Mühlberg sah demonstrativ an ihm vorbei. Pia vermutete, dass Gerlach mit dieser Masche nicht weit bei ihr kommen würde. Die Frau war nicht aus heimischen Nadelhölzern, sondern aus hartem Tropenholz geschnitzt. Sie hatte als Europäerin jahrelang im Regenwald gelebt. So schnell hatte sie keine Angst. Jedenfalls nicht vor Gerlach, nur weil er die Stirn in Falten zog.

»Lisanne Olsen …«, sagte sie mit ruhiger Stimme. »Sie mochten sie, nicht wahr?«

»Eine Frau, die wusste, was sie wollte. Ist geritten wie der Teufel, und Grips hatte sie auch. Jan Dettendorf wäre ihr auf Dauer nicht gewachsen gewesen.« Bewunderung schwang in ihrer Altstimme mit – und Wehmut.

»Wie bei Ihnen? War Ihnen auf Dauer auch niemand gewachsen?«

»Spielen Sie darauf an, dass ich mein Leben lang allein gelebt habe? Das trifft zu, jedenfalls soweit es meine Zeit hier in Kirchhagen betrifft. Aber ich war nicht immer allein. Ich habe Familiezusammengehörigkeit und echte Freundschaft kennengelernt. Es gibt sie – wahre Freundschaft zwischen Mann und Frau. In unserem Kulturkreis ist sie mir allerdings eher selten begegnet.«

»Der Mann auf dem Foto vom Schützenfest, den niemand mehr kennen will. Was war mit ihm?« Pia verschränkte die Arme vor der Brust und legte den Kopf schief, genauso wie die Frau ihr gegenüber es tat. Gemeinsamkeiten schafften Vertrauen. Gerlach war so schlau, jetzt zu schweigen.

»Er hieß Arnold. Ich weiß nicht einmal mehr seinen Nachnamen. Er war nicht von Bedeutung. Er kam hier im Sommer 1972 an, um Simon zu besuchen und sich die Zeit zu vertreiben, bevor er zur See fahren wollte. Das hat er uns jedenfalls erzählt. Aber keiner wusste genau, wann sein Schiff ablegen würde. Simon und Arnold kannten sich aus einer Burschenschaft in Berlin. Ich habe zwar auch in Berlin studiert, aber ich bin nie auf dem Verbindungshaus gewesen … Ich bin diesem Arnold zum ersten Mal begegnet, als er mit Simon in Kirchhagen auftauchte und wie vom Donner gerührt Marion anstarrte. Und die merkte sofort, was sie in diesem Arnold auslöste … Als Simon begriffen hat, was da lief, war es schon zu spät. Arnold klebte an uns wie ein altes Kaugummi an der Schuhsohle und versuchte, auf Teufel komm raus bei Marion zu landen. Sie war damals eigentlich schon mit Simon zusammen, aber Arnolds Avancen gegenüber schien sie nicht abgeneigt zu sein. Ich war natürlich außen vor. Keine Schönheit, auch damals schon nicht, und ich verstand es nicht, zu flirten.

Ich bildete mir ein, mit all dem nichts zu schaffen zu haben, aber verletzt war ich natürlich trotzdem.«

»Weshalb?«

»Weil … Ich habe Simon geliebt … damals. Es gab eine Zeit in Berlin, als wir beide … ein Paar waren. Zumindest hatte ich mir das eingebildet …«

»Was geschah im Sommer 1972? Was geschah auf dem Schützenfest?«

»Ach, das will doch keiner mehr wissen.«

»Lisanne Olsen wollte es wissen, nicht wahr? Sie können nicht länger die Augen davor verschließen, dass die jüngsten Ereignisse in Kirchhagen irgendwie mit der Vergangenheit zusammenhängen. Lisanne Olsen wollte eine Art Porträt über Sie schreiben, haben Sie mir erzählt. Was ist schiefgelaufen?«

»Gar nichts! Lisanne Olsen wollte über meine Arbeit als Ethnologin schreiben. Sie tat sehr interessiert, und ich dumme Kuh fühlte mich geschmeichelt. Ich habe ihr ja sogar eine Pressemappe von mir mitgegeben, in der ich alte Artikel aus Fachzeitschriften über mich gesammelt hatte. So eitel war ich! Der Artikel über dieses Schützenfest muss dazwischengelegen haben. Ich hatte den Zeitungsausschnitt wohl mit in der Mappe aufbewahrt, weil das Foto eines der wenigen ist, auf denen ich nicht allzu unvorteilhaft aussehe, auch wenn Marion mir natürlich wie immer die Show stiehlt. Eine Woche später kam Lisanne wieder zu mir und interessierte sich, genau wie Sie, für den Mann auf dem Foto.«

»Was haben Sie ihr erzählt?«

»Dass dieser Arnold, nachdem er nicht bei Marion landen konnte, auf Nimmerwiedersehen verschwunden ist. Marion hat noch im selben Jahr Simon geheiratet. Das war die ganze Geschichte.« Henriette rückte abwehrend vom Tisch weg.

»Nein, das stimmt so nicht. Als Lisanne sich zu sehr für Ihre geheimen Liebschaften interessierte, hat vermutlich einer von Ihnen ein Drahtseil über eines der Hindernisse auf ihrem Parcours gespannt und ihr aufgelauert. Genickbruch. Hat es laut geknackt, als die Wirbel brachen? Dettendorf muss etwas beobachtet oder geahnt haben. Vielleicht hatte Lisanne Olsen ihm auch etwas erzählt, das ihn nachträglich auf die richtige Spur gebracht hat. Jedenfalls wurde er zusammengeschlagen und ein paar Tage später von einer Giftschlange lebensgefährlich verletzt. Ihrer Giftschlange, Frau Mühlberg! Was soll eigentlich noch passieren, bevor Sie den Mund aufmachen?«

»Ich hätte den beiden, nie, niemals so etwas angetan.«

»Wirklich nicht? Vielleicht war es ja Ihr ehemaliger Freund, Simon Burmeister. Vielleicht hat er auch Arnold Plessow umgebracht?«, mischte sich Gerlach wieder in das Gespräch.

Die Mühlberg wischte seine Frage mit einer knappen Handbewegung beiseite, wie ein lästiges Spinngewebe. »Unsinn. So werden Sie nie die Wahrheit herausfinden.«

»Das Foto von Ihnen, Marion und diesem Plessow wurde im Sommer 1972 aufgenommen. Auf dem Kirchhagener Schützenfest, nicht wahr? Erich Stoppe ist kurz vor dem Schützenfest 1972 gestorben. Wir müssen davon ausgehen, dass er nicht in seinem Grab beerdigt wurde, denn im Institut für Rechtsmedizin hat man die Knochen, die draußen am Knick gefunden wurden, als die von Erich Stoppe identifiziert. Vielleicht ist Arnold Plessow ja gar nicht zur See gefahren? Da war eine Burschenschaftsnadel in dem Grab von Erich Stoppe, deren Herkunft uns nachdenklich stimmt …« Pia beobachtete aufmerksam, wie Henriette Mühlberg reagierte. Sie sah beunruhigt aus.

»Was wir uns bisher nicht erklären können, Frau Mühlberg, ist die unerfreuliche Tatsache, dass dem Skelett von Erich Stoppe der Kopf fehlt. Vielleicht können Sie uns ja sagen, was mit dem Kopf passiert ist?«

»Warum fragen Sie mich das?«

»Ich war in *Harrys Hafenbasar*, genau wie Lisanne Olsen und Jan Dettendorf. *Kurioses und Schauriges aus aller Welt*. Sie waren lange Zeit in Ecuador, haben Sie mir erzählt. Bei den Shuar …«

»Das ist alles ein grässliches Missverständnis«, sagte die Mühlberg erschrocken.

»Das glaube ich mittlerweile nicht mehr.«

»Dann folgen Sie mir.«

»Was? Worum geht es, was haben Sie vor?« Gerlach richtete sich auf und sah von Pia zu der Mühlberg und wieder zurück.

»Sie will uns etwas zeigen.«

»Himmel, was denn? Noch mehr Schlangen?«

»Da beißt nichts mehr, kommen Sie mit«, erwiderte die Mühlberg trocken und ging in Richtung Tür.

»Pia, wir gehen nicht mit ihr mit. Wer weiß, was die vorhat? Lass uns mit einem richterlichen Durchsuchungsbeschluss und ein paar mehr Leuten wiederkommen«, raunte Gerlach seiner Kollegin zu.

»Dann hat sie genügend Zeit, alle möglichen Beweise verschwinden zu lassen. Das nennt man Gefahr im Verzug.«

»Dann rufen wir Verstärkung und passen so lange auf sie auf«, schlug Gerlach vor.

»Willst du erfrieren in diesem Eishaus?«, konterte Pia, deren Jagdinstinkt geweckt war.

»Wir können Sie auch mitnehmen.«

»Einfach so?«

»Kommen Sie?« Henriette stand schon in der dunklen Halle vor der Treppe, die hinauf in das Obergeschoss führte.

Pia zog Gerlach mit sich. »Wir müssen die Gunst der Stunde nutzen. Vielleicht erfahren wir sonst nie die Wahrheit.«

Er tastete mit der Hand nach seiner P6 und nickte Pia zu. »Also schön. Wir gehen mit.«

Sie folgten der Mühlberg die Holztreppe hinauf. Oben angekommen, knipste sie ein schwaches Licht an, das an der linken Wand eine Reihe von Zimmertüren erkennen ließ. Rechts konnte man über die Brüstung der Galerie sehen. Dahinter klaffte das Dunkel der unteren Halle. Das Haus war riesengroß, aber die Mühlberg lebte alleine hier. Pia fand es bedrückend. Gerlachs neunzig Kilo Gewicht ließen bei jedem seiner Schritte die alten Holzdielen knarren. Die Tapeten sahen vergilbt aus und lösten sich bereits vom Putz. Es roch nach Staub und Schimmel. Gerlach verzog das Gesicht, sein Niesen hallte dumpf von den Wänden wider.

Henriette Mühlberg winkte sie in die Ecke der Galerie. Sie zog ihren Schlüsselbund hervor und öffnete eine Art Tapetentür. In dem fensterlosen Raum, den sie kurz danach betraten, fand sich nichts als eine schmale Stiege, die weiter nach oben führte.

»Was wollen Sie uns denn nun zeigen?«, fragte Pia. Sie hatte für einen kurzen Moment den Eindruck, dass sich unten im Haus etwas bewegt hatte. Wahrscheinlich eine der vielen Katzen. Seit einem unfreiwilligen Kelleraufenthalt im letzten Jahr während einer Ermittlung befielen sie in engen Räumen manchmal klaustrophobische Anwandlungen. Ihre Gänsehaut rührte nicht nur von der kalten Feuchtigkeit des ungeheizten Hauses her. Statt zu antworten, erklomm die Mühlberg die steilen Stufen und versuchte, eine Klappe in der Decke hochzustemmen. »Wie wär's, wenn Sie mit anfassen, junger Mann?«

»Was soll das werden?«, fragte Gerlach, stieg aber hinter ihr her und half ihr, die Klappe zu öffnen. Staub rieselte nach unten.

»Wo geht es hier hin?« Pias Stimme vibrierte. Sie räusperte sich.

»Das macht doch den Charme dieses alten Kastens aus: ein

versteckter Raum. Unpraktisch, aber so romantisch! Lisanne fand es hier auch interessant …«

»Sie waren mit ihr hier oben?«

Die Mühlberg antwortete nicht.

Pia und Gerlach folgten ihr in die totale Finsternis.

»Gibt es kein Licht?«, fragte sie ungeduldig, weil sie ihre Taschenlampe nicht dabei hatte.

»Früher gab es auch die Treppe noch nicht, nur eine Leiter. Warten Sie.« Die Mühlberg zündete eine Petroleumleuchte an, die auf einem Tischchen an der Wand stand. Der Lichtschein tanzte unruhig über unverputzte Wände. Ein winziges rundes Fenster, ein Tisch, ein Stuhl, ein Feldbett, fast wie in einer Zelle. Die abgestandene Luft roch nach Rattenkot.

»Sie müssen mal lüften hier«, sagte Gerlach, mehr um die beunruhigende Stille in dem kleinen Verschlag zu durchbrechen.

»Ist es dort drin?«, fragte Pia und deutete auf einen Holzkasten auf dem Tisch. Henriette Mühlberg nestelte einen weiteren kleinen Schlüssel von ihrem Bund. »Sicher, aber nicht sicher genug«, sagte sie leise, »jedenfalls nicht in Anbetracht von menschlicher Schwäche und Geltungssucht.« Sie öffnete den Deckel, schob ein paar Lagen vergilbtes Zeitungspapier zur Seite und hob mit einer fast zärtlichen Geste einen etwa faustgroßen Kopf heraus.

Gerlach, der neben Pia stand, sog scharf die Luft ein. Es war ein Schrumpfkopf, mit dunkel verfärbter Haut und einem Schopf grauweißer Haare. Lange Bänder, die durch Lider und Lippen genäht worden waren, schwangen sacht hin und her.

»Warum zeigen Sie uns das?«, fragte Pia. Es war nicht die einzige Frage, die sich ihr in dieser grotesken Situation aufdrängte.

»Ich glaube, dieses Ding ist schuld an Lisanne Olsens Tod.

Gewissermaßen. Die Shuar nähten die Augen und Lippen ihrer Tsantsa zu, damit Musiak, die rachsüchtige Seele des Getöteten, nicht entweichen und Rache nehmen konnte. Aber in unserem Kulturkreis herrschen andere Gesetze, nicht wahr?«

»Haben Sie ... diesen Kopf präpariert?«

»Ich finde, es ist an der Zeit, dass die Wahrheit ans Licht kommt. Kirchhagen war eigentlich ein recht friedlicher Ort, bevor diese Dinge in Bewegung kamen.«

»Was haben Sie getan?«, entfuhr es Gerlach. Pia dachte an das, was die Mühlberg ihr erzählt hatte: Sie war bei den Shuar-Indianern gewesen, hatte mit ihnen gelebt. Vielleicht hatte sie ausprobieren wollen, ob sie auch dazu fähig war, einen Schrumpfkopf herzustellen. Wissenschaftliche Neugierde? Möglich war alles. »Geben Sie uns den Schrumpfkopf, er ist ein Beweisstück. Und dann verlassen wir sofort diesen Raum. Sie, Frau Mühlberg, kommen mit uns nach Lübeck!«, sagte Pia mit fester Stimme. Sie zog eine Plastiktüte für Beweisstücke aus der Tasche und hielt sie der Mühlberg geöffnet hin. Der Kopf fiel hinein. Gern hätte Pia ihn näher untersucht, aber dafür war es zu dunkel.

»Ich rede nur jetzt und hier. Sie verstehen es sonst nicht«, beharrte Henriette Mühlberg. »Simon Burmeister und dieser Barbar, dieser Arnold: Er war betrunken damals ... Sie haben sich gestritten. Es war ein Unfall, ein schlimmer Unfall, kein Mord! Aber ich wollte Simon bestrafen, für ... dafür, dass er das alles nur für Marion getan hat: Satisfaktion, so ein Unsinn. Wie konnte er sich darauf einlassen, sich mit diesem Arnold zu schlagen? Kompletter Irrsinn! Aber ich habe ihn in dem Glauben gelassen, ich hätte den Kopf ... Damit habe ich sie beide unter Druck gesetzt, dreißig lange Jahre ...«

Gerlach starrte Henriette Mühlberg verständnislos an, und auch Pia hatte Mühe, der wirren Selbstanklage zu folgen. Ein leiser Knall lenkte ihre Aufmerksamkeit in Richtung Treppenhaus.

»Verdammt, was war das?« Gerlach sah die steile Treppe hinunter.

»Da ist irgendwas zugeschlagen, ein Fenster oder eine Tür«, sagte die Mühlberg. »Hier zieht es ständig irgendwo.«

»Auf einmal? Ist außer uns noch jemand im Haus?«, fragte Pia argwöhnisch. Ihr wurde bewusst, dass sie sich nicht vergewissert hatten, ob die Mühlberg wirklich allein zu Hause war. Ein Anfängerfehler. Das Zimmer hier oben erschien ihr auf einmal verdammt eng, und sie spürte ein Kribbeln auf der Kopfhaut. Henriette Mühlberg sah sie schweigend an.

»Wir gehen alle zusammen wieder runter«, sagte Pia zu Gerlach. »Wir haben alles gesehen. Das ist eine verdammte Mausefalle hier oben.«

Gerlach stieg als Erster hinunter. Als er unten angekommen war, ließ Pia Henriette Mühlberg den Vortritt und beobachtete sie dabei. Ihre Schulter schien ihr wieder zu schaffen zu machen, denn sie stöhnte leise und brauchte lange für die schmalen Stufen. Als Letzte stieg Pia hinunter und zog die Bodenluke wieder zu. Als sie zu dritt in dem kleinen Vorraum standen, roch Pia Rauch. »Haben Sie den Heizlüfter in der Küche angelassen?«

»Wieso?« Die Mühlberg betastete mit schmerzverzerrtem Gesicht ihr Schultergelenk.

Jetzt wurde auch Gerlach auf den Geruch aufmerksam. Er ging zu der schmalen Tür, die zum Flur führte. »Es riecht verbrannt«, stellte er fest.

In diesem Moment sahen sie auch schon den Rauch, der sich über den Galeriegang ausbreitete.

»Verdammt! Mach schnell die Tür zu!«, sagte Pia zu Gerlach. »Wenn das Treppenhaus brennt, haben wir ein Problem!«

»Wir müssen hier oben auf die Feuerwehr warten«, sagte Gerlach und zog sein Telefon hervor.

»Hast du hier oben ein Netz?«, fragte Pia.

Er schüttelte stumm den Kopf. »Wir haben keine Zeit mehr. Die Holzverkleidungen und all das morsche Zeug hier oben brennen wie Zunder. Wir müssen sofort raus.«

Sie sahen die Mühlberg an. »Gibt es noch eine andere Möglichkeit, rauszukommen? Ein Fenster oder eine zweite Treppe?«

Henriettes Stimme klang merkwürdig emotionslos. »Raus auf die Galerie, nach links und dann geradeaus. Hinter der dritten Tür links ist die Hintertreppe. Sie wurde früher nur vom Personal benutzt. Mit etwas Glück steckt ein Schlüssel. Ansonsten …« Sie klimperte mit dem Schlüsselbund. Gerlach nahm ihn ihr aus der Hand.

»Dann los. Versucht, die Luft anzuhalten. Wenn ich die Tür öffne, laufen wir los. Sie auch, Frau Mühlberg. Hier drinnen kann uns keiner mehr helfen!«, kommandierte Pia. Sie legte ihre Hand an die Innenseite der Tür. Das Holz fühlte sich bereits warm an. Als sie die Tür zum Gang wieder öffnete, war alles vor ihr schwarz!

24. Kapitel

Pia hielt die Luft an und streckte ihren linken Arm aus, um sich an der linken Wand entlang zu orientieren. Es knisterte und knackte unter ihr, und sie glaubte unterhalb der Brüstung einen orangefarbenen Lichtschein zu sehen. Hier oben sah sie nichts. Hinter sich hörte sie Gerlach. Hoffentlich war Henriette Mühlberg direkt hinter ihm!

Sie trug feste Stiefel, wie eigentlich immer um diese Jahreszeit, das war jetzt ein Vorteil. Ein paar Schritte ging es vorwärts, dann prallte sie mit dem Kopf gegen eine Kante, vermutlich eine der Stützen auf der Galerie. Für einen Moment verlor sie den Kontakt zur Wand, und ihre Hände tasteten panisch ins Leere. In welche Richtung sollte sie weitergehen? Sie musste etwa in Höhe der Haupttreppe sein. Jetzt hörte und sah sie auch die anderen nicht mehr. Sie tastete sich weiter vorwärts. Sie brauchte dringend Luft! Ihre Hand bekam Metall zu fassen: eine Türklinke! Der Impuls, endlich wieder Luft zu holen, war unwiderstehlich. War hier der Durchgang zu dem Raum mit der Hintertreppe? Sie stürzte hinein, es wurde augenblicklich kühler, aber es war genauso dunkel. Ihre Augen tränten, und jede Faser ihres Körpers lechzte nach Sauerstoff. Durch einen Schleier aus Tränen starrte sie auf brennende Vorhänge an der anderen Seite des Raumes. Flammenzungen leckten über vergilbte Tapeten und waberten an den Deckenbalken entlang.

Es war ein Schlafzimmer, kein Treppenhaus, aber es gab ein Fenster!

Hinter ihr im Gang rauschte und toste es, als würde eine

U-Bahn durch einen engen Schacht fahren. Die hölzerne Galerie brannte lichterloh. Pia ging in die Knie, holte Luft und robbte in Richtung Fenster. Ich hätte in die Berge fahren und mit Hinnerk in die Sterne schauen können, dachte sie plötzlich. Wo waren die anderen? Hatten sie den Ausgang gefunden?

Sie zog sich am Fenstersims hoch, ertastete einen Griff und versuchte, den Fensterflügel hochzuschieben. Das morsche Holz war aufgequollen, und die Rahmen hatten sich ineinander verkeilt. Sie stieß ihren Ellbogen ein paar Mal gegen das Glas, bis es knackte und dann zersplitterte. Gierig sog sie kalte, frische Nachtluft ein.

Mit tränenden Augen und dröhnendem Kopf versuchte Pia ihre Lage abzuschätzen. Sie befand sich etwa vier Meter über dem Erdboden. Unter sich erkannte sie die Umrisse eines Daches, und sie erinnerte sich, dass der angebaute Schuppen auf dieser Seite des Hauses liegen musste. Ob das Dach sie halten würde? Pia zog ihre Jacke aus und legte sie über den Fensterrahmen. Dann kletterte sie über die Brüstung und tastete mit dem rechten Fuß nach einem Halt. Endlich, viel tiefer, als sie vermutete hatte, fand sie das mit Teerpappe belegte leicht abschüssige Dach. Sie ließ sich fallen, es knackte unheilvoll, doch das Dach hielt. Die kühle, feuchte Luft fühlte sich an wie ein Tauchbad. Einen Moment lang blieb sie schwer atmend auf der rauen Teerpappe liegen, dann erinnerte sie sich an das Brennholz, das darunter lagerte. Sie zog ihre Jacke vom Fenstersims zu sich herunter und tastete sich auf Händen und Knien zum Ende des Daches. Da sie sich nicht an der verbogenen Regenrinne festhalten wollte, sprang sie das letzte Stück in die Tiefe. Der Schmerz des Aufpralls fuhr ihr in Knöchel und Knie – und signalisierte ihr, dass sie es geschafft hatte!

Die Silhouetten der kahlen Bäume rund um das Haus waren schwarz, der Nachthimmel samtgrau. Weit in der Ferne sah sie zwei rote Lichtpunkte die *Tiefe Trift* hinunter verschwinden. Pia hatte jedoch keine Zeit, sich darüber Gedanken zu machen, wer das gewesen sein mochte. Sie musste Gerlach suchen, und die Mühlberg, die immer noch in diesem Höllenkasten stecken konnten.

Das Haus war nicht mehr zu retten, vermutete Pia. Bald würden Kirchhagens aufmerksame Bewohner den Lichtschein am Horizont sehen und Feuerwehr und Rettungskräfte alarmieren.

Sie fand den schmalen Pfad, der sie neulich zu dem Schuppen geführt hatte, und tastete sich leicht humpelnd vorwärts. Im Gebüsch knackte ein Ast. Vor ihr bewegte sich etwas in der Dunkelheit. Es sprang auf sie zu und eine Hand griff fest an ihren Oberarm. Pia hätte nie gedacht, bei einer Begegnung mit Gerlach einmal so große Freude zu empfinden.

»Pia, wie bist du rausgekommen? Kannst du hexen?«

»Aus dem Fenster geklettert. Die Mühlberg sollte die Scharniere mal besser ölen!«

Sie fielen sich in die Arme. Pia roch beißenden Rauch, vermischt mit der dezenten Note eines teuren Herrenparfüms. Sie blieben einen Augenblick lang so stehen, dann ließen sie sich abrupt wieder los, beide verlegen wegen des ungewohnten und irgendwie unpassenden Gefühlsausbruchs.

Pia hatte sich schneller wieder im Griff. »Wo steckt Henriette Mühlberg?«

»Die hockt da hinten, im Gebüsch. Ohne sie hätte ich es nicht geschafft.«

»Habt ihr die zweite Treppe gefunden?«

»Ja, wir sind in der Küche rausgekommen und dann durch einen Seitenausgang aus dem Haus gelangt. Die Mühlberg keucht wie eine alte Dampflok. Sie braucht unbedingt ärztliche Hilfe.«

»Ich glaube, die ist schon unterwegs«, sagte Pia und deutete auf die zuckenden blauen Lichter, die sich die *Tiefe Trift* entlang dem Haus näherten.

Das Bestattungsinstitut lag in völliger Dunkelheit. Abweisend trotzte die Backsteinfassade mit den nachtblinden Fenstern dem aufdringlichen Verkehr auf der Hauptstraße. Es war noch gar nicht mal spät. Die letzten Pendler waren auf dem Weg von der Autobahn ins ländlich gelegene Eigenheim.

»Hattet ihr ernsthaft erwartet, die Burmeisters vor dem Fernseher anzutreffen?«, raunte Broders seinen Kollegen zu. Pia und Gerlach, nach ihrem Erlebnis im Mühlbergschen Haus zwar angeschlagen, aber fest entschlossen, das vorletzte Kapitel der Ermittlung nicht zu verpassen, standen mit Gabler und Broders im Schatten der hohen Hecke, die Dettendorfs Grund und Boden vom Haus der Burmeisters trennte. Ihre Dienstwagen, ebenso wie die sie begleitenden Streifenwagen, standen außer Sichtweite des Hauses in der Pfarrstraße. Etliche Uniformierte waren einsatzbereit und bezogen rund um das Haus Position.

Pia und Gerlach hatten die anderen über die jüngsten Entwicklungen im Fall Olsen unterrichtet. Es war an der Zeit, dass Simon Burmeister ihnen die Wahrheit erzählte. Laut Henriette Mühlbergs Aussage hatte er gelogen, als er der Polizei gegenüber behauptet hatte, den Mann auf dem Foto, Arnold Plessow, noch nie gesehen zu haben. Er war in die Ereignisse von vor dreißig Jahren verwickelt, und in den Mord an Lisanne Olsen wahrscheinlich auch. Henriette Mühlbergs Aussage belastete ihn schwer. Hatte er ihr sogar das Haus über dem Kopf angezündet? Wenn sie sofort zugriffen, konnten sie den mutmaßlichen Täter und Brandstifter vielleicht direkt nach der Tat stellen und zur Vernehmung bringen. Es war jedoch fraglich, ob sie ihn zu Hause antreffen würden, dachte Pia. Der Leichenwagen stand zwar auf seinem Platz, aber ein weiteres Fahrzeug fehlte.

»Korittki und Broders nehmen den Hintereingang zu der Werkstatt, Gerlach und ich, wir versuchen es vorn. Alle anderen behalten Hof und Fenster im Auge. Los.«

»Ich tippe darauf, dass er in seiner Werkstatt ist«, sagte Pia leise zu Broders, während sie im Schatten der Hecke zum Anbau hinter dem Haus gingen. Sie versuchte, ruhig durchzuatmen, um ihre Aufregung in den Griff zu bekommen.

Im Innern der Holzwerkstatt war alles ruhig. Broders hämmerte gegen die Werkstatttür und wartete. Er sah Pia fragend an, zuckte mit den Schultern und hob die Faust, um erneut zu klopfen. Pia streckte die Hand nach der Türklinke aus und drückte sie hinunter. Die Tür schwang auf.

Ihre Blicke trafen sich. Die Situation ähnelte einem Einsatztraining, allerdings mit dem gravierenden Unterschied, dass sie dieses Mal nicht unbedingt die Chance bekommen würden, aus ihren Fehlern zu lernen. Jede Fehlhandlung konnte sich als verhängnisvoll erweisen. Mit gezogenen Waffen betraten sie nacheinander die dunkle Werkstatt. Pia fand den Lichtschalter links neben der Tür. Die nur widerwillig anspringende Neonröhre leuchtete fahl über Maschinen, Holzbretter und Sägespäne.

»Herr Burmeister, sind Sie da?« Pias Ruf hallte hohl durch den schmucklosen Raum. Die Maschinen waren allesamt ausgeschaltet und mit einer feinen Staubschicht bedeckt. Burmeisters Ohrenschützer und sein grauer Arbeitskittel hingen an ein paar Nägeln neben der Tür. Hier war niemand.

»Komm weiter«, sagte Pia und deutete mit dem Kopf zu der Tür, die ins Sarglager führte. Sie verabscheute diesen Raum, auch wenn er nichts anderes enthielt als Holz, Pressspanplatten und weißen Satin – dachte sie.

Als sie die Tür öffnete, schlugen ihr die Lösungsmitteldämpfe der Spanplatten und der Geruch von Furnierhölzern entgegen. In der Dunkelheit registrierte ihr Gehirn noch etwas anderes, das sofort Alarm in ihr auslöste. »Warte!«, sagte sie leise zu Broders. Sie ging ein paar Schritte hinein und sah vor sich im Lichtkegel der Taschenlampe die ordentlich aufgereihten Särge stehen. Nach dem Anbau, aus dem sie gerade kamen, wirkte der hohe Raum im Haupthaus, in dem sich die Sargausstellung befand, fast wie ein Kirchenschiff.

Pias Herz klopfte fast schmerzhaft gegen ihre Rippen, und plötzlich wusste sie, wonach es roch: nach Urin und Exkrementen. Die Tür hinter ihr schwang ganz auf und ließ mehr Licht hinein. Pia hörte Broders hinter sich aufstöhnen, und dann sah sie auch, was er gesehen hatte: Rechts hing ein Körper von der Decke, die Füße befanden sich auf Hüfthöhe. Der Lichtstrahl von Broders' Taschenlampe wanderte langsam nach oben – Simon Burmeister hatte sich erhängt.

»Schnell, vielleicht lebt er noch«, rief Pia. Ihr fiel plötzlich ein, dass sie die Rücklichter eines Autos in der *Tiefen Trift* hatte verschwinden sehen, und das war noch nicht lange her. Simon Burmeister konnte noch nicht lange dort oben hängen. Vielleicht nur ein paar Minuten, schließlich hatte er seinen Selbstmord ja vorbereiten müssen. Vielleicht war er auch erst gesprungen, als sie in die Holzwerkstatt gekommen waren. Sie kletterte auf einen auf Holzböcken liegenden Sarg, den Burmeister selbst als Podest genutzt haben musste, und versuchte, das Seil zu erreichen. Als sie das Seil berührte, begann der Körper zu pendeln und drehte sich mit dem Gesicht zu ihr. Der Strahl der Taschenlampe beleuchtete Burmeisters Gesicht wie auf einer Theaterbühne. Pia wurde spontan an eine blutige Shakespeare-

Inszenierung erinnert, die sie einmal gesehen hatte. Sparsames Bühnenbild, Licht von unten und dramatische Effekte.

Sie nahm nun jede Einzelheit wahr: Simon Burmeisters Hals war grotesk überdehnt, und seine Zunge quoll blaurot aus seinem Mund, die Augen waren aus den Höhlen getreten. Unbewusst fasste sie an ihre längst verheilte Narbe.

»Komm wieder runter, es ist definitiv zu spät«, sagte Broders rau. Zweifelsohne hatte er recht.

Noch bevor Pia wieder mit beiden Füßen auf dem Boden stand, hatten weitere Personen den Raum betreten.

»Ich hatte irgendwie schon befürchtet, dass es noch ganz dicke kommt«, sagte Gabler, der mit Gerlach durch das Haupthaus gekommen sein musste. »Wir können hier nichts weiter ausrichten. Korittki und Gerlach, Sie fahren jetzt zurück nach Lübeck. Ich habe genug Leute hier, um den Rest zu organisieren. Broders, Sie bleiben erst mal hier. Und was Frau Burmeister betrifft, sie ist nicht zu Hause. Aber das ist jetzt zweitrangig. Die traurige Nachricht wird sie wohl früh genug erhalten, nicht wahr?«

»Nein. Wir müssen Marion Burmeister sofort suchen.«

»Es ist vorbei, Pia. Simon Burmeister hat sich erhängt, und das bestimmt aus gutem Grund. Es kommt einem Schuldbekenntnis gleich. Er wusste, dass wir herkommen würden. Vielleicht hat er euer Gespräch mit der Mühlberg belauscht«, sagte Broders ruhig.

»Er war in die Ereignisse in Kirchhagen verwickelt, so viel ist klar. Aber ich glaube nicht, dass er der Mühlberg die Bude über dem Kopf angezündet hat. Dazu hatte er gar keine Zeit. Er hängt schon zu lange hier.«

»Was wollen Sie damit sagen?«, fragte Gabler.

»Wir müssen sofort die Staatsanwaltschaft informieren. Wir brauchen so schnell wie möglich einen Haftbefehl.«

»Für wen denn?«, fragte Gabler ungeduldig.

»Ich glaube, langsam verstehe ich, worauf das alles hinausläuft ...«, sagte Broders.

»Soll ich mich gleich hier im Treppenhaus ausziehen?« Pia stand vor Hinnerks Wohnungstür und roch am Ärmel ihrer schmutzigen Lammfelljacke.

»Wieso das denn? Hast du es so eilig?«

»Ich stinke nach Rauch wie ein Köhler ...«

»Ist alles okay mit dir?«, fragte er und zog sie in die Wohnung. »Es stinkt ziemlich, du hast recht. Was ist passiert?«

»Zuerst ein kleines Feuer, und dann hat sich noch ein wichtiger Zeuge erhängt. Es war ... scheußlich. Ich bin froh, jetzt endlich hier zu sein ...«

Sie kümmerte sich nicht weiter um ihre verdreckte Kleidung und den Ruß in ihrem Gesicht und sank in seine Arme. Er hielt sie fest und streifte ihr dabei die schwere Jacke von den Schultern. Achtlos ließ er sie auf den Boden fallen.

»Vorsicht!«

»Was ist denn?«

»Beweismaterial ...«

»Wie bitte?«

»Da muss noch was in der Innentasche sein.« Pia kniete sich neben die Jacke und zog vorsichtig die Plastiktüte aus der Tasche. Sie hatte das Ding in all der Aufregung vollkommen vergessen. Wenn Hinnerk das jetzt aushält, dann wird er alles mit mir durchstehen, dachte sie. Der Gedanke ließ sie mit einem Mal ganz ruhig werden. Sie hielt die durchsichtige Tüte in Augenhöhe. »Es ist ein Kopf, ein menschlicher Kopf. Beweismaterial: Und ich habe vergessen, es im Kommissariat wegzuschließen.«

»Ein Kopf?«

»Ein Schrumpfkopf, wie die Shuar in Südamerika sie herstellen. Aber dieser Kopf ist mit hoher Wahrscheinlichkeit deutschen Ursprungs. Beinahe wäre er verbrannt … ein Glück, dass ich ihn retten konnte.«

Sie war sich nicht ganz sicher, ob Hinnerk ihre Erklärungen auf Anhieb verstand. Aber er meisterte die groteske Situation beispielhaft. Er freute sich sogar mit ihr darüber, dass der Kopf nicht ein Opfer der Flammen geworden war.

»Darf ich ihn mir mal ansehen?«, fragte er interessiert.

»Ja, aber lass ihn in der Tüte. Komm, wir nehmen ihn mit ins Licht.«

Sie betrachteten das Objekt unter Hinnerks Schreibtischleuchte. Er verursachte Pia immer noch ein leichtes Schaudern, wohl auch, weil er heute den Anstoß zu einer Reihe unheilvoller Ereignisse gegeben hatte.

»Von wem stammt er?«

»Möglicherweise von einem Deutschen. Arnold Plessow oder Erich Stoppe, wir wissen noch nichts Genaueres. Wahrscheinlich ist er auch hier in Deutschland präpariert worden, von einer Ethnologin …«

Hinnerk schüttelte ungläubig den Kopf.

Pia stutzte. Sie erinnerte sich auf einmal daran, was sie im *Hafenbasar* erfahren hatte. »Ich glaub' es nicht … Das ist alles kompletter Blödsinn!«, rief sie aus.

»Was hast du denn?«

»Das ist kein echter Schrumpfkopf. Es ist nicht einmal ein geschrumpfter Affenkopf. Das Ding ist eine lausige Fälschung! Sieh dir die Ohren an, und die Augenbrauen …«

Pia erklärte ihm aufgeregt, woran man erkennen konnte, dass sie es mit einem Objekt aus Ziegenhaut zu tun hatten.

»Und wozu dann die ganze Aufregung?«

»Ich vermute, Henriette Mühlberg hat uns alle zum Narren

gehalten.« Pia war fassungslos. »Und deswegen musste Lisanne Olsen sterben …«

Sie schüttelte immer wieder ungläubig den Kopf, wischte sich über die Augen und kontrollierte, ob sie sich auch nicht vertan hatte.

Hinnerk zog sie in seine Arme. »Morgen ist auch noch ein Tag, sich darüber Gedanken zu machen.«

»Ich muss ihn ins Kommissariat bringen …«

»Bis morgen ist der Kopf hier sicher. Du kannst heute gar nichts mehr ausrichten. Komm, ich lasse dir Badewasser einlaufen. Du siehst müde aus, und du riechst ziemlich …«

Als Pia im heißen Schaumwasser lag, ein kühles Glas Tomatensaft mit Wodka in der Hand, erinnerte sie sich, was sie, umgeben vom Feuer in Henriette Mühlbergs Haus, gedacht hatte. »Ich habe es mir überlegt, Hinnerk«, sagte sie, »ich werde mit dir in die Alpen fahren. Die Berge und den Schnee werde ich schon irgendwie überleben. Ich möchte mit dir zusammen sein! Das mit dem Urlaub bekomme ich schon hin.«

»Bist du dir sicher? Schließlich habt ihr immer noch niemanden verhaftet.« Pia konnte seinen Gesichtsausdruck durch den Wasserdampf hindurch nicht genau erkennen. Lächelte er etwa spöttisch?

»Ich bin mir sicher«, sagte sie. »Ist Moritz eigentlich da?«

»Nein. Er hat eine neue Freundin. Ich nehme an, dass er demnächst ausziehen wird.«

»Findest du es schlimm, dass ich das nicht bedaure?«

»Nein.«

Pia sah ihn an. »Wir sind also ungestört …« Hinnerks dunkles Haar glänzte vom Wasserdampf. Er hatte seine Armbanduhr auf den Waschbeckenrand gelegt und den dicken Pullover ausgezogen. Er trug nur noch Jeans und ein ausgewaschenes

T-Shirt. Sie fand seine langen, kräftigen Arme überaus ansehnlich. »Komm sofort mit in die Wanne«, sagte sie.

Broders hätte seiner Kollegin die guten Nachrichten gern persönlich überbracht, doch sie war nicht zu Hause. Es war sieben Uhr morgens, und er stand mit einer Tüte voll verführerisch duftender Brötchen im Hinterhof vor Pias Haustür und kam sich blöd vor.

Gabler hatte ihn um kurz nach sechs aus dem Bett geklingelt, um ihm mitzuteilen, dass Marion Burmeister vor einer halben Stunde in Hannover auf dem Flughafen festgenommen worden war. Sie hatte ein Flugticket nach Amsterdam in der Tasche, mit Anschlussflug in Richtung Kanada. Inzwischen war Frau Burmeister wieder auf dem Weg zurück nach Lübeck. Es versprach ein spannender Vormittag zu werden. Doch wo war Pia?

Bei ihrem Freund wahrscheinlich, daran hätte er auch gleich denken können. Broders erwog ganz kurz, die Brötchentüte der Frau in die Hand zu drücken, die gerade im Erdgeschoss die Fenster aufstieß und ihn dabei freundlich anlächelte. Wahrscheinlich lag ein langer, anstrengender Arbeitstag vor ihm, und sie würden im Kommissariat alle irgendwann Hunger bekommen. Also klemmte er sich die Brötchentüte unter den Arm, nickte freundlich zurück und trat den Rückzug an.

»Wollten Sie zu Frau Korittki?«, hörte er sie hinter sich herrufen.

»Ja, ich bin ein Kollege von ihr. Es ist spät geworden gestern Abend, da wollte ich mal nach ihr schauen.«

»Sie ist bestimmt bei ihrem Freund«, sagte die Nachbarin. »Soll ich ihr etwas ausrichten, wenn sie wiederkommt?«

»Nein, danke«, erwiderte er und eilte durch den engen Gang Richtung Straße. Wie auf dem Dorf ging es hier zu, in den Gängen mitten in der Stadt. Er war enttäuscht, dass er sie erst im Kommissariat antreffen würde, weil er gern noch ein bisschen mit ihr über den Fall geredet hätte. Das hätte er sich anfangs auch nicht träumen lassen: ausgerechnet die Korittki. Zu Beginn ihrer Zusammenarbeit hatte er sie nicht ausstehen können, und sie ihn sicherlich auch nicht. Aber wie so manches Mal im Leben wurden Beziehungen, die zäh oder sogar im Streit begannen, irgendwann sehr eng und erfolgreich, während ein himmelhoch jauchzender Beginn keine Garantie für eine funktionierende Beziehung war. Er dachte an seinen neuen Freund, der wohl bald wieder sein Ex-Freund sein würde. Da änderte auch das komplett neue Outfit in seinem Kleiderschrank nicht viel. Ein kleines Vermögen hatte er ausgegeben, aber innerlich war er der Alte geblieben.

Er hätte viel früher erkennen müssen, dass er besser mit den Menschen fuhr, die ihn so akzeptierten, wie er nun einmal war. Und seine Kollegin Pia Korittki wollte er spätestens seit ihrem gemeinsamen Einsatz in Barsinghausen nicht mehr missen im Team. Also gut, dann erst später die Brötchen, dachte er. Mal sehen, wie lange Marion Burmeister sie heute in Atem halten würde.

25. Kapitel

Scheußlich«, sagte Marion Burmeister, als sie den geschrumpften Kopf in der Plastiktüte sah. »Unglaublich, wozu manche Menschen fähig sind, nicht wahr?«

Gabler hatte sie vorschriftsmäßig über ihre Rechte belehrt, ein Anwalt war anwesend, und Marion Burmeister hatte selbstbewusst verkündet, jetzt die »ganze Wahrheit« ans Licht zu bringen. Obwohl sich ihr Ehemann erst vor Kurzem erhängt hatte und sie die Nacht im Auto, auf dem Flughafen und im Polizeizentralgewahrsam verbracht hatte, wirkte sie so ausgeruht und frisch geföhnt wie immer.

Pia fühlte sich wie gerädert. Die Nacht war zu kurz gewesen, jedenfalls für eine liebevolle Versöhnung und eine ausgiebige Erholung zugleich. In Anbetracht der Tatsache, dass sich ihr Kopf vor Müdigkeit genauso hohl anfühlte wie der geschrumpfte, den sie vorhin sorgsam verpackt hergebracht hatte, hielt sie sich vorerst im Hintergrund.

»Wie geht es der lieben Henriette?«, fragte Marion Burmeister unvermittelt.

»Sie wird sich wieder erholen.«

»Dachte ich's mir. Henri ist zäh. Na gut, dann hat es sowieso keinen Sinn, Ihnen weiterhin etwas vorzumachen. Lisanne Olsen war einfach zu neugierig. Eine Schnapsidee, eine Story über Henriette Mühlberg bringen zu wollen. Henri ist eine durch und durch verschrobene Person, und ihre Heldentaten in Südamerika liegen mehr als ein Vierteljahrhundert zurück. Lisanne muss während ihrer Arbeit festgestellt haben, dass sie mit dieser Geschichte über Henriette keinen Blumenpott gewinnen kann. Also hat sie nach etwas zusätzlichem Stoff gesucht, etwas Menschlichem, wie die Journalisten wohl sagen. Und dann hat sie, wie sie meinte, genau das Richtige gefunden: eine alte Liebesgeschichte, die das Herz der Leser rühren würde. Alles fing mit dem Foto von mir, Henriette und Arnold auf dem Schützenfest von Kirchhagen 1972 an. Dieser Arnold Plessow war natürlich *mein* Verehrer, Henri war nur zufällig mit auf dem Foto. So wie auch Simon immer *mir* gehörte, auch wenn Henri in Berlin damals alles versucht hat, um ihn zu kriegen.« Sie schnaubte verächtlich. »Arnold Plessow war ein Studienfreund von Simon. Sie waren in Berlin in derselben Burschenschaft aktiv und haben auf demselben Haus gewohnt. Arnold wollte Simon nach Abschluss seines Studiums hier in Kirchhagen besuchen, bevor sein Schiff in Hamburg auslaufen sollte. Simon stellte uns einander vor, und dieser Arnold war sofort vollkommen vernarrt in mich. Er wich mir nicht mehr von der Seite. Simon hat gute Miene zum bösen Spiel gemacht, weil er davon ausging, dass sein Bundesbruder in Kürze auf See und aus dem Weg sein würde. Doch dann kam das Schützenfest. Es wurde viel zu viel getrunken. Arnold Plessow hatte sich nicht mehr unter Kontrolle. Als ich einmal aus dem Zelt ging, um frische Luft zu schnappen, kam er hinter mir her. Er zog mich vom Zelt weg in den Knick und bedrängte mich. Es war äußerst unangenehm: Der Mann, der sich ansonsten recht manierlich benommen hatte, wurde plötzlich zum Tier. Es war ekelhaft. Zum Glück hatte Simon mitbekommen, dass Arnold mir gefolgt war, und fand uns schnell. Ich weiß nicht, was passiert wäre, wenn Simon nicht aufgetaucht wäre … Es kam zu einem heftigen Streit zwischen den beiden, ein Wort gab das andere. Dann hat Arnold, dieser Spinner, Simon herausgefordert. Er wäre in seiner Ehre gekränkt und könne diese Beleidigung nicht hinnehmen. Er fordere Simon zu einem Duell. Zu meinem Entsetzen hörte ich, wie Simon einwilligte. Er wollte mir wohl imponieren, der Alkohol war schuld daran. Sie haben sich um zwei Uhr nachts … verabredet. Sie hatten beide schon gefochten, aber das war akademisches Fechten gewesen, mit Sekundanten und festen Regeln … Private Duelle aus persönlichen Gründen waren ja auch damals schon illegal. Ich wusste nicht, was ich tun sollte. Sicherlich hätte ich versuchen müssen, sie von ihrem Vorhaben abzubringen, aber ich hätte nie gedacht, dass Simon wirklich ernst macht. Und sie hätten sowieso nicht auf mich gehört.«

»Sie hätten sich an die Polizei wenden können.«

»Daran habe ich überhaupt nicht gedacht. Ich habe einfach nicht damit gerechnet, dass etwas passieren könnte. Aber ich bin natürlich hinterhergeschlichen, um mir die Sache anzuschauen. Immerhin ging es ja um mich!«

Pia krauste die Stirn. War die Frau etwa stolz darauf?

»Was ist dann passiert?«, fragte Gabler weiter.

»Es ging alles schief. Arnold muss noch weitergetrunken haben, so wie er sich beim Treffpunkt aufführte, während Simon schon wieder fast nüchtern wirkte. Arnold ging einfach auf ihn los, ohne sich um seine Verteidigung zu kümmern … Simon hat in Notwehr gehandelt. Er konnte sich doch nicht einfach so abstechen lassen!«

»Woher hatten sie die Waffen?«

»Ich weiß es nicht.«

»Wie ging es weiter?«

»Simon hat Arnold am Hals erwischt. Aber nicht mit Absicht! Es ist einfach so passiert! Arnold hat noch gelebt, aber seine Halsschlagader war verletzt worden. Simon hat seine Finger auf die Wunde gepresst, aber das Blut … Ich hätte nie gedacht, dass ein Mensch so bluten kann. Ein paar Minuten später war Arnold Plessow tot. Und dann … dann hat Simon mich angefleht, ihm zu helfen.«

»Es hätte ihm sicherlich geholfen, wenn sie vor Gericht ausgesagt hätten, dass er in Notwehr gehandelt hat.«

»Aber er wollte doch Arzt werden! Er hat in Berlin Medizin studiert. Sein Ziel war es, sich hier irgendwo in der Gegend als praktischer Arzt niederzulassen. Das hätte nie funktioniert, wenn die Sache mit Arnold Plessow an die Öffentlichkeit gedrungen wäre.«

»Was beschlossen Sie also zu tun?«

»Meine Eltern hatten doch das Bestattungsinstitut. Ich wusste, dass der Leichnam von Erich Stoppe gerade bei uns aufgebahrt war, bereit für die Beerdigung am nächsten Morgen. Ich hatte ihn gesehen, einen kleinen, dünnen Mann in einem großen Sarg. Da hatte ich die Idee, den Plessow mit in den Sarg zu legen, um sie gemeinsam beerdigen zu lassen. Damit hätten sich unsere Probleme erledigt. Wir hätten nur noch Plessows Seesack mit seinen Sachen aus Simons Wohnung verschwinden lassen müssen, und jeder hätte angenommen, er wäre abgereist. Stattdessen … Wir mussten feststellen, dass es nicht passte. Der Sarg war zu klein für beide, und er wäre wohl auch zu schwer geworden. Also machte Simon den Vorschlag, Arnolds Leiche irgendwo hinter einem Knick zu vergraben. Aber ich dachte, wenn er irgendwann mal gefunden wird, dann führt die Spur sofort zu Simon. Es war sicherer, Arnold Plessows Leiche in dem Sarg bestatten zu lassen und Erich Stoppes Leiche irgendwo zu verscharren. Damit hätten wir die Spur verwischt, selbst wenn der Tote irgendwann dort draußen gefunden werden würde. Außerdem war Stoppe wesentlich leichter zu transportieren, Plessow wog mindestens achtzig Kilo, Stoppe kaum mehr als sechzig. Wir legten Plessow in den Sarg und verschlossen ihn. Ich wusste, dass niemand mehr hineinschauen würde, so gut kannte ich den Betrieb damals schon. Wir wickelten Stoppes Körper in eine Decke und legten ihn in den Kofferraum.«

»Das alles haben Sie getan, um Simon Burmeister zu helfen?«

»Ich wusste schon damals, dass er der Mann meines Lebens ist. Und wenn man in einem Bestattungsinstitut aufgewachsen ist … Ich musste meiner Mutter oft helfen …«

»Okay. Stoppes Leichnam lag im Kofferraum. Was geschah dann?«

»Wir fuhren mit der Leiche im Kofferraum aus dem Dorf hinaus und begruben sie an einer Stelle, wo sie unserer Meinung nach nicht gefunden werden würde. Wir hatten allerdings nur einen kleinen Spaten dabei, und der Boden war fest, weil es ein trockener Sommer war. Es wurde nur eine recht flache Grube, in die wir ihn legten. Darum auch die Sache mit dem Kopf …«

Pia schauderte, doch Marion Burmeister erzählte ungerührt weiter. »Wir mussten ihn abtrennen, damit man den Leichnam nicht würde identifizieren können, an den Zähnen zum Beispiel. Simon wollte erst nicht, aber es war notwendig! Und er hatte schon während seines Studiums obduziert, ich konnte ihn also überreden, es zu tun. Wir wickelten den Kopf in die Decke im Kofferraum und überlegten, wie wir ihn loswerden konnten. Dann hatte Simon die Idee mit Henriettes Ofen. Die meisten hatten in den Siebzigern schon Gas- oder Ölheizungen, aber in dem alten Kasten, den Henriette von ihrer Tante geerbt hatte, gab es den alten Heizkessel, den sie mit Holz befeuerte. Ein scheußliches Ding mit einer gusseisernen Ofentür, groß wie bei Hänsel und Gretel. Der Heizungsraum war von außen zugänglich, Henriette musste es also gar nicht merken. Sie hatte den Ofen auch im Sommer in Betrieb, um Wasser heiß zu machen. Simon setzte mich zu Hause ab und fuhr allein zu Henriette, um den Kopf zu verbrennen … Ja, und genau das war der Fehler! Ich hätte mitfahren sollen, denn von jetzt an ging alles schief: Simon war so blöd, sich von Henriette erwischen zu lassen, mit dem Kopf in der Hand, stellen Sie sich das vor! Und sie hat ihn dazu gebracht, dass er ihr die ganze Geschichte berichtete, und ihm den Kopf abgenommen. Als Pfand! Damit sie einen Beweis dafür hätte, dass Simon nicht zum Mediziner taugt. »Wenn du als Arzt an lebenden Menschen herumpfuschen willst, dann zeige ich allen, wozu du fähig bist!«, hat sie ihm gedroht. Dieses Miststück! Sie hat ihm den Kopf geklaut – und damit seine Zukunft! Und wissen Sie, warum sie das getan hat? Weil sie verrückt nach Simon war! Aber sie wusste, dass er mich liebte und nicht sie. Sie war krank vor Eifersucht. Sie hat all die Jahre die Klappe gehalten und zugesehen, wie Simon dahinvegetierte, und immer noch hatte sie den Kopf als Beweis. Ich wusste nicht, was sie mit dem Kopf getan hat, aber sie machte immer mal wieder hässliche Andeutungen. Sie war danach oft in Südamerika und hatte das Haus zeitweise vermietet. Immer, wenn es mal wieder leer stand, habe ich mich hineingeschlichen und den Kopf gesucht, aber ich konnte ihn nicht finden. Als sie endgültig wieder hier war, habe ich mich bei ihr angebiedert, ihr mit ihrem Katzenvieh geholfen, nur um irgendwann noch das Pfand in die Finger zu bekommen. Umbringen konnte ich sie ja nicht, denn ich wusste nicht, ob sie ein Testament gemacht hatte, in dem etwas über diese Angelegenheit stand … Und dann kam Lisanne Olsen und hat alles wieder ausgegraben.«

»Woher wussten Sie, dass Lisanne Olsen Ihrem Geheimnis auf die Spur gekommen ist?«

»Sie hat mir den alten Zeitungsausschnitt mit dem Foto vom Schützenfest unter die Nase gehalten. Mir ist beinahe die Teetasse aus der Hand gefallen, als ich erkannte, worum es sich handelte. Ob ich den Mann kennen würde und ob er mal mit Henriette befreundet gewesen wäre ... Lauter Fragen über Sachen, die sie eindeutig nichts angingen. Und dann kam sie kurz vor der Einwohnerversammlung zu mir und erzählte, dass Henriette Mühlberg ihr einen Schrumpfkopf gezeigt hätte. Sie stellte sogar die Verbindung zu den Knochenfunden her! So ein schlaues Miststück! Es war ein Schock für mich. Seelenruhig sagte sie, sie wolle über all das schreiben, auch gegen Henris Willen, ihr fehlten nur noch ein paar letzte Infos. Der Artikel hatte sogar schon einen Titel: *Herzlos, kopflos – skrupellos.* Da musste ich doch etwas unternehmen!«

»Und weiter?«, fragte Gabler.

»Ich dachte mir, so wie die Olsen immer geritten ist, das war sowieso lebensgefährlich. Das hat sogar der Jan immer gesagt. Er war schrecklich in Sorge ihretwegen, weil ständig etwas passieren konnte. Ich habe dem Schicksal nur ein bisschen auf die Sprünge geholfen.«

»Wie das?« Gablers Stimme klang angespannt. Der Anwalt machte wiederholt Anstalten, sich einzuschalten, doch Marion Burmeister brachte ihn jedes Mal mit einer unwilligen Geste zum Schweigen. »Sie sollte mit ihrem Pferd stürzen: Ich habe den Draht über dem Hindernis gespannt. Aber ich musste sichergehen, dass es auch funktioniert, also habe ich in aller Frühe dort auf sie gewartet. Simon geht früh morgens immer in seine Werkstatt, er hat nicht einmal gemerkt, dass ich weg war. Als die Olsen nach dem Sturz am Boden lag, aber immer noch atmete, habe ich zugeschlagen. Zum Glück hatte ich meinen Wagenheber mit in den Wald genommen. Ich habe einen alten Lappen darumgewickelt, und dann ... Eigentlich hatte ich erwartet, dass der Sturz ausreichen würde. Schade, dann hätte kein Mensch Verdacht geschöpft.«

»Was haben Sie anschließend getan?«, fragte Gabler.

»Ich bin zurück nach Hause gefahren und durch die Hecke auf Dettendorfs Grundstück gelangt. Ich musste in Lisannes Haus, um ihre Aufzeichnungen zu entfernen. Jan Dettendorf schläft immer lange, er hat mich nicht gesehen. Den Schlüssel zu ihrem Haus hatte ich vorsorglich Meta Stoppe abgenommen, die am Tag vorher bei mir zum Putzen war. Während sie bei mir arbeitete, habe ich mir einen Nachschlüssel anfertigen lassen. In Lisannes Arbeitszimmer habe ich die Festplatte ihres Notebooks entfernt, die CDs mit den Sicherungskopien und alles an Papieren mitgenommen, das mit Henriette und mir in Zusammenhang stand. Es war ein Risiko, aber ich habe damals noch gehofft, dass ihr Tod als Unfall durchgeht. Ich habe auch ihren Terminkalender mitgenommen, und das war's.«

»Woher wussten Sie so gut Bescheid?«

»Ich habe Lisanne damals sogar geholfen, das Notebook einzurichten. Sie hatte keine Ahnung von Technik. Und Jan hat sowieso nur seine Pferde im Kopf und war ihr auf dem Gebiet keine Hilfe. Dadurch war ich über ihre Arbeitsweise gut informiert ...« Sie sah selbstbewusst in die Runde. »Man sollte Frauen in meinem Alter nicht unterschätzen. Wir können nicht nur kochen, putzen und Strümpfe stopfen ... Den Zeitungsausschnitt allerdings – ich habe ihn gesucht, aber nicht gefunden. Wie sind Sie da rangekommen?«

»Er lag in Lisanne Olsens Auto. Vielleicht ist er ihr aus einer Mappe herausgerutscht. Sie haben sicher bemerkt, dass wir die ganze Zeit Jan Dettendorf in Verdacht hatten, etwas mit Lisanne Olsens Tod zu tun zu haben. War Ihnen das egal?«

»Er hat sie geliebt, er hätte ihr niemals etwas angetan.«

»Auch nicht, wenn sie geplant hätte, ihn zu verlassen? Lisanne Olsen hatte sich schon nach einem anderen Stall für ihr Pferd erkundigt. Und Sie selbst haben sie doch mit einem Unbekannten in einem Café gesehen.«

»Ach das!« Sie winkte gleichgültig ab. »Das habe ich mir nur ausgedacht, damit nicht alle denken, Lisanne Olsen wäre eine Heilige gewesen. Ich habe auch in dem Reitstall angerufen und an Lisannes Stelle gefragt, ob sie einen Platz für den lieben Absalom hätten. Das war an dem Tag, an dem Lisanne mich zu dem Foto befragt hatte.«

»*Sie* waren das? Warum?«

»Eine falsche Spur, damit Sie es nicht so einfach haben … Es hat doch gut geklappt, oder?« Sie klang stolz.

»Und was hat es mit dem Angriff neulich Nacht auf Dettendorf auf sich?«, mischte sich Pia zum ersten Mal in das Gespräch. Es war von Anfang an der Punkt gewesen, der nicht ins Bild gepasst hatte.

»Damit habe ich nichts zu tun!« Marion Burmeister hob abwehrend die Hände und setzte eine beleidigte Miene auf.

Also doch die Umgehungsstraße, dachte Pia. Jan Dettendorf und Frank Reuter hatten recht gehabt mit ihrer Behauptung, dass der Angriff nichts mit dem Mord zu tun hatte. »Und warum haben Sie Jan Dettendorf eine giftige Schlange ins Badezimmer gesetzt?«, fragte sie.

»Ich hatte in Lisannes Terminkalender gelesen, was Jan und sie zusammen in Hamburg unternommen hatten. Der *Hafenbasar* ist ja dafür bekannt, dass man sich dort echte Schrumpfköpfe ansehen kann. Da musste ich annehmen, dass Lisanne auch Jan in ihre Entdeckungen eingeweiht hatte. Es tat mir leid um ihn, aber es half nichts. Und ich habe diese blöde Schlange benutzt, um Henriette damit in Schwierigkeiten zu bringen. Sie hat die Schlangen illegal gehalten.«

»Und das Feuer im Haus der Mühlberg? Das haben Sie auch gelegt, oder?«

»Ein letzter Versuch, das Unabwendbare noch zu verhindern. Ein dummer Fehler, aber ich war … Als ich Simon im Sarglager gefunden habe, da war ich außer mir vor Wut. Henriette hatte sein Leben verpfuscht! Sie war schuld an allem. Ich wollte sie und den Kopf und das ganze Haus vernichten! Ich habe an der Tankstelle einen Kanister mit Benzin gefüllt und bin zu ihr gefahren. Normalerweise war Henriette um diese Uhrzeit immer schon im Bett, sie wäre im Schlaf überrascht worden. Dass noch jemand im Haus sein würde, konnte ich ja nicht ahnen. Es gab einfach kein Zurück mehr. Ich hatte immer noch den Schlüssel zum Haus und ging rein. Ich hörte Stimmen von oben und goss das Benzin auf die Treppe. Dann zündete ich es an. Und es funktionierte!«

»Und *wie* es funktionierte!«, bestätigte Gerlach grimmig.

»Haben Sie jemals etwas Ungewöhnliches an Erich Stoppes Grab bemerkt?«, fragte Pia, die sich an das Gespräch mit Meta Stoppe erinnerte.

»Komisch, dass Sie danach fragen. Das Grab war im Winter, wenn die Bäume entlaubt waren, von meinem Fenster aus gut zu sehen. Ich habe manchmal flackernde rote Lichter gesehen – Grablichter. Aber nur, wenn Henriette im Lande war … Meine Sorge war immer, dass Simon das eines Tages bemerken könnte.«

»Sie hätten zur Polizei gehen können – jederzeit«, sagte Broders, »dann wäre sein Leben vielleicht anders verlaufen. Ihr Mann hätte sich irgendwann mit der Vergangenheit aussöhnen können.«

»Ach ja? Und was wäre dann mit mir gewesen? Das Gerede im Dorf! Glauben Sie, ich wäre dann jemals zur Bürgermeisterin gewählt worden?«, entgegnete Marion Burmeister entrüstet.

Selbstsucht und Eitelkeit, dachte Pia, gehörten die nicht zu den sieben Todsünden?

26. Kapitel

Die *Tiefe Trift*, die auf die baumbestandene Anhöhe zwischen den Wiesen und Knicks zuführte, wirkte fremd und vertraut zugleich. Einzelne Wolken standen als weiße Tupfer am strahlend blauen Himmel und gaukelten dem unwissenden Betrachter den Beginn eines wunderbaren Herbsttages vor.

Allein der Geruch kündigte die Katastrophe an, die Henriette Mühlberg erwartete. Ihr Haus war abgebrannt, bis auf die Außenmauern zerstört. Als sie die Auffahrt hochfuhr, sah sie schon, wo der Rauch durch die Fensteröffnungen gequollen war und die verputzte Fassade des Hauses geschwärzt hatte. Der Dachstuhl war teilweise eingestürzt, der Rest wirkte wie ein schwarzes Gerippe. Ich muss mir keine Gedanken mehr über die Kosten für ein neues Dach machen, dachte sie grimmig.

Zögernd stieg sie vom Fahrrad. Nun war das Haus nur noch für den Abriss bestimmt. Sie seufzte, und ihre Augen brannten, was nicht nur an dem scharfen Geruch nach verkohltem Holz liegen mochte. Dieses Haus war nicht nur ihre Heimat, ihr Zufluchtsort gewesen, sondern auch das einzige Erbe, das zu hüten sie sich verpflichtet gefühlt hatte.

Die Polizei hatte ihr eingeschärft, die Brandruine keinesfalls zu betreten, denn es bestand Einsturzgefahr, und auch die Spurensicherung war noch nicht abgeschlossen. Sie hatte auch gar kein Verlangen danach, hineinzugehen. Sie wusste, dass es keine besonderen Gegenstände gab, die sie retten wollte.

Was nicht vom Feuer zerstört worden war, war mit schmierigem schwarzen Ruß bedeckt oder dem Löschwasser zum Opfer gefallen. Auch die Schlangen waren tot, daran bestand kein Zweifel.

Henriette Mühlberg war hergekommen, um nach ihren Katzen zu sehen. Es dauerte nicht lange, bis drei ihrer Schützlinge sie entdeckt hatten und um ihre Beine strichen. Henriette bückte sich mühsam, um sie zu streicheln, und schüttete das mitgebrachte Trockenfutter auf einen flachen Stein. Sogar die kleine Rotgetigerte tauchte nach einer Weile auf, und sie schüttete ihr eine Extraration hin. Die Katze war augenscheinlich genau wie sie, sie kam auch nicht mit ihren Artgenossen zurecht.

Das Geräusch eines sich nähernden Autos ließ Henriette Mühlberg aufmerken. Kurz darauf hörte sie, wie eine Autotür zugeschlagen wurde. Sie richtete sich mit einem Stöhnen auf und sah die Kommissarin von der Lübecker Kripo auf sich zukommen. Im hellen Licht des Spätherbstmorgens sah sie strahlend und frisch aus mit ihren blonden Haaren und der hellen Haut. Sie trug eine Daunenjacke in Pistaziengrün, die fröhlich und frühlingshaft wirkte vor den fast kahlen Bäumen und der ausgebrannten Ruine. Ein Anflug von Neid fuhr Henriette Mühlberg wie eine Nadelspitze in die Brust, doch sie riss sich zusammen und lächelte.

»Frau Korittki, was führt Sie an den Ort der Feuersbrunst zurück? Ich dachte, es sind immer nur die Täter, die an den Tatort zurückkehren.«

»Sie sind ja auch hier, wie ich sehe.«

»Was bleibt mir anderes übrig? Ich bestaune die Überreste von dem, was einmal mein Leben war.«

»Das Haus ist wohl nicht mehr zu retten?«

»Nein.« Sie runzelte die Stirn. »Wie geht es Marion?«

»Sie hat alles gestanden, die ganze Geschichte, von Anfang

an. Wir brauchen Ihre Version der Ereignisse aber auch noch. Ich wollte Sie mitnehmen ins Kommissariat, um Ihre Aussage aufzunehmen.«

»Mir bleibt wohl nichts erspart, oder?«, fragte sie.

»Nein.«

Die Kommissarin ging in die Hocke und kraulte der Rotgetigerten das Fell. Henriette sah ihr zu.

»Ich verstehe nicht, warum Sie bei all dem mitgemacht haben«, sagte Pia. »Sie hatten doch gar nichts damit zu tun. Warum haben Sie dieses Verbrechen verheimlicht?«

»Ich habe Simon geliebt«, sagte Henriette schlicht.

Pia schwieg.

»Wir waren in Berlin ein Liebespaar. Ein altmodischer Ausdruck, das sagt man heute wohl gar nicht mehr. Ich dachte, wir bleiben zusammen, aber für ihn war es nur ein unbedeutendes Techtelmechtel. Er hat mir das einfach so ins Gesicht gesagt, und auch, dass er und Marion füreinander bestimmt wären. Ich habe mich daraufhin entschlossen, nie wieder jemanden so zu lieben. Das war im Sommer 72, kurz bevor Arnold Plessow unverhofft in Kirchhagen auftauchte. Als ich ihn sah, wusste ich gleich, dass es Ärger geben würde.«

»Inwiefern?«

»Arnold war der Typ Mann, den man früher als Haudegen bezeichnet hätte. Er war nicht dumm, bestimmt nicht, aber wenn Alkohol ins Spiel kam, wurde er zum Primaten. Und er bildete sich ein, dass er Marion Simon ausspannen müsste. Er machte seine Sache auch nicht schlecht. Immerhin war er ein gewandter und gut aussehender Bursche. Marion gefielen seine Avancen ganz ausgezeichnet, aber aus irgendeinem Grund hatte sie es auf Simon abgesehen. Vielleicht war es ihr Traum, die perfekte Arztfrau zu werden … Auf dem Schützenfest muss es dann zum Streit gekommen sein. Zu viel Alkohol, eine Marion, die nicht wusste, dass sie mit dem Feuer spielte, ein in seiner Ehre gekränkter Simon. Ich bin schon früh nach Hause gegangen an dem Abend. Wohl, um meine Wunden zu lecken, denn Simon beachtete mich überhaupt nicht mehr, und wenn, dann auf diese kumpelhafte Art, die noch verletzender ist, als wenn man ignoriert wird.«

»Ich verstehe.«

»Jedenfalls hörte ich spät in der Nacht draußen Geräusche. Erst ein Auto, dann Schritte, dann, wie sich jemand an meinem Ofen zu schaffen machte. Ich habe Simon einen Riesenschrecken eingejagt, als ich in den Schuppen trat, das Gewehr meines Onkels im Anschlag. Er wollte gerade etwas in den Ofen werfen, ein Bündel, ein weiteres lag auf dem Fußboden. Und dann hat er mir erzählt, was passiert war.«

»Und was hat er Ihnen erzählt?«

»Von einem Kampf zwischen Arnold und ihm. Dass er Marions Ehre retten musste. Als ob es da noch etwas zu retten gegeben hätte! Lächerlich. Aber Arnold war tot, und Simon versuchte, einen Kopf in meinem Ofen zu verbrennen. Arnolds Sachen, die in einem Seesack steckten, sollten danach in den Ofen.«

»Er sprach von Arnold Plessows Kopf?«

»Ich hatte ihn so verstanden, ja. Aber später habe ich das blutige Bündel ausgewickelt und mir dann den Rest der Geschichte zusammengereimt. Es war einfach grauenhaft! Ich habe Simon weggejagt und ihm zu verstehen gegeben, dass er es nicht wagen solle, Arzt zu werden – Mörder und Feigling, der er war. Sonst würde ich alles verraten.«

»Das war Ihre Rache?«

»Ich habe es damals nicht als Rache verstanden. Ich dachte, ich würde ihn schützen vor der Polizei, vor einem Prozess und all dem.«

»Sie haben ihm bestimmt nicht geholfen. Sein Leben scheint nicht gerade glücklich verlaufen zu sein.«

»Ich weiß. Aber Marions auch nicht.«

»Sie wollten sich an Marion rächen?«

Die Mühlberg zuckte mit den Schultern. »Es war eher so, dass ich ihr die Schwierigkeiten gegönnt habe. Sie hat zwar alles bekommen, was sie wollte, aber glücklich war sie trotzdem nicht. Manchmal hat sie mir fast ein bisschen leidgetan.«

»Weil Simon in Depressionen versank?«

»Weil sie dachte, ich hätte den Kopf präpariert und würde ihn als Schrumpfkopf irgendwo aufbewahren. Das muss ihr Albträume verursacht haben, und Simon auch.«

»Was haben Sie denn mit dem Kopf des Toten getan, um Gottes willen? Ihn doch noch verbrannt?«

»Nein. Ich wollte ihn behalten, nur zur Sicherheit. Ich habe ihn im Garten begraben, fast so, wie es sich gehört.«

»Und was hatte es mit dem Schrumpfkopf auf sich, den sie Lisanne Olsen und uns gezeigt haben?«

»Ich hatte ihn von einer meiner ersten Reisen aus Ecuador mitgebracht. Eine Fälschung aus Ziegenhaut natürlich ... Ich glaube, das Ding hat Lisanne Olsen das Leben gekostet, und das macht mir sehr zu schaffen, wirklich. Ich war so eitel und froh, endlich mal wieder jemanden beeindrucken zu können, dass ich ihn ihr unter die Nase gehalten habe, als sie mich interviewt hat.«

»Lisanne Olsen dachte, es wäre Arnold Plessows Kopf! Sie hatte das Foto vom Schützenfest gesehen und angefangen, Nachforschungen über den unbekannten Mann anzustellen. Er war kurz nach dem Schützenfest verschwunden.«

»Ich habe ihr aber gesagt, dass der Kopf ein Mitbringsel aus Ecuador ist! Wie ist sie bloß darauf gekommen, dass es Plessows Kopf sein könnte?«

»Wegen der Knochenfunde, Frau Mühlberg. Ein paar Monate vorher waren in Kirchhagen menschliche Knochen gefunden worden, und zwar ohne Kopf. Das hat sie auf die Idee gebracht. Und Lisanne Olsen war auf der Suche nach einer Story, genau genommen nach *der* Story, die sie als Journalistin bekannt machen würde.«

»Sie war ehrgeizig, das stimmt.«

»Lisanne Olsen hat auch Marion nach dem Foto vom Schützenfest befragt. Immerhin war sie ja mit abgelichtet. Das allein war schon gefährlich, denn Marion musste immer noch befürchten, dass dieses Verbrechen irgendwann herauskommen würde. Was für ein Skandal, in den sie als Bürgermeisterin dann verwickelt worden wäre.«

»Der äußere Schein ging Marion über alles. Sie wollte immer gut dastehen in den Augen der anderen.«

»Aber das allein hat nicht den Ausschlag gegeben. Lisanne Olsen hat Marion Burmeister auch von dem Schrumpfkopf erzählt, den sie bei Ihnen gesehen hat. Darum musste sie nach Marion Burmeisters Ansicht sterben.«

»Es ist grauenhaft«, sagte Henriette Mühlberg, während sie auf die Ruine ihres Hauses starrte. »Das habe ich alles nicht gewollt.«

»Warum hat Marion Burmeister Sie so lange leben lassen, wenn sie doch sonst scheinbar keinerlei Hemmungen hatte, für ihre Ziele Menschen zu töten?«, fragte Pia und blinzelte gegen das Sonnenlicht.

»Ich habe mich geschützt. Ich wusste natürlich, dass Marion, immer wenn ich verreist war, alles versucht hat, um den Kopf zu finden. Sie hat sogar meine Aussteuertruhe durchwühlt, mein Sofa aufgeschlitzt und den Garten umgegraben. Lächerlich! Nach meinem Tod wird mein Nachlassverwalter ein Papier von mir in die Hände bekommen, in dem ich alles erkläre. Das war meine Lebensversicherung, und ich habe es Marion natürlich wissen lassen.«

»Warum hat sie Ihnen dann das Haus über dem Kopf angezündet?«, fragte Pia.

»Sie muss verzweifelt gewesen sein, nachdem sie entdeckt hatte, dass Simon sich das Leben genommen hat. Ich glaube, sie hat ihn doch die ganze Zeit über geliebt, auf ihre Weise … In ihren Augen war alles Unglück allein meine Schuld. Sie wollte mich töten, und das verhasste Haus mit seinem Beweismaterial vernichten. Fast hätte es geklappt …«

»Ja«, sagte Pia leise, »fast hätte es geklappt.«

Langsam gingen sie zum Wagen, den Pia vor dem Eingang abgestellt hatte. Henriettes Fahrrad lehnte an einem Baum.

»Wo wohnen Sie jetzt?«, fragte Pia.

»Im Hotel.«

»In Kirchhagen?«

»Das Leben hält immer wieder Überraschungen bereit. Leo Körting hat mich bei sich aufgenommen. Ich bewohne ein wunderbares Zimmer in seinem Romantik-Hotel. Um diese Jahreszeit sind sowieso nicht viele Gäste da.«

»Das könnte teuer werden.«

»Ach was. Ich bekomme einen Sonderpreis, wenn ich mich ein wenig um seine Schlangen kümmere«, sagte sie forsch. »Ich habe Körting nie besonders leiden können, aber …«

»Aber was?«

»Er scheint ein Herz zu haben. Wissen Sie, was er getan hat? Er hat Gina Arzberg-Wenning, eine seiner Mitstreiterinnen in Sachen Umgehungsstraße, zu Frank Reuter geschickt. Angeblich, um ihm wegen der geplanten Linienführung auf den Zahn zu fühlen. Ich glaube, der Verlauf der Ortsumgehung ist Gina Arzberg-Wenning inzwischen vollkommen egal …«

»Wieso das?«

»Sie ist vorgestern bei Frank Reuter eingezogen. Große Liebe! Leo hat sich köstlich amüsiert, als Anke Loss zum Hotel gefahren kam und auf ihn losgegangen ist. Ausdrücke kennt diese Frau! Sie hat ihn beschuldigt, den armen, unschuldigen Frank Reuter einer Frau auf Männerfang in die Arme getrieben zu haben. Obwohl Anke Loss das Schicksal von Frank Reuter bestimmt herzlich egal ist. Ich vermute, sie erträgt es nur nicht, wenn eine Nachbarin besseren Sex haben könnte als sie.«

»Was für ein Chaos! Mischt sich hier jeder in die Angelegenheiten seiner Nachbarn ein?«

»Das hat Vor- und Nachteile, Frau Korittki, wie alles im Leben. Sie sollten nicht immer gleich schlecht von Ihren Mitmenschen denken«, sagte die Mühlberg in tadelndem Tonfall, »aber das macht der Beruf, nicht wahr?«

»Was hatte es eigentlich mit den Grablichtern auf sich?«, fragte Pia hartnäckig weiter.

»Sehen Sie? Sie können gar nicht anders! Aber woher wissen Sie von den Grablichtern? Hat Marion …«

»Nein. Meta Stoppe hat mir erzählt, dass sie auf dem Grab ihres Vaters mehrmals ausgebrannte Grablichter gefunden hat.«

»Ja, das war ich. Nicht gerade eine meiner ruhmreichsten Taten. Ich habe die Kerzen für Arnold dort angezündet, immer an Allerheiligen, weil er doch aus Paderborn kam und wahrscheinlich katholisch war. Außerdem wusste ich, dass Marions Schlafzimmerfenster zum Friedhof rausging. Sie sollte die Lichter sehen.«

»Warum? Um sie zu terrorisieren?«

»Nein. Damit sie nicht vergisst.«

»Meinen Sie, die Gefahr hat je bestanden?«

»Nein. Aber sie war immer sehr von sich überzeugt. Das hat mich geärgert.«

Pia schloss den Wagen auf und öffnete Henriette Mühlberg wortlos die Beifahrertür. Sie stiegen ein. Als der Wagen langsam die *Tiefe Trift* hinunterfuhr, drehte sich Henriette Mühlberg noch einmal um. Hinter ihr hob sich der rauchgeschwärzte Turm ihres Hauses wie ein Mahnmal vom hellblauen Herbsthimmel ab.

Nachbemerkung der Autorin

Die Namen und Personen dieses Romans sind frei erfunden. Auch den Ort Kirchhagen mit seinen Bewohnern gibt es nicht.

Eine geplante Umgehungsstraße, deren genauer Verlauf noch nicht feststeht, war die auslösende Idee für diese Romanhandlung.

Um die Idee in einen Krimi umzusetzen, habe ich den Ort »Kirchhagen« erfunden und mit ebenso fiktiven Charakteren bevölkert, die einander – zumindest teilweise – nicht gerade wohlgesinnt sind. Hätte ich nur nette Menschen entworfen, so wäre »Grablichter« kein Krimi geworden.

Ein herzliches Dankeschön an alle, die mir auch dieses Mal bei meinen Recherchen und der Überarbeitung des Manuskriptes geholfen haben. Alle Fehler, die sich möglicherweise trotzdem eingeschlichen haben, gehen dabei zu meinen Lasten.

Ein einsamer Hof, eine alte Legende und ein dunkles Geheimnis

Eva Almstädt
AKTE NORDSEE -
DER TEUFELSHOF
Kriminalroman

352 Seiten
ISBN 978-3-404-18997-7

Anwältin Fentje Jacobsen ist auf die Hochzeit ihres alten Freundes Henning eingeladen. Als eine Nachbarin am nächsten Morgen das frisch vermählte Paar auf dem Hof der Familie aufsuchen will, findet sie die Eltern des Bräutigams ermordet, den Sohn schwer verletzt vor. Nur die Schwiegertochter konnte sich retten.
War es ein Überfall oder ein Familiendrama? Als die Polizei Letzteres vermutet, will Fentje Hennings Unschuld beweisen.

Lübbe